MINNA LINDGREN

Spätsommer
ist auch noch
Sommer

MINNA LINDGREN

Spätsommer
ist auch noch
Sommer

ROMAN

Aus dem Finnischen von
Elina Kritzokat

Kiepenheuer & Witsch

Aus Verantwortung für die Umwelt hat sich der *Verlag Kiepenheuer & Witsch* zu einer nachhaltigen Buchproduktion verpflichtet. Der bewusste Umgang mit unseren Ressourcen, der Schutz unseres Klimas und der Natur gehören zu unseren obersten Unternehmenszielen.

Gemeinsam mit unseren Partnern und Lieferanten setzen wir uns für eine klimaneutrale Buchproduktion ein, die den Erwerb von Klimazertifikaten zur Kompensation des CO_2-Ausstoßes einschließt.

Weitere Informationen finden Sie unter: www.klimaneutralerverlag.de

Übersetzerin und Verlag danken dem
Baltic Centre for Writers and Translators, Visby und
FILI, Finnish Literature Exchange

1. Auflage 2020

Titel der Originalausgabe: *Vihainen leski*
© Minna Lindgren 2018
All rights reserved
Aus dem Finnischen von Elina Kritzokat
© 2020, Verlag Kiepenheuer & Witsch, Köln
Alle Rechte vorbehalten.
Covergestaltung und -illustrationen: Sabine Kwauka,
unter Verwendung von shutterstock-Motiven
Gesetzt aus der Minion und der Annabelle JF
Satz: Buch-Werkstatt GmbH, Bad Aibling
Druck und Bindung: CPI books GmbH, Leck
ISBN 978-3-462-05264-0

1

»*Lass mich dich entflammen* – so jung kommen wir nicht mehr zusammen!«, grölte mir eine Frau direkt ins Ohr und nahm dabei weder Rücksicht auf ihre Stimmbänder noch auf mein Trommelfell. Die üppige Rothaarige konnte kaum stehen und ließ sich von meinem strengen Blick nicht irritieren. Entschlossen schnappte sie sich meinen alten Freund Valtonen, der sich gerade an uns vorbeischleichen wollte. »Doch erst mit einer reifen Dame blüht die Liebe richtig auf«, sang sie den alten Schlager weiter und drückte sich so schwungvoll an Valtonens Brust, dass die beiden fast umfielen. Von dem heiklen Balanceakt mal abgesehen, schien Valtonen absolut nichts gegen ihren Vorstoß zu haben, schon wenige Sekunden später verschmolz er mit der Rothaarigen in einer innigen Umarmung. Klar, dass auch das Sektglas der Dame da kein Halten kannte und seinen Inhalt auf meine Bluse ergoss. Manchmal knallte es eben gleichzeitig: puff, die Explosion der Liebe, und schepper, das Splittern von Glas. Ich spürte, wie der Fleck sich auf meiner feinen Bluse ausbreitete, die sofort unangenehm auf der Haut klebte.

»Hopsa! Machen Sie sich nichts draus, das sieht hier sowieso keiner!«, sagte ein gut erhaltener, schlanker Mann in Lederjacke, der das Missgeschick im Gegensatz zu dem turtelnden Pärchen immerhin bemerkt hatte – und mir auch gleich helfen wollte: Edelmütig legte er seine Pranke auf meine linke Brust, als könnte seine schuppige Haut den Fleck aus dem Stoff saugen. »Donnerwetter, Sie haben ja einen tollen Busen! Herrlich fest!«, lobte er und blickte versonnen in die vermeintlich idyllische Ferne – in Wahrheit kämpften am anderen Ende des Raumes zahlreiche Senioren um die Aufmerksamkeit des Thekenpersonals.

Am liebsten hätte ich dem Herrn in Lederjacke eine Ohrfeige verpasst. Aber das hätte mich prüde erscheinen lassen, und das an einem Ort, der doch gerade der gegengeschlechtlichen Annäherung dienen sollte. Man hatte offen und abenteuerlustig, witzig und forsch zu sein, wie meine Freundin Pike mir vorgebetet hatte. »Sonst gehst du leer aus!«

Also dankte ich dem Kerl für sein Kompliment – er wusste offenbar verdammt wenig über das Phänomen einer festen Brust bei älteren Frauen – und fügte hinzu: »Aber Sie können Ihre Hand dann auch gern wieder wegnehmen.« Er gehorchte, strich sich kurz übers Hörgerät, marschierte weiter zur nächsten Dame und ging auch dort sofort zum Angriff über.

Leicht irritiert hielt ich nach Pike und Hellu Ausschau, doch meine Freundinnen blieben verschwunden. Zu voll und zu trubelig war es in dem Raum, es herrschte ein einziges angeheitertes Durcheinander. Und das an einem Mittwoch! Die Schlagermusik dröhnte so laut, dass die Leute sich regelrecht anbrüllen mussten. Dass man kompliziertere Sätze dabei nicht mehr verstehen konnte, schien niemanden zu stören. Das Ziel war sowieso der Körperkontakt, die Leute begrapschten und umarmten sich, als gäbe es kein Morgen. Was man bei uns älteren Semestern ja in der Tat nie wissen konnte.

Ich musste erneut an mein peinliches Erlebnis von vor einer Woche denken – ich war doch tatsächlich bei Valtonen in Kerava aufgewacht, im Norden Helsinkis. Gut, er war ein langjähriger Freund, unternehmungslustig und sehr sympathisch, aber dieses *friendship with benefits*, oder wie die jungen Leute das heutzutage nannten, kam für mich wahrlich nicht infrage. Leider – oder eher zum Glück – erinnerte ich mich nur schwach an die Nacht mit ihm, in unangenehmen, kurz aufflackernden Bildern, die mich allerdings so ins Schwitzen brachten, dass ich mich fühlte wie seinerzeit in den Wechseljahren. Zu blöd, dass mich diese Geschichte nun seit einer Woche so beschäftigte und mir sogar den Nachtschlaf raubte. Ich ärgerte mich doppelt über mich; durch mein Gegrübel konnte ich den unangenehmen Ausrutscher ja erst recht nicht vergessen.

Und auf einmal war ich der wilden Rothaarigen dankbar. Sollten sie und Valtonen ruhig noch wilder werden! *Mir* konnte sein Gegrapsche jetzt egal sein. Denn leider war es vor einer Woche das reinste Gegrapsche gewesen, jedenfalls soweit ich mich erinnern konnte. Entsetzlich.

Tja, meine alte Freundin Pike war erst seit wenigen Tagen wieder in der Stadt – und hatte den Alltag schon in ein einziges Fest verwandelt. Oder, wenn ich meine derzeitige Lage betrachtete, wohl eher in ein einziges Chaos. Aber Pike hatte sich nun mal in den Kopf gesetzt, nach vier Monaten Sommerhaus-Einöde ganz bewusst mit der Isolation zu brechen und dem sommerlichen Zölibat, das sie als üble Krankheit bezeichnete, den Kampf anzusagen beziehungsweise die Krankheit schleunigst auszukurieren. Und alle sollten schön mitmachen!

Der heutige Abend hatte harmlos auf einer Caféterrasse an der Esplanade begonnen, wir wollten ein Glas Sekt trinken, das Gesicht in die Sonne halten und Touristen beobachten. Aber Pike hatte schnell aufgedreht, sich eine Zigarette nach der anderen angesteckt und derbe Witze gerissen. Meine Zerknirschtheit wegen der Nacht bei Valtonen kommentierte sie in ihrer typisch schnoddrigen Art: »Aber Ulla, das ist doch wunderbar!«, endlich wäre auch ich in die Sphären des herrlichen Vergnügens vorgedrungen, das es allabendlich in Helsinkis Zentrum zu finden gab. »Die Bars sind voll mit freien Männern! It's raining men, hallelujah!« Pike fand außerdem, dass unsere Zeit genau *jetzt* sei: »Wir sind schön, intelligent, gesund – und zu haben! Das sind die Jahre unserer späten Blüte! Wir sind die Königinnen des Nachtlebens, ist dir das eigentlich klar?« Angeblich bräuchten wir uns nur ins

Getümmel zu stürzen und uns die Besten herauszupicken. Wohl so jemanden wie Valtonen, ha.

Als ich Pike erzählte, wie furchtbar ich mich auf der Rückfahrt nach Helsinki gefühlt hatte und dass ich mich in dem elenden kleinen Regionalzug am liebsten übergeben, aber keine Toilette gefunden hätte, blieb sie ungerührt: »Natürlich gibt's in den Regionalzügen von Kerava nach Helsinki Toiletten. Und an Valtonen kann ich wirklich nichts Schlechtes finden. Er ist vielleicht ein bisschen zu dick, aber ansonsten sehr charmant, verlässlich und männlich. Was will man mehr?« Pike lachte ihr heiseres Raucherlachen und patschte mir unnötig grob auf den Unterarm. Etwas Besseres als Freiheit und Zügellosigkeit gäbe es doch gar nicht! Freiheit und Zügellosigkeit, so drückte sie sich tatsächlich aus. Für mich stellten diese beiden Begriffe ein gänzlich neues Lebenskonzept dar. Ich würde eine Weile brauchen, um mich daran zu gewöhnen, sofern es mir überhaupt je gelang.

»Wir sind schließlich keine kleinen Mädchen mehr«, argumentierte Pike, »und zu verlieren haben wir auch nichts. Also schön mitmachen und genießen! Valtonen ist ein guter Anfang, aber bleib bloß nicht an ihm kleben!« Sie gackerte so kehlig, dass mir plötzlich klar wurde, warum sie den Regionalzug von Kerava nach Helsinki so gut kannte.

Als die Sonne nicht mehr auf die Caféterrasse schien und wir eine ganze Flasche Sekt intus hatten, riefen wir Hellu an und bestellten eine zweite Flasche. Irgendwann gingen wir zu dritt ins *Immergrün*, das zu dem Zeitpunkt noch relativ leer war. Inzwischen blickte man vor lauter Leuten im wahrsten Wortsinn nicht mehr durch, und ein wenig müde vom wieder absinkenden Alkoholpegel fühlte ich mich inmitten der Massen mutterseelenallein. Hellu war seit ihrem Gang zur Toilette nicht wieder aufgetaucht, und Pikes »nur kurz draußen eine Zigarette rauchen« dauerte schon eine halbe Ewigkeit.

Die angeheiterten Leute wogten umher und erinnerten mich an einen Schwarm dicht beieinander schwimmender Fische, sehr plumpe und ungeschickte Fische allerdings. Ich musste daran denken, wie Olli mich am Anfang unserer Ehe mit lustigen kleinen Referaten unterhalten hatte, auch mit dem zur Schwarmintelligenz und ihrer physikalischen Logik. Von Intelligenz konnte in diesem Menschenschwarm jedoch keine Rede sein.

Ich sah mir die Leute genauer an. Die meisten hatten sich tüchtig in Schale geworfen, viele Frauen trugen auffälligen Schmuck und Oberteile mit gewagtem Ausschnitt. In die Frisuren war viel Haarfestiger geflossen, und je greller der Lippenstift, umso dicker musste er anscheinend aufgetragen werden. Überall bunte Farben, kurze Röcke, enge Kleider und hohe Absätze. Die Männer dagegen hatten fast alle den obligatorischen grauen Anzug an.

So auch der Mann, in dessen Arme die Schwarmintelligenz mich jetzt trieb. Ich wurde ihm geradezu an die Brust gedrängt! Ohne mit der Wimper zu zucken, nahm er mich entgegen wie ein Geschenk, auf das er schon lange gewartet hatte. Als ich seine muskulösen Arme spürte, überkam mich leichte Panik. Ich stammelte eine Entschuldigung und zog meinen Rock gerade. Neben uns wurde ein Schlager aus den 70er-Jahren gesungen, »Glaub ja nicht, dass du mich kriegst, du Schelm« oder so ähnlich, weiter hinten sah ich Hellu ausgelassen tanzen. Bei jeder Drehung flogen ihre kinnlangen schwarzen Haare zu einem gesträhnten Fächer auf, und sie schüttelte sich so ungehemmt, als wäre sie fünfzig Jahre jünger und mehrere Kilo leichter.

Der bärtige Mann, der mich aufgefangen hatte, lächelte sympathisch. Er erhob sich höflich von seinem Barhocker und bot mir seinen Platz an. Ehe ich reagieren konnte, stand plötzlich Pike vor mir, kreischte »mich kriegt hier kein einziger Schelm!« und ließ sich auf den kleinen Tisch neben uns plumpsen. Nachdem sie sich ausgekichert hatte, sagte sie »Oh, du hast jemanden am Wickel« und wuschelte mir mit ihren klebrigen Fingern durch die Haare. Ihr Atem roch nach Zigaretten und zu viel Alkohol. Sie rutschte von der Tischplatte runter, zupfte an ihrem verknitterten Rock, rubbelte auf einem klebrigen Fleck herum und sagte im Weggehen: »Viel Glück, meine Liebe, wir telefonieren morgen!«

Das einzige vertraute Gesicht war jetzt Valtonen, der das Strohfeuer mit der Rothaarigen wohl schon abgefackelt hatte und plötzlich Pike hinterherstolperte. Soso, lieber eine alte Flamme neu entfachen als gar keine Wärme mehr in dieser Nacht.

»Es ist mir sehr unangenehm«, brüllte ich verzweifelt gegen den Lärm an, schon zum wiederholten Mal, was den Mann mit den kräftigen Armen offenbar erheiterte.

Ich fühlte mich miserabel. Und bereute alles: Dass ich Pike und Hellu angerufen hatte. Dass ich so viel getrunken hatte. Und dass ich mich in diesem Zustand von ihnen auf diesen widerlichen Fleischmarkt hatte zerren lassen. Denn nichts anderes war das hier. Auch Valtonen nannte dieses zweifelhafte Ausgehvergnügen nur »den Fleischmarkt«. »Dir muss doch klar sein, was ein Mann da sucht. Gepflegte Drinks, gepflegte Damen. Und dann muss es rappeln.« Damit, also mit dem Rappeln, war er mir leider auch an dem Abend bei ihm zu Hause gekommen: Ich wolle doch wohl jetzt nicht die Spielverderberin geben. Er fragte sogar forsch, ob ich denn nicht wisse, wie teuer so eine Potenzpille sei und dass er kräftig in mich investiert habe. »Und das bezahlt die Krankenkasse nicht!«, schmollte er.

Ich bereute den Abend bei Valtonen, den Abend heute und dass ich mich wie ein Teenager von meinen Freundinnen hatte mitziehen lassen. Nun saß ich mit stinkender Bluse viel zu nah bei einem Fremden. Ich genierte mich.

»Also, das mit der nassen Bluse, dafür kann ich nichts. Das war eine betrunkene Rothaarige ...«

Ich sah dem Mann zum ersten Mal richtig ins Gesicht, und meine Stimmung stieg sofort, zumindest ein bisschen. Seine freundlichen grauen Augen blickten gelassen und fröhlich. Und plötzlich musste ich lachen! Über mich, meinen Schwips und das Komische der Situation. War es nicht sowieso am besten, alles wegzulachen? Und das Allerbeste war, dass der Mann in meinen Lachanfall einstimmte! Wir schütteten uns aus vor Lachen, kicherten irgendwann nur noch heiser, und schließlich küssten wir uns. Spontan und einfach so. Es war die Art Kuss, die ich vor allem aus Romanen kannte. Eine Spur zu lang, um noch brav zu sein, aber noch kurz genug, um nicht heikel zu werden. Was jetzt? Würde ich wieder mit dem Taxi zu jemandem mit in die Wohnung fahren?

Nein. Der Mann beendete die Situation genauso schnell, wie sie begonnen hatte, stellte sich formvollendet vor und reichte mir die Hand. Richtig altmodisch, fast hätte ich geknickst. Er müsse nun leider den letzten Bus nach Hause erwischen und dann schleunigst ins Bett, sagte er und war weg. Verdattert blieb ich auf seinem Barhocker zurück. Wahrscheinlich wäre ich bis zum Lichtzeichen für die letzte Bestellrunde dort sitzen geblieben, hätte nicht Hellu mich wachgerüttelt.

»Ulla, wie siehst du denn aus? Dein Lippenstift ist ganz verschmiert.«

Tatkräftig hakte sie mich unter, ging mit mir zur Damentoilette und ließ mich erst vor dem Spiegel wieder los. Ich wühlte in meiner Handtasche, doch mein Lippenstift blieb unauffindbar. Dafür musste ich feststellen, dass meine Finger zitterten. Und mein Herz hämmerte. Komm schon, Ulla, sagte ich mir, konzentrier dich, der Lippenstift muss irgendwo sein, du hast dir doch auf dem Weg hierher noch die Lippen nachgezogen.

»Also, das mit meinem verschmierten Mund … Er heißt Kari Kirjosiipi«, platzte es aus mir heraus.

»Das ist bestimmt gelogen, so einen Nachnamen gibt's selbst hierzulande nicht«, kommentierte Hellu trocken und versuchte, ihre Frisur zu glätten. »Wieso werden meine Haare eigentlich immer borstiger?«

Jetzt kam Pike rein, sie war also doch nicht mit Valtonen abgedampft. »*Noch* nicht«, betonte sie und toupierte sich die Haare nach, ohne dabei in den Spiegel zu schauen. »Besser er als keiner.«

Hellu und Pike fanden es geradezu sträflich, dass ich diesen Kari ›Buntflügel‹ hatte laufen lassen. »Gute Küsser sind rar«, wusste Pike, »wer in Schulnoten ausgedrückt besser ist als eine Zwei minus, den muss man festhalten.« Pike mit ihrem Notensystem! Sie benotete auch die Hände der Herren, deren Größe und Form ihrer Meinung nach eindeutig mit der Größe und Form des Geschlechtsorgans korrelierten, und hatte dazu eine Menge empirische Belege.

Mir schwirrte der Kopf. Ich versuchte, eine Schluckaufattacke zu unterdrücken, und staunte über meine Freundinnen, die wirkten, als wären sie noch vollkommen nüchtern.

»Unsinn, ich bin total besoffen«, widersprach Pike.

»Also bitte, in unserem Alter sollten wir das anders nennen. Bedusselt vielleicht, oder angeheitert.« Hellu kicherte.

In unserem Alter – diese Formulierung konnte Pike so nicht stehen lassen.

»Freundinnen, das sagt man einfach nicht. Das ist genauso schlimm wie ›ich in deinem Alter‹. Beides klingt, als wären wir schon hundert! Oder unsere eigene Mutter.«

Über so was konnte sie ernsthaft böse werden. Das Alter war doch schließlich nichts als eine Zahl, eine unbedeutende Zahl! Ehe Pike ihre kleine Predigt vertiefen konnte, schlüpfte Hellu aus der Damentoilette und zwinkerte mir entschuldigend zu. Eine Gabe, die ich leider nicht besaß: mich im richtigen Moment zu verdrücken. Jetzt war ich Pike allein ausgeliefert.

Pike mit ihren in drei Farben gesträhnten Haaren – »Glutrot und Herbstlaubtöne« –, die geschickt ihre schlaffe äußere Wangenpartie und ihre Stirnfalten kaschierten. Augenschatten und Krähenfüße verbarg sie hinter einem großen türkisen Brillengestell, ein lässig umgelegter Schal verdeckte den mit den Jahren faltiger gewordenen Truthahnhals. Pikes Kleider stammten von *Hysteria* oder einem anderen Laden für Hippie-Rentnerinnen, Hauptsache auffallend, flatterig und bunt, dazu trug sie hohe Stiefel. Ihre Gesamterscheinung machte was her, keine Frage. In Schummerbeleuchtung und mit schlechten Augen sah man ihr das Alter nicht an. Außerdem hielt sie sich immer sehr aufrecht und wirkte dadurch schlanker, als sie war.

»Eine Sieben und eine Fünf, was bedeutet das schon?

Nichts! Es könnten genauso gut eine Fünf und eine Drei sein oder eine Neun und eine Zwei. Na ja, zweiundneunzig möchte ich besser nicht werden, da schlucke ich vorher eine Giftpille. Lieber Vollgas geben bis ins Grab, mit Schwung an die Himmelstür klopfen und mit Petrus Champagner trinken! Und wenn's bei mir der Höllenschlund sein sollte und nicht die Himmelstür, egal, Hauptsache Schampus, und damit spritz ich Petrus richtig schön nass!«

Pike lachte viel zu laut über ihren albernen Monolog. Nun merkte man doch, dass sie getrunken hatte. Gefährlich hin und her wankend wühlte sie in ihrer Handtasche, gedanklich trat sie dabei eher auf der Stelle:

»Ach ja, der Himmel ... Aber da wird gar nicht geflucht! Teufel noch mal! Und einen Teufel gibt's da auch nicht ...« Schließlich fand sie, was sie suchte. Ihren Flachmann, was sonst. »Komm, Ulla, nimm einen Schluck, das entspannt dich.«

Ich gehorchte und trank, sogar mehr als einen Schluck. Pikes Geheimdrink schmeckte würzig und bitter, sie faselte etwas von »Detox mit Schuss«, angeblich regenerierend und anregend zugleich, das ideale Rentnergetränk. Mehr wollte ich gar nicht wissen. Ich hatte beschlossen, heute nicht mehr länger die Spaßbremse zu sein, und trank ihren Flachmann leer.

»Das bringt mich hoffentlich noch mal in Fahrt. Gleitgel für den Geist, nicht wahr?«, versuchte ich zu scherzen, wobei meine Artikulation etwas nachlässig geriet.

Pike hielt die Flasche mit der Öffnung nach unten übers Waschbecken und zeigte sich zufrieden, als kein einziger Tropfen mehr rauskam.

»Auch echtes Gleitgel kann ich dir jederzeit geben, meine Liebe«, giggelte sie und klopfte auf ihre Handtasche, »meine Erste-Hilfe-Tasche ist außen hui und innen pfui! Und jetzt suchen wir deinen Paradiesvogel mit den bunten Flügeln.«

»Er *heißt* nur so! Kari Kirjosiipi wirkte sehr seriös«, protestierte ich.

»Ach, Kirjosiipi, so heißt doch keiner. Das hat dein Verehrer sich ausgedacht. Der ist wohl doch nicht so vertrauenswürdig.«

Wir verließen die Toilette und quetschten uns einmal mehr durch die Menge. Kirjosiipi war nirgends mehr zu sehen, wie ich mir schon gedacht hatte. Dafür zeigte Pikes Rentnergetränk jetzt Wirkung, eine starke sogar. Ich begann, selig zu tanzen, ganz für mich allein, was ich in meinem bisherigen Leben nie getan hatte. Hellu kam auf die Tanzfläche gestolpert und erinnerte mich mahnend an den Italienischunterricht am nächsten Morgen, dann verabschiedete sie sich. Sie sah blass und müde aus. Ich dagegen hatte Schwung, wirbelte umher und animierte Pike, mit ihrer Männerjagd aufzuhören und stattdessen die gute Laune zwischen alten Freundinnen zu genießen. Ausgelassen tanzten wir umeinander herum.

»Ullchen, das ist fantastisch! *Wir* sind fantastisch!«, rief sie, »gemeinsam haben wir drei Krebsbehandlungen überstanden, und zusammengerechnet haben wir noch zwei echte Brüste!« Sie riss die Arme in die Luft und drehte sich im Kreis. Wir tanzten wie Stammesweiber bei einem heidnischen Ritual. Als Pike auf den Tisch klettern wollte, stoppte ich sie, auf dem Tisch zu tanzen, war schlicht zu gefährlich.

»Meine Hüfte, verdammt«, gab sie mir recht und wollte sich zum Trost ein frisches Bier holen. »Ich geh mich mal anstellen. Für die Hüft-OP bin ich übrigens auch in der Warteschlange. Ich will was Teures aus Titan!«

Nicht nur die OP-Termin-Schlange, auch die an der Theke war lang, und ich versuchte, Pike davon zu überzeugen, uns besser gleich draußen in die Taxischlange einzureihen. Als ich sie mitzuziehen versuchte, stieß ich vor lauter Eifer einen betagten Mann um, der beim Hinfallen seine obere Zahnprothese verlor. Schuldbewusst half ich ihm auf, wobei mir – dem Schmerz nach zu urteilen – fast eine Bandscheibe verrutschte. Vielleicht ja auch dem Mann, wer weiß; immerhin dauerte es eine Weile, bis er wieder aufrecht stand, allerdings ohne obere Zahnreihe. Die lag zu meinen Füßen. Also tauchte er nochmals ab, etwas kontrollierter dieses Mal. Pike tanzte einfach weiter, wenn man ihre Bewegungen, die mit dem Takt der Musik nur noch wenig zu tun hatten, überhaupt so nennen konnte.

Als der Betagte seine Zähne wieder an Ort und Stelle hatte, krächzte er: »Kommen die Mädels noch mit auf einen Absacker?« Abwartend stützte er sich auf seinen dreibeinigen Gehstock. »Aus welchem Heim seid ihr eigentlich?«

»Aus gar keinem!«, zischte Pike beleidigt. Als der Mann nuschelte, er wohne im *Lebensabend mit Sinn*, horchte sie auf, weil sie ›Lebensabend mit Gin‹ verstanden hatte. Ich beendete die Unterhaltung, indem ich Pike entschlossen Richtung Garderobe schob.

»Wir können ja ein gemeinsames Taxi nehmen, und ich fahr noch kurz mit bei dir vorbei.«

»Prima. Aber du weißt, Ulla, die Taxischlange ist die letzte Chance, um sich noch jemanden zu schnappen!«

Pike warf sich eine kurze bunte Stola über, konnte aber die Ärmel nicht finden und machte die seltsamsten Verrenkungen. Irgendwann brach sie in ihr lautestes Hyänenlachen aus. Ich stand in meinem praktischen grauen Übergangsmantel, den ich falsch zugeknöpft hatte, tatenlos daneben und ging irgendwann raus. Dort erwartete mich eine beeindruckend lange Schlange müde gewordener *Immergrün*-Besucher.

»Hier wartet man ja länger aufs Taxi als im Labor auf den Termin«, meckerte eine Frau mit Perücke und erzählte mir von ihrer komplikationsreichen Krebserkrankung und dass es ihr derzeit wieder besser ging. Ich verabschiedete mich freundlich und ging Pike suchen. Aber ich kam nicht weit: Ein Taxi fuhr langsam vor, die hintere Tür öffnete sich, und eine große Männerhand zog mich auf die Rückbank. »Nach Kerava!«, donnerte eine vertraute Bassstimme.

Mein guter alter Freund. Seine kräftigen weißen Haare, die er in einem strengen Zopf trug, leuchteten im Dunkeln. Das Taxi schlug den mir bekannten Kurs ein. Valtonen fingerte eine Tablettenpackung aus seiner Brusttasche, lächelte mich entwaffnend an und schluckte eine Dosis Viagra.

2

Mein neues Leben hatte damit begonnen, dass ich ganz unten in einem Karton meine alte Adressliste für die alljährlichen Weihnachtspostkarten und ein Büchlein mit Telefonnummern fand. In der Zeit, als ich die Liste und das Buch angelegt hatte, konnten die Telefone sich die Nummern und Adressen noch nicht merken. Verdattert blätterte ich durch die vollgeschriebenen Seiten und stieß auf erstaunlich viele alte Freunde, Bekannte und Verwandte, von denen ich seit Urzeiten nichts mehr gehört hatte. War ich wirklich mal mit so vielen Menschen befreundet gewesen?

Zuletzt hatte ich mich höchstens mal auf Facebook getummelt, meinem einzigen Fenster zur Außenwelt. Allerdings war ich eine passive Nutzerin, die lediglich beobachtete und auf dem eigenen Profil kein einziges Foto zeigte. Ich verfolgte die Wichtigtuerei von Bekannten und Prominenten, begutachtete ihre Urlaubs-, Kinder- und Essensfotos, und ihren hübschen Sommerhäusern und üppig blühenden Gärten gab ich manchmal ein »Gefällt mir«. Aber die Menschen aus meinem Telefonbüchlein waren nicht bei Facebook, die wenigsten jedenfalls. Mit ihnen hatte der Kontakt auf echten Treffen, Telefonaten und den jährlichen Weihnachtskarten basiert.

Einige waren inzwischen tot, das wusste ich. Manche Namen hatte ich sogar bereits mit einem kleinen Kreuz versehen, um zu vermeiden, dass ich Tote anrief und ihnen Weihnachtspostkarten schickte. Ein paar Leute fand ich bei genauerem Nachdenken gar nicht mehr so interessant, bei manch anderen konnte ich dem Namen keine Person mehr zuordnen. Nach einer halben Stunde hatte ich eine recht überschaubare Zahl von Personen zusammen, die ich gerne wiedersehen wollte. Ich schrieb eine alphabetisch geordnete Liste, recherchierte im Internet nach den Kontaktdaten, schickte den wenigen, die ich doch auf Facebook fand, eine Freundschaftsanfrage, und beschloss, die besonders Wichtigen kurzerhand anzurufen.

Und dann bekam ich Angst. Mein Herz klopfte, meine Hände wurden feucht. Der letzte Kontakt zu diesen Menschen lag erschreckend lange zurück. Ich würde allen von Ollis Tod erzählen müssen, was nur aufs Neue die elendige Litanei der Beileidsbekundungen nach sich zöge. Obendrein war ich nicht mehr in Übung – in den letzten Jahren hatten meine Kontakte vor allem aus Gesprächen mit ambulanten Krankenpflegerinnen, Sozialamtsangestellten, Supermarktkassiererinnen und den Fahrern von Behindertentaxis bestanden, und diese Gespräche waren immer kurz gewesen. Manche Leute hatten zudem eine andere Muttersprache, was den Austausch zusätzlich begrenzte.

Wie verlief eine normale Plauderei? Und was dachten die Menschen nach all den Jahren über mich? Würden wir uns noch immer als Freunde begegnen?

Ollis Krankheit hat sich so lange hingezogen, dass irgendwann alle verschwunden waren. Kein Wunder, dass die Beerdigung klein ausfiel. Ein Publikumsmagnet ist was anderes. Nur ein paar treue Verwandte und eine neugierige Nachbarin ließen sich blicken. Dafür durfte ich die ganzen nächsten Wochen geschmacklose Beileidsbekundungen ertragen: »Viel Kraft, liebe Ulla« und so weiter, so was von schmierig das Ganze, und dann fällt den Leuten doch glatt ein, dass ja der süße Nachbarhund auch gerade begraben wurde, und dann schluchzen sie los! Bilden sich ein, wir würden Ähnliches durchmachen, durch das gleiche verdammte Tal wandern! Aber die widerwärtigste Beileidsbekundung war diese: »Ich weiß genau, wie du dich fühlst.« Da hätte ich am liebsten gekotzt. Woher will ein vollkommen anderer Mensch auch nur annähernd wissen, wie das alles für mich ist? Dass Olli jahrelang schwer krank war und dann gestorben ist?

Ich fing oben an.

Statt meiner Cousine Ritva Aaltonen antwortete eine automatische Frauenstimme; die Nummer war nicht mehr gültig. Ritva war also höchstwahrscheinlich tot. Dem würde ich später nachgehen. Ich markierte ihren

Namen mit einem dünnen Bleistiftkreuz und beeilte mich mit dem nächsten Anruf; bloß nicht zögern, sonst verließ mich noch der Mut.

»Altenpflegeheim Climax, Harusha Aramduti am Apparat.«

Harusha verstand zwar leider nicht, was ich von meiner ehemaligen Schwimmfreundin Raija Erkkilä wollte, konnte mir aber immerhin sagen, dass Raija gerade an der ›Gymnastik mit dem Stock‹ teilnahm. Unklar blieb, in welcher Verfassung Raija sich befand – eine wirklich rüstige Dame würde wohl eher nicht im Pflegeheim leben und Stockgymnastik machen. Ich markierte ihren Namen mit einem Fragezeichen.

Die Patentante von meinem Sohn Marko, Riitta-Leena, war so frisch unter der Erde, dass ihr Handy noch an und der Akku noch nicht alle war: Klarer Fall für ein Kreuz, wie ich von ihrem Mann Risto hören musste. Wir bezeugten uns gegenseitig unser Beileid und ließen uns zu weiteren dummen Phrasen hinreißen. In solchen Fällen sollte man sich einfach für ein stummes Hinterbliebenen-Kaffeekränzchen verabreden. Riitta-Leena war an einem aggressiven Leberkrebs gestorben, der auch ins Gehirn gestreut hatte, aber ganz ohne Schmerzen. »Das war das Gute daran. Ein kaputtes Gehirn kann keinen Schmerz empfinden«, sagte Risto pragmatisch und verschaffte sich mit diesem Fazit auch selbst Linderung. Wir unterhielten uns noch eine Weile über Pflegedienste und verschiedene Medikamente, dann behauptete ich, es hätte an der

Tür geklingelt und ich müsse auflegen. In Wahrheit würde das nie passieren. Seit keine Krankenschwestern mehr ins Haus kamen, klingelte niemand mehr bei mir.

Meine Cousine Kirsti Hirvonen wusste nicht mehr, wer ich war. Und auch bei sich selbst kam sie ins Schwimmen: »Ich muss Schluss machen, meine Klasse wartet auf mich.«

Kirsti hatte in ihrem gesamten Leben nicht einmal als Lehrerin gearbeitet, dafür jahrzehntelang als Physiotherapeutin Kranke durchmassiert. Traurig, dass sie dement war, und traurig ebenfalls, dass sie mich abwimmelte.

Meine frühere Nachbarin Liisa Hulkkonen riss ich in Thailand aus dem Schlaf, auch dieses Telefonat war schnell zu Ende. Ich entschuldigte mich, dass ich sie aufgeweckt hatte, und berichtete, dass Olli gestorben war. Bei Liisa blieb das Beileid aus. »Herrlich, Ulla, jetzt kannst du ein zweites Leben beginnen!«

Ich war sprachlos. Mir war neu, dass man es auch so sehen und dementsprechend reagieren konnte. Liisa versprach, sich bei mir zu melden, sobald sie aus Thailand zurückkäme, wobei unklar war, wann das sein würde. Aus den ursprünglichen zwei Wochen waren schon drei Jahre geworden. »Weißt du, ich habe hier am Strand einen tollen Mann getroffen, der fünfzehn Jahre jünger ist. Schön, dass du dich gemeldet hast, aber jetzt muss ich wieder zurück ins Bett zu Jimmy. Tschüss, Ulla!«

Neben Liisas Namen malte ich eine Sonne. Als ich die Hälfte der Liste durchhatte, fühlte ich mich wie eine Hundertjährige: umgeben von Greisen und Toten. Mit Ausnahme von Liisa hatten sich die Leute in den zwölf Jahren, die ich Olli gepflegt hatte, in Kranke und Demente oder eben auch in Tote verwandelt. Verfall überall. Und diese Pflegefälle waren meine Altersgenossen?

Ich setzte mir die Brille auf und marschierte vor den Spiegel. Furchtlos schaute ich der Wahrheit ins Gesicht – und das durchs vergrößernde Glas meiner Lesebrille. Das hatte ich seit Ewigkeiten nicht getan. In der schweren Zeit mit Olli war mir mein Aussehen schlichtweg schnuppe gewesen. Außerdem war das Licht im Badezimmer schummrig, und ich hatte morgens nie die Brille aufgesetzt. Was für eine Selbsttäuschung, wie mir jetzt klar wurde. Mein Gesicht war eine Landschaft aus Falten, aus Furchen geradezu! Manche überlappten sich, andere hatten breite Gräben in die Haut gezogen. Leben! Pralles, gelebtes Leben, Tausende von Erinnerungen.

Ach ja?

Ich fühle mich eher wie eine Maschine. Ja, verdammt, ich friste das Dasein einer hocheffektiven Maschine! Mein Alltag ist schon seit Ewigkeiten kein Leben mehr, sondern ein einziges Aushalten und Erledigen! Ich habe mich in einen hocheffektiven Automaten verwandelt. Aber anders hätte ich das alles nicht durchstehen können. Das, was das Leben mir entgegengeschleudert hat. Den Brustkrebs und das Geracker an Ollis Krankenbett! Einen Angehörigen »pflegen« ... pah! Eine Sklavin war ich. Erst meine OP und die Chemo, und dann sofort die Ärmel hochkrempeln und nichts als Füttern, Waschen und Windeln wechseln, und immer schön regelmäßig den klapprigen Körper wenden! Verflucht noch mal, mein Leben ist wirklich kein Zuckerschlecken. Aber ich habe nun mal getan, was getan werden muss.

Doch innerlich war ich die ganze Zeit wie tot. Und jetzt ist Olli tot. Und ich will wieder leben! Aber wie soll das gehen, bitte schön? Ich bin jetzt frei, zum allerersten Mal. Ich könnte tun und lassen, was ich will. Aber mit wem denn, bitte schön?

Meine Haare waren noch dick und gesund. Doch die ungepflegte Länge und das scheckige Grau störten mich; ich gehörte nun mal leider nicht zu den Frauen, die man für ihr elegantes Naturgrau bewunderte. Meine Wangen und Schläfen waren von Altersflecken übersät, um die wohl keiner herumkam. Ein kleines Muttermal auf der Stirn ließ mich erschrocken an Hautkrebs denken, aber dann fiel mir ein, dass es schon immer dort gewesen war und auch genau so ausgesehen hatte. Mein Hals war eine Zumutung, Truthahn hoch zwei, aber auch das war normal. Und meine Augen waren nur gerade eben noch zu sehen, immerhin konnte ich gucken. Fragte sich, für wie lange. Ich schob meine Hängelider mit den Zeigefingern nach oben und überlegte, ob eine Lidkorrektur von der Krankenkasse bezahlt würde. Immerhin stellte eine eingeschränkte Sicht ein ernsthaftes Unfallrisiko dar. Und das nicht nur für mich! Was, wenn ich beim Autofahren ein Kind überfuhr?

Dass das Alter nichts als eine Zahl sein sollte, war der reinste Unfug. Das Alter war das, was ich im Spiegel sah! Und für etliche Altersgenossen war es leider noch viel mehr: Demenz, unheilbarer Krebs, andere schwere Erkrankungen, Verschleiß, Gicht, Grauer Star. Je länger ich mein Spiegelbild musterte, umso klarer wurde mir: Ich gehörte zu denen, die gut alterten – und Glück hatten! Ich war gesund und fit, kam ohne Hilfe zurecht und wusste genau, wen ich da vor mir hatte und in wessen Badezimmer ich stand.

Flugs reservierte ich im Internet einen Friseurtermin – in zwei Wochen würde ich besser aussehen – und nahm mir erneut meine Liste vor. So leicht würde ich nicht aufgeben! Die nächste Person war meine alte Freundin Hellu, Helena Kaakkuri, mit der ich zusammen die Schulbank gedrückt hatte. Nach dem Abitur hatten wir gemeinsam unser kleines Heimatdorf Koutua verlassen und an der Uni Helsinki einen neuen Lebensabschnitt begonnen.

»Ulla, wie schön, dass du dich meldest! Ich habe so ein schlechtes Gewissen.«

Es tat ihr furchtbar leid, dass auch sie mich irgendwann hatte hängen lassen. Doch ich konnte sie beruhigen – es war wirklich nicht allein ihre Schuld; ich hatte ja während Ollis Krankheit selber alle Kontakte auf Eis gelegt, hatte niemanden mehr angerufen und war nicht mal zu unserer fünfzigjährigen Abifeier gegangen.

»Ach, Ulla, von Feiern konnte da keine Rede sein«, tröstete Hellu mich und lachte, »was soll man da schon groß feiern, wenn die schöne Jugendzeit über fünf Jahrzehnte zurückliegt.«

Meine Freundin war ganz die Alte, humorvoll und gesprächig. Es waren ganze sieben Leute erschienen, die alte Schule war längst abgerissen, und das Abitreffen hatte in einem Neubau im Nachbarort stattgefunden – gleichzeitig mit der Abifeier des dortigen Jahrgangs, weshalb man also auch auf fremde Greisengesichter stieß. Am Nachmittag fuhren die sieben aus unserem Jahrgang in zwei Autos rüber ins alte Dorf, oder in das, was davon übrig geblieben war.

»Die haben fünf schrumpfende Orte zu einer neuen Gemeinde zusammengelegt! Koutua heißt jetzt Groß-Muukkola, nach dem Nachbardorf Klein-Muukkola, weißt du noch? Eine Bibliothekarin aus Klein-Muukkola hatte mit ihrer Idee den öffentlichen Namenswettbewerb gewonnen.«

Auf unserem alten Schulgrundstück stand seit den 90er-Jahren ein Rathaus, das mittlerweile ebenfalls überflüssig geworden war. Ein winziges Krankenkassenbüro war dort eingezogen, doch ansonsten stand das Gebäude leer und diente als Untergrund für Graffiti. Nach der Rundfahrt hatte die Gruppe im vermeintlichen Zentrum von Groß-Muukkola im Restaurant *Zur Post* das Festtagsmenü gegessen, ein eher maues Geschmackserlebnis. »Aber es hätte keine Alternativen gegeben.«

Hellu erzählte, dass die anderen alte Omas geworden seien, beige gekleidet und zwei von ihnen nur noch mit Rollator unterwegs, eine sogar leider schon im Rollstuhl. Nur ein einziger Mann war gekommen, Hellu wusste seinen Namen nicht mehr. »Der, dessen Vater im Krieg gefallen war, und der sich in die Hose gepinkelt hat, als er an der Tafel aufs Ural-Gebirge zeigen sollte.«

»Pertti Korhonen!«

»Genau! Er wohnt jetzt in Helsinki-Vantaa und betreibt Ahnenforschung.«

Nach einer Stunde regen Austauschs war mein Telefon heiß und schwitzig. Ich wusste von Hellus Knie-Endoskopie und kannte ihre Schilddrüsenwerte, war im Bilde über ihre Hobbys und die Scheidung ihrer Nachbarn. Sie selbst hatte sich schon vor vielen Jahren von ihrem Mann getrennt, der sich eine Jüngere geschnappt hatte. Aber selbst die Jüngere wurde mit den Jahren älter, und als Hellus Ex-Mann fand, dass nun auch ihre Zeit abgelaufen war, wechselte er erneut zu einer Jüngeren, und da hatte Hellu sich dann mit der Ex ihres Ex angefreundet.

»Ein gemeinsamer Feind verbindet. Tuula und ich haben jede Menge schöne Sachen unternommen, waren im Kino und in Kunstausstellungen.«

»Und jetzt nicht mehr?«, frage ich.

»Sie ist leider schon gestorben.«

Damit endete das Telefonat abrupt. Vermutlich war Hellus Akku alle; als ich sie anzurufen versuchte, hieß es, »der Anschluss ist vorübergehend nicht erreichbar«.

Ich beließ es dabei und schnaufte kurz durch. Dann machte ich mit dem einzigen Mann auf meiner Liste weiter, Ollis Studienfreund Heikki Kukkonen. Ich hatte ihn immer gern gemocht. Leider zeigte er sich über meinen Anruf ziemlich irritiert. Er wurde wohl nicht gern mit der Tatsache konfrontiert, dass ein enger Freund gestorben war und man dazu eben *nicht* mehr sagen konnte: ›Wie schrecklich, wie tragisch, viel zu früh aus dem Leben gerissen.‹ Oder aber er befürchtete, ich könnte Hintergedanken hegen und mit unanständigen Vorschlägen kommen. Möglicherweise fiel ihm die Mittsommerparty von anno dazumal ein, bei der wir uns zu fortgeschrittener Stunde, als alle anderen schon schliefen, kurz aneinandergelehnt hatten.

Jedenfalls rief er übertrieben laut: »Ah, Sirkka-Liisa kommt gerade nach Hause, mittwochs singt sie immer im Chor! Wir gehen übrigens jeden Tag schwimmen, mein Schatz und ich, und anschließend gehen wir von der Schwimmhalle zu Fuß nach Hause. Und freitags spielen wir in einer Seniorengruppe Theater!«

Blieb nur noch ein Name: meine Studienfreundin Pirkko Suikkari, genannt Pike. Ich fand sie auf Facebook und erkannte sie mühelos wieder, auf ihrem Profilbild war sie höchstens fünfzig. Tja, wollten wir nicht alle erwachsen und weise werden, aber dabei niemals alt aussehen?

Pikes Antwort kam spät am Abend und quoll über vor Emoticons.

»Heiliger Strohsack, du bist's, Ullchen! Ich bin seit dem

ersten Mai im Sommerhaus und bleibe wie immer tapfer bis zum Herbst. (Emoticons: Panikgesicht, Wildschwein, fliegender Adler.) Ehrlich, ich harre aus, bis der erste Schnee fällt! (Traktor, Grinsegesicht.) Aber dann gilt: Der Frost treibt selbst die Schweine heim, oder wie heißt es noch mal? (Schweinegesicht, Grinsegesicht mit Lachtränen.) Oder vielleicht doch eher der Geschlechtstrieb? (Aubergine, hysterisches Lachgesicht.)«

Ich fand Emoticons albern.

Kurz und knapp antwortete ich: »Olli ist unter der Erde, und ich bin gerade dabei, ein neues Leben zu beginnen.«

Im Gegensatz zu mir war Pike facebook-geübt, formulierte flüssig und betont mündlich. Sprechdurchfall in Schriftform.

»Oh je! Aha! Arme Ulla. Aber du schaffst das! Wirklich! Hier ist das Leben lustig und entspannt, ich quatsche mit den Dachsen und Maulwürfen. (Zwinkerndes Grinsegesicht.) Einmal pro Woche hol ich im Dorfladen Würstchen und Wein (drei Herzen), an den anderen Tagen zieh ich mich gar nicht erst an (Gesicht mit Heiligenschein). Im Juli ist Hellu kurz vorbeigekommen, war hier aber wohl nicht nach ihrem Geschmack. (Heulendes Gesicht, Affe mit Händen vor den Augen.)«

Hellu und Pike hatten also Kontakt gehalten – während ich darauf aufpasste, dass Olli nicht aus dem Bett fiel oder an seinem Erbrochenen erstickte. Der Gedanke an das, was meine Freundinnen in dieser Zeit alles erlebt haben mochten, machte mich ein wenig eifersüchtig. Ohne mich hätten die beiden sich nie kennengelernt, ich hatte sie bei irgendeiner Gelegenheit einander vorgestellt.

Ich reagierte nicht. Pike schrieb unerschrocken weiter.

»Ullchen, du bist also wieder im Boot! Weißt du was? Ich glaube, ich komme sofort zurück in die Stadt! (Ein Taxi und viele Gesichter auf einmal.) Wir müssen unbedingt zusammen ausgehen! (Zwei Gläser, eine Flasche mit herausploppendem Korken, ein lachendes Gesicht mit Sonnenbrille.) Da gibt es einen riesigen Markt! (Stiletto-Schuhe, Kussmund.) Du bist weiß Gott nicht die einzige Witwe in Helsinki, und von Geschiedenen wimmelt es geradezu. (Tanzendes Paar, fünf pochende Herzen.) Jetzt ist unsere beste Zeit! (Diverse lachende Gesichter, dazwischen ein Pinguin.)« Das letzte Emoticon war höchstwahrscheinlich ein Versehen.

3

Ich hetzte aus Kerava in Helsinkis gutbürgerlichen Stadtteil Töölö. Die Eile hätte ich mir sparen können, aus unserem Trio war ich die einzige Pünktliche im Klassenzimmer. Pike schickte mir eine Absage aufs Handy, Hellu kam zu spät und sah elend aus. Die Werte auf ihrem Fitness-Armband seien erschreckend schlecht, klagte sie und wollte wissen, wie der Abend für mich und Pike weitergegangen sei. Statt zu antworten, tat ich, als würde ich noch schnell Vokabeln lernen.

Unsere Lehrerin war sehr nett, jedoch das reinste Kind, so jung wie der Arzt im Gesundheitszentrum, fast minderjährig also. Ihr Name klang entsprechend jugendlich und für meine Ohren fremd; Miisa oder Yannika oder so was in der Art, ich hatte es schon wieder vergessen. Sie war lustig und schwungvoll, farbenfroh gekleidet und entsprach ganz dem Bild der idealen Sprachlehrerin.

Hellu liebte Fremdsprachenunterricht, egal welche Sprache. Ihr Motto lautete: Wer Neues lernt, bleibt vital. Aus dem gleichen Grund besuchte Pike nun schon zum fünften Mal den Kurs ›Spanisch für Touristen‹, hatte sich diesen Herbst aber auch noch spontan unserer Italienischgruppe angeschlossen. Sie wollte doch ihren Traum von der Weinverkostungsreise durch die Toskana wahrmachen! Als Expertinnen für romanische Sprachen vertraten Hellu und Pike klare Prinzipien:

»Wenn du beim Subjuntivo ankommst, lass die Hände davon! Lieber einfach wieder von vorn anfangen.«

Unsere Lehrerin kämpfte mit dem Laptop, was uns eine willkommene Verschnaufpause bescherte; das Begrüßen und der kleine Small Talk zum Aufwärmen hatten uns nach der gestrigen Nacht schon genug abverlangt.

»Das waren die Dehnübungen fürs Gehirn«, kommentierte Hellu, »wer in diesem Alter nicht aktiv bleibt, baut ab und kapiert irgendwann gar nichts mehr! Schwups, schon bist du eine Oma.«

Pah. Ich bin schon lange eine Oma. Seit die Hitzewallungen mir die angeblich allerbesten mittleren Jahre angekündigt haben! Seit aus der Jugendliebe von Marko plötzlich eine minderjährige Schwangere wurde, jawohl. Und ich bereits drei Monate nach der Hochzeit die Großmutter eines winzigen Mädchens war. Ich war viel zu geschockt über Markos frühe Vaterschaft und meine plötzliche Rolle als Oma, um darin auch nur ansatzweise so aufgehen zu können wie Markos Schwiegermutter, die das Ganze geradezu professionell nahm und sich schon ab dem Tag des positiven Schwangerschaftstests überall und ausnahmslos als Oma vorstellte. Als wäre verdammt noch mal ihr Name aus dem Einwohnermelderegister getilgt! Und auch mich nannte sie ab sofort nur noch ›Oma‹, dabei war ich nicht einmal fünfzig.

Unsere Lehrerin gab den Kampf mit dem Computer auf und schlug vor, eine ausführliche Vorstellungsrunde zu machen, zur Entspannung mal nicht auf Italienisch. Einfach, wie uns der Schnabel gewachsen war.

Furchtbar. Vor lauter Aufregung kriegte ich kaum mit, was die anderen von sich erzählten. Der einzige Mann in unserer Gruppe stotterte, was mich immerhin kurz ablenkte, da ich über den Grund für seinen Sprachfehler nachdachte.

Jetzt war Hellu an der Reihe. »Ich bin eine aktive Seniorin, aber eine wirklich miese Sprachenlernerin«, fing sie an. Sie plauderte munter drauflos und machte Witze über sich selbst; als Beispiele ihrer unzähligen Interessen nannte sie Porzellanmalerei, Yoga, Flamenco, ihr Abo beim Helsinkier Stadtorchester, Science-Fiction-Filme und Unterricht in alten Sprachen.

»Habe ich das wirklich gesagt? Ha, ich meinte natürlich Sprachunterricht mit Alten – aber immer schön im Anfängerkurs!«

Sie kicherte fröhlich, alle anderen lachten mit. Ich war die Einzige mit ernstem Gesicht, denn nun war ich dran.

»Ich bin Ulla-Riitta Rauskio«, begann ich mit dünner Stimme und ärgerte mich schon jetzt über mich selbst. Niemand nannte mich Ulla-Riitta!

»Nennt sie einfach Ullchen«, warf Hellu ein und gab spontan eine kleine Kindheitsanekdote zum Besten. »Als wir beide noch erheblich jünger waren, hat mein kleiner Bruder Ullchens Tretschlitten geklaut, und als er ihn wieder zurückbringen und sich entschuldigen sollte, hatte ich die verantwortungsvolle Aufgabe, ihn zu begleiten. So lernte ich Ullchen kennen. Das Ganze ist hundert Jahre her und war noch vor unserer Einschulung. Die ist erst achtundneunzig Jahre her.«

Wieder lachten alle. Dann richteten sich die Augen auf mich. Wie sollte ich jetzt weitermachen? Über mein Alter würde ich nicht sprechen, das hatte ich schon vor Hellus Einschub beschlossen. Ich musste irgendein einfaches, unkompliziertes Thema wählen.

»Ich bin Mutter zweier erwachsener Kinder«, hörte ich mich sagen und erstarrte vor Schreck. Konnte man sich noch langweiliger vorstellen? Und wer hätte angenommen, dass ich Kinder hatte, die *nicht* erwachsen waren? Und war das Muttersein in diesem Alter wirklich noch der wichtigste Baustein meiner Identität? War außerdem die Anzahl meiner Kinder nicht völlig wurscht, wo es hier doch um den gemeinsamen Italienischunterricht ging?

»Und Italienisch habe ich schon immer geliebt«, stammelte ich, wurde rot und sah zu der Grauhaarigen neben mir, um ihr anzudeuten, dass sie an der Reihe war. Italienisch schon immer geliebt? Was für eine plumpe Lüge.

Ich versuchte, mich auf den Rest der Vorstellungsrunde zu konzentrieren. Erstaunlicherweise waren fast alle Frauen Mütter erwachsener Kinder und hatten eine Schwäche für Italienisch.

»Du hast nicht gesagt, dass du Witwe bist!«, zischte Hellu mir tadelnd ins Ohr.

Witwe, auch das noch! Auch diese Rolle kann ich nicht gut ausfüllen. Ist man als Witwe nicht tief unglücklich, mutterseelenallein und erweckt in den anderen jede Menge Mitgefühl? Ha, auf dieses Mitgefühl kann ich verzichten! Auf der Beerdigung, da war ich traurig und erschöpft, ja, eine richtig gute Witwe. Allerdings die Witwe eines Mannes, den der Pastor und die wenigen Trauergäste als gut gelaunten Angelkumpan, zuvorkommenden Gentleman und gesellige Frohnatur beschrieben. Diesen Olli habe ich niemals kennengelernt! Niemand sprach von dem schweigsamen, brummigen Egoisten, der sich die meiste Zeit mit einem Whiskeyglas in der Hand in seiner kleinen Bibliothek verkroch. Bis der Schlaganfall dem ein Ende machte! Mein erster Gedanke damals war: Endlich ist Schluss.

»Ich glaube, ich muss das mit den Italienischstunden bleiben lassen«, stöhnte ich, als wir nach dem Unterricht in Richtung Zentrum gingen.

Ich war vollkommen erledigt, mein Unterhemd klatschnass. Mal wieder hatte ich die ganze Zeit Angst gehabt, auf etwas antworten zu müssen, das ich nicht verstand. Wenn eine längere Aufgabe reihum gelöst wurde, zählte ich genau ab, bei welchem Satz ich drankäme, und kriegte vor lauter Nervosität nicht mit, was die anderen sagten. Wenn meine Nachbarin versehentlich eine Zeile übersprang und meinen Satz nahm, geriet ich in Panik. Was für ein Stress!

Hellu dagegen fand, ich würde mich gut machen und sollte endlich damit aufhören, überall die Beste sein zu wollen.

»So warst du schon in der Schule, Ullchen, immer angespannt, eine ziemliche Streberin, wenn du mich fragst.«

Dann wechselte sie das Thema und redete von dem einzigen Mann im Kurs, dem Stotterer im Strickpullover, der im Laufe der Stunde allerdings kaum noch gestottert hatte. Er war sogar richtig in Fahrt gekommen! Ich wunderte mich, warum jemand mit so guten Italienischkenntnissen überhaupt einen Sprachkurs besuchte.

»Ullchen, du Hohlkopf, denk doch mal nach. Weil er da alleinstehende Frauen trifft! Frauen wie dich! Ich würde dir dringend raten, deinen Ehering zu Hause zu lassen und dir den Kerl zu schnappen! Bevor eine andere es tut.«

Wie bitte? Ich fand ihn viel zu alt für mich, er war mindestens zehn Jahre älter! Hellu erklärte das für unerheblich:

»Quatsch. Je älter man wird, umso weniger fällt der Altersunterschied ins Gewicht.«

Mit dieser Behauptung lag sie eindeutig falsch.

Der Altersunterschied spielte zu Beginn des Lebens und auch am Ende eine sehr entscheidende Rolle. Bei Kindern machten bereits zwölf Monate eine Menge aus, und fünf Jahre Altersunterschied waren geradezu gewaltig! Ein Sechsjähriger war von einem Einjährigen beinahe genauso weit entfernt wie ein Dreißigjähriger! Die waren im Vergleich zum Einjährigen beide schon nahezu erwachsen. Erst in der langen und langweiligen Etappe der Lebensmitte spielte das Alter keine Rolle mehr, die Leute wurden alterslos. Hier stimmte Pikes Credo, dass das Alter nichts bedeutete und quasi aus austauschbaren Zahlen bestand. Was interessierte es mich, ob mein neuer Nachbar zweiunddreißig oder sechsundvierzig war?

»Aber dann, wenn wir in die letzte Kurve vor der Zielgeraden einbiegen, wird das Alter wieder wichtig«, erklärte ich Hellu, die mich anstarrte, als würde ich auf einmal fließend Russisch sprechen. »Fünfundsiebzig ist nicht dasselbe wie siebenundsechzig. Und dreiundachtzig ist nicht dasselbe wie fünfundsiebzig! Und alles über neunzig ist nun wirklich nicht dasselbe wie dreiundachtzig! Das muss dir doch klar sein.«

Ich redete und redete. Über meinen Ärger, wenn in der Zeitung über Senioren berichtet wurde, die ehrenamtlich mit Alten spazieren gingen, und sich die Zweiundsiebzigjährige, die interviewt wurde, nicht als eine der engagierten Seniorinnen entpuppte, sondern als eine von den unselbstständigen Greisinnen. Und in der Statistik gab es ab fünfundsechzig überhaupt keine neuen Einheiten mehr, ab jetzt galt für alle ›65+‹!

»Und das soll unsere Identität sein, Hellu? Fünfundsechzig plus?«

Hellu schwieg.

Ich auch. In unangenehmer Stille gingen wir nebeneinander her. Bis zu Hellus Haus. Ich musste von dort noch zwei Blöcke weiter, zur Haltestelle an der Mannerheimstraße. Ich überlegte, ob ich meine Freundin verletzt hatte. Wenn ja, wäre das nicht meine Absicht gewesen. Aber leider war alles rund ums Thema Alter ein heikles Terrain, vor allem wenn man die siebzig überschritten hatte. Hellu war meine beste Freundin aus Kindertagen. Bisher hatte ich sie nie als Repräsentantin ihres Alters wahrgenommen, Hellu war Hellu, wir schritten Seite an Seite durchs Leben.

Wir standen vor dem Haus, in dem sie wohnte. Hellu schaute mit gerunzelter Stirn nach den Werten auf ihrem Fitness-Armband. Dann suchte sie ihren Schlüsselbund, der an einer Kette um ihren Hals baumelte. Als sie ihn endlich entdeckte, schnaubte sie durch die Nase und suchte ihre Brille – um den richtigen Schlüssel zu erkennen. Die Brille hatte sie auf die Stirn geschoben. Irgendwann merkte sie es, lachte lauthals und zog die Brille eine Etage tiefer auf die Nase.

»Soso, die letzte Kurve vor der Zielgeraden«, sagte sie und hörte auf zu lachen. »Sollen wir sie die Todeskurve nennen? In der befinden wir uns jetzt also?«

Wir fielen uns in die Arme und drückten uns zum Abschied. Eine Angewohnheit, mit der wir Mitte fünfzig begonnen hatten. Morgen würden wir wieder telefonieren.

4

»Herrlich, so viel Platz!«, rief meine Tochter Susanna und tanzte wie eine Ballerina übers Parkett. Der ambulante Pflegedienst hatte nach Ollis Tod alle Hilfsmittel sofort mitgenommen, das geräumige Auto war am selben Tag gekommen wie der Leichenwagen. Ich hatte noch keine Ahnung, was ich nun mit dem Platz anfangen sollte, den das Krankenbett, das Toilettengestell, verschiedene Aufstehhilfen, die Morphiumpumpe und die vielen Windelpakete beansprucht hatten. Susannas Schritte und Sprünge hallten fast wie in einer Kirche. »So viele Quadratmeter, nur für eine einzige Person!«, rief sie.

Meine Tochter und sogar mein Sohn waren gekommen, um »für Ordnung zu sorgen«, wie sie ihren unangekündigten Überfall begründeten. Marko breitete einen Stapel Dokumente auf dem Esstisch aus, und Susanna fiel nach ihrer Tanzeinlage entschlossen über meine Schränke her. Skrupellos sortierte sie Ollis Kleidung aus und ging mit dem gleichen Schwung auch an meine Sachen.

»Unglaublich, wie viel Kram sich bei euch angesammelt hat.«

Dieser abartige Aktivitätsdrang! Ein völlig neuer Zug an meinen Kindern. Das ging sofort mit der Beerdigung los. Bis dahin sind sie immer passiv gewesen, selbst wenn man sie mal gebraucht hätte. Und dann fand Susanna plötzlich, ich müsse auf der Trauerfeier einen schwarzen Hut tragen, und hat mich zusammen mit ihrem Hund durch Dutzende von Läden geschleift. Irgendwo hat sie sogar einen dunklen Schleier aufgetrieben, mit dem ich das Gesicht verhüllen sollte, angeblich wie in Hollywoodfilmen, aber das wurde mir zu dumm.

Und Marko? Der redet zwar immer gern von seinen beiden Produktionslinien und meint damit die beiden großen Kinder und die beiden kleinen Kinder, aber zu sehen kriege ich meine Enkel nie, auch die dazugehörigen beiden Frauen nicht. Bei der Beerdigung standen dann plötzlich alle am Sarg und heulten, was das Zeug hielt. Bei den Frauen war es schlecht geschauspielert und ein alberner Wettkampf, bei den Kindern war es echt, allerdings mehr wegen der miesen Gesamtstimmung. Die fast sechsjährigen Zwillinge haben kaum eine Ahnung davon, wer Olli war. Die armen Kleinen heißen Pinie und Quell; man kann nur hoffen, dass da keine dritte Produktionslinie nachkommt. Die zwei Großen heißen Ada und Justus, aber die Namen sind dann auch das Einzige, das mir vertraut ist, auf der Straße würde ich sie höchstwahrscheinlich kaum erkennen. Die beiden sind fast so alt wie Markos zweite Frau!

Susanna dagegen hat noch keinen passenden Partner gefunden, und das mit zweiundvierzig. Statt Kindern hat sie einen Hund. Nie im Leben hätte ich gedacht, dass sie jetzt mich unter ihre Fittiche nimmt. Als wäre ich ein hilfloser Pflegefall!

»Na, wisst ihr schon, in welches Altenpflegeheim ihr mich stecken wollt?«, versuchte ich zu scherzen. Innerlich war ich ziemlich verärgert über die Brutalität der Ausmist-Aktion. Susanna hatte gerade meinen Morgenmantel und Ollis Angelausrüstung vor die Haustür geworfen, jetzt flog der alte Toaster hinterher, der aus einer Zeit stammte, als die Dinge Jahrzehnte hielten. Genau wie der Morgenmantel und die Angelausrüstung diente er noch tadellos seinem Zweck.

»Red keinen Unsinn, Mama«, wehrte Susanna ab, ohne mit dem Wegsortieren aufzuhören. Vor der Tür ergriff ein Windstoß den Morgenmantel und ließ ihn wie ein Ungetüm aufflattern, er landete dekorativ auf dem Toaster. Susanna tätschelte im Vorbeigehen meine Wange. »Und hör auf, dir Sorgen zu machen. Wir sind für dich da und helfen dir, die Dinge zu regeln.« Wie einfühlsam!

Marko regelte die Dinge auf andere Weise, männlich-knapp und ohne die Tatsachen zu beschönigen. Er blätterte in den Nachlassdokumenten und rechnete mir vor, dass meine Einkünfte eher klein ausfallen würden. Kein Wunder, so lange wie ich mich um ihn und seine Schwester gekümmert hatte. »Aber es kommt noch die Witwenrente dazu.« Sehr tröstlich. »Viel ist es allerdings nicht.« Marko schärfte mir ein, mich ab sofort einzuschränken: beim Essenseinkauf auf die Preise achten, keinen unnötigen Luxus, und bitte keine Auslandsreisen mehr. Das musste *er* gerade sagen. Marko machte vier Fernreisen im Jahr und kaufte regelmäßig teures Wildfleisch, das er mit Calvados flambierte. Aber Dokumente hin oder her, mein Sohn wusste nicht alles: Ich hatte jahrelang was zur Seite gelegt. Trotz der langen Pausen wegen der Kinder hatte sich einiges angesammelt; als Zahnärztin verdient man nun mal nicht schlecht. Außerdem hatte ich noch andere Optionen.

»Ich werde einfach das Sommerhaus verkaufen«, verkündete ich, »dann habe ich genug Geld, um es mir gut gehen zu lassen.«

»Das ist nicht dein Ernst«, sagte Marko irritiert.

»Dir gut gehen lassen?«, rief Susanna vorwurfsvoll.

Die Vorstellung, etwas so Heiliges wie das Familiensommerhaus könnte ihnen weggenommen werden, empörte die beiden. Wo würden sie ab sofort im Sommer umsonst essen und schlafen?

»Mama! Das Sommerhaus ist ein Paradies!«

Du liebe Güte. Ich bin nie ein Sommerhaus-Typ gewesen. Das letzte Mal war ich nur wegen Olli da – weil die Kinder nicht aufgehört haben, mich damit zu nerven. So eine idiotische Aktion! Susanna hatte diese fixe Idee, dass ihr Papa vor lauter Glück platzen würde, wenn er seine geliebten Krüppelbäumchen und Mückenbüsche wiedersieht. Aber Olli hat das alles gar nicht wiedererkannt. Doch das war nicht mal das Schlimmste. Es fing schon damit an, dass wir ewig mit dem Rollstuhl kämpfen mussten, bis wir ihn endlich in Markos Auto hatten, und dabei lauthals gestritten haben. So laut, dass Olli einen Anfall gekriegte hat. Das hat den Kindern einen solchen Schrecken eingejagt, dass erst mal Ruhe war. Ja, Papas Zitteranfälle, die kannten sie nicht! Aber auch das war nicht alles. Wir hatten nicht mal die Hälfte der Fahrt geschafft, da ist Olli schlecht geworden, und er hat auf Markos Ledergarnitur gekotzt. Also ran an die nächste Tankstelle, wo ich schön den Sitz sauber waschen durfte – die Kinder haben solange betreten an ihren Recyclingbechern mit Kaffee-Latte genuckelt. Als wir endlich am Ziel waren, hat Olli keine Regung gezeigt. Dafür Susanna: Mit dicken Tränen in den Augen hat sie ihren Papa x-mal vor dem Sommerhaus fotografiert. Olli durfte derweil im kalten Wind im Rollstuhl bibbern.

Unser Sommerhaus ist ein armseliger Bretterhaufen, den Ollis Vater auf dem sumpfigen Gnadengrundstück errichten durfte, das sein Bruder, ein Landwirt, ihm überlassen hatte. Eine primitive Bruchbude ohne Strom und fließend Wasser, höllisch unpraktisch. In dieser Idylle musste ich als junge Mama vor einer garstigen Schwiegermutter bestehen, die mich auf Schritt und Tritt beobachtet hat. Nichts habe ich richtig ge-

macht, absolut gar nichts. Sogar die Kartoffeln habe ich an der falschen Uferstelle gewaschen: nicht am Kartoffelstein!

»Ohne unser Einverständnis wirst du es nicht verkaufen können«, sagte Marko kühl, »die Hälfte des Hauses gehört uns. Aber wenn du hier und da was sparst, wirst du auch so gut zurechtkommen. Und wenn du es richtig schlau anstellst, können wir bestimmt sogar was für schlechtere Tage zurücklegen.«

»Schlechtere Tage? Du meinst ein Pflegeheim? Oder ein Hospiz?«

Marko hob zwar abwehrend die Hände, aber ich kannte ihn: Natürlich meinte er das, bodenständiger Realist, der er war. Und noch anderes hatte er im Kopf: Schlaganfallrisiko, Organspendeausweis, Patientenverfügung, Vormundschaftsregelung. Auf diesen Eckpfeilern ruhte mein kurzer Lebensabend. Rosige Aussichten.

Susanna sortierte gerade unsere Schuhe durch.

»Ach, Mama, du alberne Romantikerin!«, kommentierte sie meine hochhackigen Sommersandalen und pfefferte sie schwungvoll in den großen Müllbeutel. Sicherheit musste sein, in meinem Alter waren nur flache Schuhe erlaubt.

»Lasst uns jetzt bitte den Papierkram erledigen«, sagte Marko streng und präsentierte uns den Nachlass, den er mühevoll ausgearbeitet hatte. Als versierter Jurist mit einem kleinen angeborenen Schuss Gier war es ihm gelungen, Ollis Vermögen so zusammenzustreichen, dass wir nur einen unwesentlichen Betrag Erbschaftssteuer würden zahlen müssen.

»Ich habe Steuern immer als wichtigen gesellschaftlichen Beitrag gesehen«, protestierte ich.

Marko und Susanna schrien auf. Sie hatten die Schnauze voll vom Steuersystem, und die Erbschaftssteuer sei das Letzte, was die Gesellschaft heute brauche, ein dummes Überbleibsel eines überregulierten Sozialstaats.

»Das ist *unser* Besitz, Mama«, beendete Susanna das Klageduett, wobei mir unklar war, was konkret sie als ihren Besitz ansah. Meine roten Pumps, die sie gerade in den Müllbeutel stopfte, zählten jedenfalls nicht dazu. Marko legte nach: Wie kurzsichtig und egoistisch es von Olli und mir gewesen sei, unser Vermögen nicht zu Ollis Lebzeiten auf die Kinder übertragen zu haben, so wie es alle anderen Eltern zu tun pflegten. Damit hätten wir uns dieses alberne Heckmeck, wie er es nannte, ersparen können. Aber nun musste *er uns* aus der Klemme helfen. Dabei zeigte er großspurig auf sein Lügendokument.

»Da drin ist jetzt alles so weit korrekt, und wir kommen dabei so gut weg, wie es noch irgendwie möglich ist.«

Er schien auf seine Papiere stolz zu sein wie auf einen Debütroman. Susanna blickte ihren Bruder bewundernd an, blätterte sorglos durch die Seiten und kritzelte auf die letzte ihre Unterschrift. Ich zog das Dokument zu mir rüber und kündigte an, mir das Ganze später in Ruhe anzuschauen.

»Mama«, drängelte Marko, »damit willst du dich doch nicht belasten. Unterschreib einfach.«

»Du blickst da sowieso nicht durch«, säuselte Susanna. Ha, sie dachte wohl, das sei liebevoll.

5

Beim Friseur bestellte ich das volle Programm: Waschen, Pflegen, Kuren, Kopf- und Nackenmassage, Färben, Schneiden, Föhnen, Stylen und Abschlusspflege mit Lack. Das klang fast wie beim Restaurieren eines antiken Möbelstücks.

»Ich massiere Ihnen Avocadoöl in die Kopfhaut, das tut den müden Haarwurzeln gut.«

Die Friseurin hatte das ideale Alter für meine Zwecke, nichtssagende vierzig oder so; ein Alter, in dem man sich noch einbildete, jung zu sein, dabei dämmerte längst die Menopause am Horizont herauf, was man aber schön verdrängte. Genau so, wie man sich vor dem dringend notwendigen Sehtest drückte. Diese Friseurin mit dem estnischen Akzent würde noch mindestens so lange berufstätig sein, wie ich einen Friseur brauchte, und ich beschloss, mich bis zu meinem Tod ihren sensiblen Händen anzuvertrauen.

»Ihre Spitzen sind ziemlich trocken, die behandle ich mit Olivenbalsam. Es enthält außerdem noch Hafer-, Mandel- und Kastanienextrakt.«

Ich staunte, wie viel Essbares in kosmetischen Produkten landete statt auf dem Teller. Aber nun gut, meine Haare konnten es sicher gebrauchen auf ihre alten Tage. Bei der Kopf- und Nackenmassage versank ich regelrecht in Trance. Diese Frau gab mir die beste Massage meines Lebens! Wie dankbar ich mich auf ihrem Stuhl fühlte, wie gut diese Dienstleistung mir tat! Die Leute, die seinerzeit auf *meinem* Behandlungsstuhl saßen, hatten das garantiert leider nie so empfunden. Wusste meine neue Friseurin eigentlich, was für eine Wohltäterin sie war?

Ich muss nur die Augen schließen, und ich sehe die ängstlichen Blicke meiner Patienten wieder vor mir. Ihre panischen Augen, jeden Tag aufs Neue. Ihre angespannten Stimmen. Die ich zum Schweigen bringe, indem ich den Leuten Spritzen in den Mund schiebe oder den Bohrer ansetze. Manche zittern und weinen und krümmen sich im Behandlungsstuhl. Erwachsene Männer brüllen »Mama«.

Die Zahnarzthelferin und ich haben immer versucht, uns möglichst normal zu unterhalten, für uns war das der Arbeitsalltag.

»Wird früh Winter dieses Jahr«, habe ich vielleicht gesagt. »Gibst du mir mal den Diamantbohrer?«

»Mein Mann hat schon die Winterreifen montiert«, erwidert sie und reicht mir den gewünschten Bohrer. Die Patientin, die eben erst die Betäubung hinter sich gebracht hat, fängt wieder an zu zittern.

»Habt ihr schon Pläne für den Winterurlaub?«, frage ich meine Helferin.

Der Bohrer heult, die Patientin ballt die Fäuste.

»Wir fliegen über Silvester nach Gran Canaria, dasselbe Hotel wie letztes Jahr«, sagt sie und saugt der Patientin den Angstspeichel weg. Das Blubbern ist so laut, dass wir unser Gespräch unterbrechen müssen. Ich konzentriere mich aufs Bohren. Immer schön weg mit der kariösen Stelle! Da zuckt die Patientin mit den Beinen – hat die Betäubung also doch nicht ganz ausgereicht.

»Das klingt schön«, beende ich das Urlaubsthema, zeitgleich mit der Behandlung.

»Sind das Naturlocken?«

Die Friseurin hob ein paar Strähnen an. Das grelle Licht und der große Spiegel waren gnadenlos. Seit wann hatte ich so strohige Haare? Der Schlaraffenkur zum Trotz hingen sie schlapp herunter. Wo erkannte die Friseurin da Wellen, geschweige denn Naturlocken?

»Na ja, nach dem Krebs …«, setzte ich an, biss mir aber sofort auf die Lippen.

Ich war nicht die Sorte Frau, die ihrer Friseurin das Herz ausschüttete. Außerdem wurde auf dem Nachbarstuhl so laut über den untreuen Ehemann und den tollen Sohn gesprochen, dass das für alle ringsum reichte. Auch, was die Peinlichkeit betraf.

Aber meine estnische Friseurin war gesprächig.

»War es Brustkrebs?«, hakte sie nach. »Wie lange ist das her?«

Ihre Stimme schallte unangenehm laut durch den Raum. Die betrogene Ehefrau auf dem Nachbarstuhl drehte den Kopf so plötzlich in meine Richtung, dass sie fast die Schere ins Auge bekam. Für einen Augenblick schien alles stillzustehen. Sogar die peppige Radiomusik hatte einen Aussetzer, damit sich alle Anwesenden der armen, alten Frau mit den leblosen Haarsträhnen und dem Brustkrebs zuwenden konnten. Mir.

»Ja, ist aber schon lange her«, sagte ich und hoffte, meiner Friseurin, die hoffentlich berufsbedingt auch therapeutisches Gespür hatte, durch die Kürze der Antwort ein klares Zeichen gegeben zu haben. Leider konnte ich nicht wissen, dass ihre Mutter gerade Brustkrebs hatte. Und die Schwester der Frau auf dem Nachbarstuhl war gerade davon genesen. Die Arbeitskollegin der Kundin, die auf der anderen Seite des Raumes saß, hatte einen besonders aggressiven Brustkrebs, der sich in die Lymphknoten ausgebreitet hatte und, dem dramatischen Ton der Frau nach zu urteilen, wohl akut auf den Darm übergriff.

Vorbei der wohltuende Genuss! Der Friseurbesuch war in eine Tortur umgeschlagen. Alle außer mir sprachen über Brustkrebs, die Begriffe flogen nur so durch den Raum: Zytostatika, korrigierende OPs, duktale Karzinome, HER2-Wachstumsrezeptoren, TNM-Klassifikation, vollständige Ablation, Begleittherapien ... ein eisiger

Winterhagel aus Fachbegriffen. Müde starrte ich in mein fahles Gesicht.

»Ich hatte an Kastanienbraun gedacht«, sagte ich in den Redestrom meiner Friseurin hinein, die gerade von der Dickdarm-OP ihres Schwiegervaters berichtete. Ich hoffte, meine Farbassoziation stammte nicht daher.

»Oh ja, das klingt gut«, wechselte nun auch sie endlich das Thema und schlug vor, hier und da ein paar hellere Strähnen mit einzufärben, »so erreichen wir einen besonders lebendigen Look.« Sie benutzte das Wort ›wir‹ mehrmals – als würden wir gleich gemeinsam den Farbpinsel schwingen.

»Möchten Sie Kaffee? Was zu lesen? Wir haben die *Happy Ageing*, *Gesundheit für Senioren* und noch ein paar andere Zeitschriften da, ich lege sie Ihnen mal hin, das dauert ja jetzt eine Weile.«

Ich blickte verdattert auf die Zeitschriften. Sollte ich dankbar sein, dass sie mir keinen *Donald Duck* auf den Schoß drückte, was vermutlich die Lektüre bei beginnender Demenz gewesen wäre? So weit war ich jedenfalls noch nicht. Nein, noch bombardierte man mich mit Sport- und Gymnastiktipps, empfahl lange Spaziermärsche und Übungen mit dem Medizinball, kam dann überraschend schnell auf Vaginalkugeln, befeuchtendes Gleitgel, aber dann auch wieder auf Anti-Rutsch-Matten zu sprechen, nicht zu vergessen Ratschläge für kaschierende Kleidung, und immer wieder Sport, Sport, Sport, dreimal am Tag den Puls hochtreiben und leicht schwitzen, bitte. Anscheinend interessierte eine Frau über siebzig sich nur noch für Sport. Ach so, Gelenkverschleiß, Schlafstörungen, eine vielseitige Ernährung kamen als Themen auch noch vor. Und wie man lästige Schwellungen loswurde (Ballaststoffe! Obst! Wasser! Darmeinläufe! Und nicht zu vergessen: Sport!). Irgendwo war dann noch vom alten Finnland in den Grenzen von vor 1945 die Rede, und am Ende der Zeitschrift fanden sich Ratschläge für eine lange, glückliche Ehe – von gerade mal 50-jährigen Prominenten.

Geschichtlich wird also weit zurückgeschaut. Eine andere Blickrichtung gesteht man uns wohl nicht mehr zu. Na gut, und was sehe ich da? Zu Beginn meines Lebens war ich ein winziges, unterernährtes Kind, es herrschte Krieg und es gab nichts zu essen. Ich wurde größer, doch meine Welt blieb klein; in unserem Dorf war das Spannendste das Wetter. Im Studium habe ich in Helsinkis unspektakulärem Stadtteil Meilahti zur Untermiete gewohnt und durfte niemanden mit nach Hause bringen, geschweige denn Partys feiern, denn meine Vermieterin, die Schwester meiner Patentante, war sehr streng. Wilde Feten kannte ich nicht. Und die sexuelle Befreiung, an die sich heute so viele erinnern, ist an mir vorbeigezogen, ohne dass ich Teil davon wurde. Irgendwann habe ich Olli getroffen. Während seiner Mittagspause haben wir standesamtlich geheiratet. Unser erstes Zuhause war eine Zweizimmerwohnung in Helsinki-Haaga im Norden der Stadt, winzig, dunkel und unverschämt teuer. Mit achtundzwanzig habe ich Marko gekriegt, und das war's dann mit meinem Leben. Susanna kam vier Jahre später, ich bin zu Hause geblieben und habe mich um die Kinder gekümmert. Ich Vollidiotin! Eigentlich war ich die erste weibliche Akademikerin in meiner Familie.

Irgendwann haben wir eine Reihenhauswohnung im grünen Espoo gekauft, ein Stück außerhalb im Westen der Hauptstadt. Aber weil damals kein nennenswerter öffentlicher Nahverkehr existierte, habe ich wie eine Gefangene gelebt. Der Bus Nummer 439 brauchte ewig und fuhr nur ein Mal pro Stunde. Olli hat sich in seinem VW-Käfer vom Acker gemacht, ehe die Kinder aufgewacht sind, und hockte dann in seiner Anwaltskanzlei. Ich durfte Marko und Susanna allein ertragen. Die beiden haben sich von morgens bis abends gestritten, beim Essen, beim Spielen, bei allem. Ich konnte es kaum erwarten, dass wir endlich aus der Wohnung kamen und zum Spielplatz gingen, dabei war ich nie gern draußen. Auf dem Spielplatz habe ich dann darauf gewartet, dass es zwölf wurde und wir wieder reingehen und essen können. Beim Essen wurde wie immer lauthals gestritten, und ich hoffte auf den Mittagsschlaf. Da bin ich als Erste eingeschlafen und als Letzte wieder aufgewacht. Dann habe ich darauf gewartet, dass Olli nach Hause kommt, und brav gekocht. Die streitenden Kinder waren immer bei mir in der Küche, sie durften doch ih-

ren Papa nicht stören, der nach der Arbeit gern noch im Bibliothekszimmer gelesen hat. Nach dem Essen habe ich auf die Nachrichten gewartet und darauf, dass die Kinder müde genug waren, um ohne allzu langen Streit ins Bett zu gehen. Als Letztes habe ich auf den Schlaf gewartet – es war wichtig, vor Olli einzuschlafen, der immer irgendwann zu schnarchen begann. Und das Ganze jeden Tag aufs Neue.

»Und jetzt gehen wir mal rüber zum Waschbecken«, riss mich die Friseurin aus meinen unschönen Erinnerungen. »Haben Sie in der Zwischenzeit was Interessantes gelesen?«

»Irgendwas über Gewebeschwellungen … na ja, eigentlich habe ich meine Gedanken schweifen lassen.« Warum lügen? Aber meine estnische Friseurin schien die Redewendung nicht zu verstehen.

Im Waschbecken plätscherte das Wasser behaglich an meinen Ohren entlang. Die Friseurin löste nach und nach die Klemmen und Folien aus meinen Haaren. Als alles rausgespült war, massierte sie mir wieder die Kopfhaut – eine Wohltat, wirklich unverschämt gut. Ob man hier auch einen Termin zur Kopfmassage buchen konnte?

»Für Geld tun wir alles«, antwortete meine Friseurin und wusste vermutlich nicht, was sie da sagte.

Ich lächelte mütterlich, trottete hinter ihr her und setzte mich wieder auf meinen Stuhl. Nun musste ich entscheiden, wie viele Zentimeter von der neuen kastanienbraunen Pracht runter sollten. Fragend zog meine Friseurin mit dem Kamm ein paar Strähnen von meiner Kopfhaut nach oben. Und oh je, was musste ich da bei ihr entdecken? Tiefe Stirnfalten hinter ihrem deckenden Make-up! Die Gute war in einem deutlich fortgeschritteneren Alter, als ich angenommen hatte. Schon fast in Rente, ach was, beinahe tot! Aber ich würde mich noch vor ihr aus dem Staub machen.

»Und, was denken Sie?«

Das wollte sie garantiert nicht wissen.

»Schneiden Sie ruhig ordentlich was ab.«

Ich hoffte, damit so viel wie möglich von meinem alten Leben loszuwerden. »Vielleicht zwei Drittel der jetzigen Länge?« Gleichzeitig war es mir peinlich, so viel von der teuren neuen Farbe wegzuschneiden.

»Keine Sorge, wir schneiden hier immer nach dem Färben. Soll ich den Nacken richtig kurz machen?«

»Gern, und auch die Seiten. Und wieso nicht auch das Deckhaar? Aber bitte so schneiden, dass es schön locker fällt, es soll nicht angeklatscht wirken.«

Meine Friseurin sah skeptisch aus.

»Mal sehen, was wir tun können.«

Sie schnippelte tapfer drauflos. Das regelmäßige Geräusch ihrer Schere klang erstaunlich munter, und ab und zu blitzte das scharfe Arbeitswerkzeug hell auf. Mein ehemals graues, langweiliges Leben flatterte kastanienbraun auf den Laminatboden. Auf ein schwarz-weißes Schachbrettmuster, Symbol des Kräftemessens.

Eine Stunde später trat ich auf die Straße. Ich hatte mich wiedergefunden, war erfrischt und voller Energie, bereit für neue Herausforderungen.

Für alles, was eine Vierundsiebzigjährige noch erleben konnte.

6

Ich hörte das dumpfe Gebell von Susannas Mischlingshund schon, bevor meine Tochter – ohne zu klingeln – mit ihrem eigenen Schlüssel aufschloss.

Hektisch stand ich auf; ich hatte nackt im Bett gelümmelt und Zeitung gelesen. Ich warf mir meinen Morgenmantel über – einen hatten meine Kinder mir bei ihrer Aufräumaktion noch dagelassen – und ging meiner Tochter barfuß entgegen.

»Jerkku und ich wollten mal schauen, was die liebe Mama so macht«, flötete Susanna, und Jerkku, dieses Kalb von einem Hund, schüttelte Dreck, Flöhe und Speichel in meinen Flur. Sein Frauchen tätschelte ihm dafür anerkennend den Kopf. Davon ermutigt, nahm das Vieh Anlauf, rannte in mein Schlafzimmer und sprang in mein warmes Bett, um dort seinen muffigen Geruch in die frischen Laken zu reiben. Susanna ignorierte meinen entsetzten Blick und starrte auf meinen Kopf, als hätte ich Schuppen oder eine nässende Wunde.

»Oh Gott, Mama, wie siehst du denn aus?«

Ich warf einen Blick in den Flurspiegel. Keine Schuppen, keine Wunden, nicht einmal Altersflecken, jedenfalls nicht ohne Brille. Aus dem Spiegel schaute mir eine stilvoll frisierte, dynamische Frau in den besten Jahren entgegen. Mein kastanienbraun gefärbtes Ich.

»Ich war beim Friseur«, sagte ich gut gelaunt und wuschelte mir durch die neue Kurzhaarfrisur.

Eine mildere Reaktion auf meine Veränderung, geschweige denn ein positives Feedback hatte ich von meiner Tochter ohnehin nicht erwartet. Die eigenen Kinder, egal wie lange sie schon erwachsen waren, setzten bei ihren Eltern ganz konservativ ein permanentes Gleichbleiben voraus. Wir durften uns nicht verwandeln, mussten stets ihrem ewiggleichen kindlichen Bild entsprechen. Die ganz unweigerlich mit der Zeit eintretenden Veränderungen wollten sie nicht einmal an sich selbst wahrhaben. Susanna war eine farblose, ja fast leblose Mutter gewöhnt, die seit Jahren grau in grau herumlief und sich nicht um ihr Äußeres kümmerte. Anders als Susanna, die zeitweise keinen anderen Lebensinhalt als ihr Äußeres gekannt hatte.

»Haarefärben ist doch furchtbar teuer, Mama!«, rügte mich meine Tochter, die momentan eine blonde Phase durchlief.

»Kann schon sein, ich habe nicht darauf geachtet.«

»Solltest du aber. Und in einem Monat hast du dann einen grauen Haaransatz und musst nachfärben lassen. Na ja, deine Haare wachsen wohl inzwischen langsamer, aber in zwei Monaten musst du auf jeden Fall wieder hin. Dafür hast du doch gar kein Geld, Mama! Und für wen willst du überhaupt gut aussehen?«

Meine Tochter schüttelte den Kopf, als wäre ich ein schwer erziehbares Kind. Oder eine debile Greisin. In ihren Augen übertrat ich jetzt die Grenze zur Altersverrücktheit, und als Beleg dafür reichte ihr mein Alter: eine Vierundsiebzigjährige, dazu verwitwet, keine Hobbys, kein Freundeskreis, jedenfalls in den letzten Jahren hatte es keinen gegeben. Also eine tickende Zeitbombe. Meine Kinder hatten eine Riesenangst, irgendwann in etwas Unschönes und Übelriechendes reingezogen zu werden, das ihr selbstbestimmtes Leben einschränkte. Sie hatten panische Angst vor dem Alter, *meinem* Alter, denn *sie*, nein, *sie* wurden ja nicht alt.

Der Hund lief unruhig zwischen Wohnzimmer und Küche hin und her und kaute auf etwas herum. Das Etwas sah aus wie mein Pantoffel.

»Jerkku wird dir jetzt Gesellschaft leisten, Mamilein, das tut dir gut, da bewegst du dich ein bisschen«, kündigte Susanna an.

Stopp. Seit wann benutzen wir in unserer Familie Verniedlichungen wie Mamilein? Das ist bei uns nicht üblich – und wird es auch nicht werden! Wäre ja noch schöner. Denkt Susanna etwa, sie kann nach dem Tod ihres Papas einfach in mein Leben marschieren und über mich bestimmen? Nachdem sie Jahrzehnte durch Abwesenheit geglänzt hat? Über mein Leben bestimme immer noch ich! Wühlt hier einfach meine persönlichen Sachen durch und verweist mich auf den Platz der

Greisin mit Rollator! Gibt mir Kosenamen und spricht mit mir wie mit einem Kleinkind. Es gibt kein Mamilein, und das wird es auch nie geben. So tief werde ich nicht sinken.

»Susanna, ich verstehe nicht ganz. Du warst doch selbst erst mit dem Hund draußen«, warf ich ein.

»Nein, ich bin mit dem Auto da. Aber das Wetter ist herrlich, es wird dir Spaß machen draußen mit ihm. Das gibt dir einen Frischekick!«

Sie blieb stur, doch ich widersetzte mich. Wieso zum Donner sollte plötzlich ein schlecht erzogener Hund von der Größe eines Fohlens mein Leben und meine Laune verbessern? Aber meine Tochter hatte längst für mich entschieden. Erst lockte und schmeichelte sie, dann wurde sie streng, und schließlich brüllte sie mich an. Als ich nicht darauf ansprang, kippte ihr Brüllen erstaunlich schnell in Geheule. Krokodilstränen! Jetzt war Mamas Mitleid gefragt. Die arme Tochter musste ja so viel ertragen. Fiese Arbeitskollegen, Überstunden, einen inkompetenten Chef, Stress mit den anderen Wohnungsbesitzern in ihrem Haus, einen unangenehmen Nachbarn, Hexenschuss und vieles mehr, und für all das konnte sie rein gar nichts!

»Mama, zwei Tage wirst du mir Jerkku doch wohl mal abnehmen können. Das wird dir so was von guttun!«

Irgendwann erfuhr ich den wahren Grund für ihr Anliegen. Susanna wollte übers Wochenende verreisen, und als ich hartnäckig blieb, erfuhr ich auch, mit wem: einem

Mann. Ein romantischer Kurztrip zu zweit. Der Hund wäre da nur im Weg.

»Das ist doch eine echte Win-win-Situation. Du hast endlich Gesellschaft und musst regelmäßig an die frische Luft, und ich kriege … ähm, was mir zusteht. Ich habe mir das wirklich verdient, Mama. Und auch du wirst eine gute Zeit haben mit Jerkku.«

Der Hund hatte gerade meinen Pantoffel auf dem Sofa abgelegt und leckte mit der Zunge meine nackten Füße ab. Mit einem leichten Tritt scheuchte ich ihn weg. Susanna schleppte einen gewaltigen Sack Hundefutter in die Küche. Ins Schlafzimmer, gleich neben mein Bett, schleifte sie ein stinkendes Bodenkissen, das sie Jerkkus Heia nannte. Dann verteilte sie in der gesamten Wohnung hässliche, schon zigfach eingespeichelte Nageknochen. »Damit er sich zu Hause fühlt.«

Anschließend inspizierte sie meinen Kühlschrank, schnupperte an den Lebensmitteln und überprüfte das Ablaufdatum der Milchprodukte. Einen frisch angebrochenen Becher Sahne entsorgte sie im Abfall. Die Gute wollte natürlich sichergehen, dass ich kein verschimmeltes Essen zu mir nahm und meinen Kühlschrank nicht vermüllen ließ. Sie schien sich ihrer Übergriffigkeit kein bisschen zu schämen und klopfte sogar noch freundlich gemeinte Sprüche über mein fürchterlich ödes Leben, das durch Jerkku nun endlich aufgepeppt wurde. Das Vieh machte sich derweil über einen Riesenknorpel her und sabberte meinen Teppich nass.

»Morgens braucht er einen mittellangen Spaziergang, am besten schon kurz vor acht.«

»Aufs Wochenende nimmt er da keine Rücksicht?«

»Haha, Mama, guter Witz. Und dann hast du erst mal Ruhe bis vier, da ist er allerdings gern eine ganze Stunde draußen. Und abends noch mal kurz vor dem Schlafengehen, so zwanzig bis dreißig Minuten, das reicht.«

Susanna machte sich jetzt im Flur nützlich, indem sie mit dem Zeigefinger über meine Kommode strich und die Staubschicht überprüfte.

Du liebe Güte! Schon meine Mutter war Spitzel und Sklaventreiber in einer Person, hat mich auf Schritt und Tritt verfolgt und überwacht, ob ich auch alles richtig mache, und wenn nicht, hat sie mich korrigiert. Immerzu Gemeckere, und den ranzigen Putzlappengeruch konnte ich sowieso nicht ertragen. Als ich endlich ausgezogen war, betrat dann meine Schwiegermutter die Bühne und mischte sich ebenfalls in alles ein. In meinem eigenen Zuhause! Was sie nicht alles wusste und konnte! Und ranschleppte! Ständig kriegten wir aussortierte Sachen aufgedrückt. Der Höhepunkt war die mottenbefallene bunte Kinderjacke, angeblich toll für Besuche im Theater, ich lach mich tot, wann hätte ich es je mit den Gören ins Theater geschafft? Und als dann die Motten durch die Wohnung geflattert sind, hat die dumme Ziege mich als unhygienisch beschimpft, ich wäre ja noch dreckiger als die Russen, hat sie gesagt! Als sie dann mit achtundneunzig endlich die Biege gemacht hat, war ich zum ersten Mal in meinem Leben frei. Und jetzt kommt meine Tochter, die Schlange, und nennt mich Mamilein, wühlt sich durch meine Schränke und überprüft meinen Staub! Der gehört mir und geht keinen was an, verdammt noch mal! Ich habe mich bei ihr schließlich auch nie eingemischt. Ihr Kinderzimmer war immer ein einziger Saustall, na und? Umso besser, ein Zimmer weniger, in dem ich staubsaugen musste. Und in ihre eigene Wohnung hat sie mich nie eingeladen. Kein einziges Mal! Und sie selbst platzt hier einfach rein, ohne zu klingeln.

»Ehrlich gesagt ist Jerkku vorhin nur kurz auf dem Hof rumgesprungen. Er muss jetzt wirklich dringend raus.«

Susanna stand vor dem Flurspiegel und legte Make-up nach – Lippenstift, Kajal und Wimperntusche –, dabei redete sie munter weiter: »Mein doofer Nachbar hat sich über den armen Hund schrecklich aufgeregt, ich musste ihn sofort wieder reinholen. Du solltest dich wirklich schnell fertig machen, Mamilein. Also, tschüss dann!«

Schon war Susanna draußen und strebte ihrem Abenteuer entgegen. Und kaum war die Tür ins Schloss gefallen, begann das dumme Vieh zu bellen, kratzen, winseln und sabbern. Leider stieg mit jedem Bellen eine Wolke übelsten Hunde-Mundgeruchs auf. Es half nichts, ich musste mich anziehen und mit ihm rausgehen.

Draußen zerrte Jerkku mich mit rasselnder Atmung voran, wollte immer weiter und ließ sich auch von Ampeln nicht stoppen. Dass sein Vater ein Blindenhund gewesen war, hätte man nie für möglich gehalten. Kaum waren wir auf dem eingezäunten Auslauf für Hunde angekommen, hagelte es Kommentare von den echten Herrchen.

»Sie sollten eine andere Leine ausprobieren.«
»Das ist wohl nicht Ihr eigener Hund?«
Und so weiter und so fort.

Als Jerkku sich ausgetobt hatte und zunehmend neugierig an den Hinterteilen der anderen Hunde schnüffelte, die so groß beziehungsweise klein waren wie sein Kopf, hatte ich genug vom Expertenaustausch und übernahm nun meinerseits die Rolle der Antreiberin. Energisch zerrte ich Jerkku vom Platz. Oder ich versuchte es jedenfalls.

»Der ist ja ein halber Stier. Ein Mischling, oder? Welche Rassen sind es denn?«

Es hatte keinen Zweck. Wenn er schon meiner Tochter nicht gehorchte, wie sollte er da mir gehorchen? Obendrein stellte sich mir eine Pudelbesitzerin in den Weg, bewachte den Ausgang und gab mir einen unerwünschten Ratschlag nach dem anderen. In der Hand hielt sie einen leicht dampfenden Plastikbeutel mit frischem Pudelkot.

»Hören Sie, das ist nicht mein eigener Hund. Er gehört meiner Tochter. *Die* ist für seine Erziehung verantwortlich.«

»Und für die Erziehung Ihrer Tochter, wer war da verantwortlich?«, fragte die Frau.

Ich fasse es nicht. Das geht nun wirklich zu weit. Und außerdem: Erziehung, das ist doch nichts als eine ständig wechselnde Modeerscheinung! Mal soll dies gut sein und mal jenes, und dann wieder genau das Gegenteil! Und egal, was man macht, später wird man sowieso dafür kritisiert. Als ich klein war, sollten Kinder für das Leben abgehärtet werden. Das hieß Waschen mit kaltem Wasser, Zwangsarbeit in Haus und Garten, immer dasselbe zu essen, Ja und Amen sagen und in der Schule nichts als Auswendiglernen. Angstmachen und Drohen, damit wurde ich erzogen. Eiserne Disziplin, und die Eltern haben über alles bestimmt. Später war es dann umgekehrt; als ich Mutter wurde, sollten die Kinder alles bestimmen. Sie durften kommen und gehen, wann sie wollten, und ihre Eltern herumkommandieren; das reinste Paradies. Selbstverwirklichung rund um die Uhr in den bunten Ringelshirts von Marimekko. Ich wäre auch viel zu müde gewesen, um sie zu erziehen. Regelmäßige Mahlzeiten, das habe ich gerade so geschafft, und abends durften sie nie lange aufbleiben. Das war meine Erziehung.

Und der Hund? Das Leben ist doch auch so schon unkontrollierbar genug – ich habe meiner Tochter bestimmt nicht geraten, sich ein elefantengroßes Hundeweibchen anzuschaffen, bei dem nicht mal eine Polizeidressur helfen würde.

Oh Gott, was macht das Vieh denn jetzt? Ach du Scheiße, wie peinlich. Es ist also ein Männchen!

7

»*Die Bakterien*, das habe ich doch schon immer gesagt, sind das Allerwichtigste. Wir haben anderthalb Kilo Bakterien im Bauch, das muss man sich mal klarmachen. Die wiegen mehr als dein Gehirn! Und sie haben auch einen größeren Einfluss auf deine Gesundheit als dein Gehirn«, erklärte Hellu, während wir die Porthan-Straße entlang und an der Uni vorbeigingen.

Wieso eigentlich nur *mein* Gehirn? Ich hoffte, Hellu meinte das allgemein und drückte sich nur modern und amerikanisch aus: The effects on *your* brain, so sagten die Amerikaner das doch. Aber wieso ließ ich mich überhaupt von ihr beeinflussen? Und wieso machte ich immer, was sie vorschlug? Vegetarisch essen zu gehen und die Italienischstunden waren ja noch in Ordnung, auch quietschbunte Gesundheitsschuhe zu kaufen ging noch als lustige Schnapsidee durch, aber Duftkerzen? Die warf ich am nächsten Tag doch sowieso weg. Und jetzt waren wir tatsächlich auf dem Weg zum Hot Yoga! Erst hatte ich Nein gesagt, ich stellte mir darunter eine alberne, leicht frivole Wellness-Methode vor. Doch Hellu hatte behauptet, Hot Yoga sei genau das Richtige in unserem Alter; im geheizten Raum arbeiteten die eingerosteten Muskeln viel geschmeidiger, und das Ganze wäre ein wohliger Spaß. Also gut.

Das Thema des Kurses lautete »Übungen fürs Untergeschoss« und sollte die Bauch- und Beckenmuskulatur aktivieren. Hellu fühlte sich davon angesprochen und versprach mir einen niveauvollen Unterricht. Es war eine dänische Methode, wusste sie, »die Begründerin sieht aus wie Jane Fonda in jung, ist klug und sympathisch und hat einen Uniabschluss, ich habe sie gegoogelt«.

Die Untergeschossübungen richteten sich gezielt an das Zentrum des weiblichen Körpers – Bauch, Becken und Po –, das dringend fit gehalten werden musste. Unsere Yoga-Lehrerin war eine flachbäuchige Sechzigjährige namens Pipsa, die neben Bauch- und Beckenbodenmuskulatur auch gern den Begriff Sexmuskulatur verwendete, was Hellu ein versonnenes Lächeln entlockte. Hatte sie mir zu viel versprochen? Hier hatte alles Hand und Fuß, hier gab es kein albernes Om und Namaste.

Pipsa erklärte uns, dass die wichtigsten weiblichen Muskeln aus lockerem und festem Gewebe bestünden und sich wie eine Art Hängematte durch unseren Unterleib zögen. Wenn wir diese Hängematte wieder auf Vordermann brächten, könnten wir noch mal ein ganz neues Leben starten, sagte Pipsa verschwörerisch. Straffer Bauch, schmerzfreier Rücken, starke Blase. Zumindest würden die Inkontinenzprobleme nicht weiter zunehmen; zu viel wollte sie dann doch nicht versprechen.

»Und es gibt noch mehr tolle Vorteile. Der Sex ist besser als je zuvor. Ich kenne Frauen in eurem Alter, die sich durch pure Muskelanspannung zum Orgasmus bringen können, ganz alleine.«

Sex, Sex, überall Sex. Mein Sexleben ist sehr überschaubar. Ich lernte Olli kennen, wir haben geheiratet und Kinder produziert. Ja, es war wirklich Arbeit, Spaß hat mir das nicht gemacht. Kalenderführen, Temperaturmessen, und dann ran. Und ständig die peinlichen Tipps meiner Schwiegermutter, bis es endlich klappte! Als Marko dann da war, war auch mit dem Sex Schluss. Da waren Mullwindeln und Koliken dran, und Olli hat sowieso nur Überstunden gemacht. Dann wurde es angeblich Zeit fürs zweite Kind, und wieder ging das Geruckel los. Dieses Mal dauerte es noch viel länger, bis es klappte und endlich Papas kleiner Liebling geboren wurde. Und das hätte mir Vergnügen bereiten sollen?

»Wir starten mit der Reißverschlussübung!«
Pipsas Gesichtsausdruck wirkte auf mich so natürlich wie der von Sexualtherapeuten in den 60er-Jahren im Fernsehen – als es noch diese peinlichen Aufklärungssendungen gab und das Bild schwarz-weiß war. Ich versuchte, bewusst *nicht* an das Thema Orgasmus zu denken, was mir schwerfiel. Wie würde ich mich beim Einkaufen oder im Bus verhalten, wenn ich beim Einhalten eines Pupses plötzlich einen Orgasmus kriegte? »Entschuldigen

Sie, aber ich muss mal kurz stöhnen?« Ich warf einen Blick auf Hellu, die im aufrechten Lotussitz neben mir saß und interessiert zuhörte. Offenbar fand sie es toll, ihr Untergeschoss auf Trab zu bringen.

Ich schaute mich unauffällig um. Wie alt mochten die anderen Teilnehmerinnen sein? Ungefähr in unserem Alter? Schwer zu sagen; mit über siebzig konnte man eine gekrümmte Greisin sein, aber auch eine vitale Kneipengängerin wie Pike. Oder eine feminine Frohnatur wie Hellu. Doch wahrscheinlich waren wir die Ältesten im Raum, und mit meiner überweiten Fleece-Kleidung aus den 90er-Jahren stach ich noch mal mehr aus der Gruppe hervor. Die anderen trugen neue Hightech-Kleidung mit reflektierenden Mustern, die wie angegossen saß und an den entscheidenden Stellen stützte oder kaschierte.

»Und jetzt stellt euch eine Dreiteilung vor: Hinten der After, dazwischen der Damm und vorn die Klitoris! Nun heben wir alle drei Zonen im Wechsel nach oben und innen an. Wir beginnen mit dem After, schön nach innen einsaugen und oben festhalten! Und eins, zwo, drei vier … und wieder absenken, … zwo, drei, vier.«

Pipsa strahlte bei der Übung übers ganze Gesicht. Hellu hatte nicht nur ihren After, sondern auch die Wangen eingesogen. Ich schaute rasch in den Spiegel – bei mir sah man gar nichts. Um das auszugleichen, wankte ich ein bisschen vor und zurück.

»Bitte nicht schaukeln, es passiert alles nur in eurem Innern!«

Pipsa machte eine bedeutungsvolle Auf- und Abwärtsbewegung mit der Hand, als würde sie einen Reißverschluss öffnen und schließen.

»Und jetzt das Ganze mit dem Damm … jaaa, genau so … und als Letztes die Klitoris! Schön nach innen hochziehen, eins, zwo, drei, vier! Und das Atmen nicht vergessen.«

Ich schloss die Augen. Einundzwanzig Seniorinnen, die um die Wette ihre Klitoris einsogen, das war mir entschieden zu viel. Die ozeanrauschende Plätschermusik machte es nicht besser. Wir wiederholten die Übung in verschiedenen Positionen und Geschwindigkeiten, mal mit leichtem, mal mit kräftigem Hochziehen, im Stehen, im Liegen und sogar im Krabbeln.

»Und jetzt kommt der Fahrstuhl! Der trainiert die gesamte Muskulatur des Geburtskanals, stärkt die Vaginalwände und bringt euch Kraft und Ausdauer.«

Was brauchte eine vierundsiebzigjährige Witwe anderes als Kraft und Ausdauer?

Ha, und ich Idiotin habe jeden Morgen mit Zwei-Kilo-Hanteln trainiert und Übungen für einen starken Oberkörper gemacht, um Olli hochheben zu können. Dabei wäre die Vaginalmuskulatur entscheidend gewesen! Langsam ertrage ich es nicht mehr, dass sich seit Ollis Tod plötzlich alles um den einen Bereich dreht. Um meine sogenannte Hängematte! Die hat doch vorher auch niemanden gekümmert, schon gar nicht meinen

Mann. Gegen Ende der 90er-Jahre habe ich zum ersten Mal vom G-Punkt gehört, genauer gesagt gelesen, in einer Frauenzeitschrift beim Arzt. Die Wissenschaft jubelte geradezu über die Entdeckung dieser magischen Stelle. Mein Leben veränderte sich dadurch kein bisschen. Als ich mich später nur noch um Olli gekümmert und ihn im Bett hin und her gedreht habe, dachte ich ein paar Mal: Wie war eigentlich unser allerletzter Sex? Ich wusste es nicht mehr. Schade eigentlich, eine halbwegs positive Erinnerung wäre nett gewesen.

Neulich habe ich diese Reportage in der Zeitung entdeckt, über den allerletzten Sex. Die Journalistin hatte das Thema an die Leser weitergereicht, typisch, immer schön nah dran am Menschen und ordentlich emotional muss es sein, und sie selbst kann faul auf ihrem Hintern sitzen bleiben, weil ja die anderen den Inhalt liefern. Aber ich war neugierig – vielleicht hatten ein paar Rentnerpaare ihr letztes Mal ganz bewusst mit Kerzen und klassischer Musik gefeiert? Die anderen kriegten ja alles immer viel besser hin als ich und Olli. Aber weit gefehlt – die Personen, die in dem Artikel Auskunft über ihr letztes Mal gaben, waren junge Menschen mit irgendeinem künstlichen Grund, eine Zeit lang auf Sex zu verzichten. Alte oder gar Verwitwete kamen nicht zu Wort. Was für ein Betrug! Das ist doch, als wenn man beim Thema Hungersnot sagt, wie schrecklich es sich anfühlt, einen ganzen Tag lang auf Orangensaft zu verzichten!

Ich versuchte, Pipsas Anweisungen zu folgen, und schwitzte mich in dem überhitzten, verspiegelten Raum halb tot. Ich stellte mir vor, mein Damm wäre ein Fahrstuhl, der mit jedem Einatmen eine Etage höher fuhr. Schon beim dritten Atemzug fiel ich fast in Ohnmacht und hoffte, dass Pipsas Übung nicht in einem Wolkenkratzer stattfand. Irgendwann ließ ich meinen Fahrstuhl mit einem Ächzen ins Kellergeschoss rasseln und gab auf. Mir reichte es.

»Ich muss wohl beim nächsten Mal was weniger Intimes vorschlagen!«, brüllte mir Hellu von der Dusche aus zu, wo sie sich mit einem ökologischen Atlantik-Schwamm abschrubbte. Ich stand im Umkleideraum und wischte mir den Schweiß mit einem feuchten Handtuch von der Haut. Hellus Stimme ließ keinen Zweifel daran, wie doof sie es fand, dass ich mich nicht fürs Untergeschosstraining erwärmt hatte. Jeder konnte es hören. Ich drehte mich zu meinem Spind und versuchte, mich unsichtbar zu machen. Hier duschen und meinen Körper der allgemeinen Begutachtung aussetzen, das wäre ja noch schöner. Nachher spricht mich noch jemand auf meine künstliche Brust an und will mir ein Krebsgespräch aufzwingen. Den Hot Yogis wäre das zuzutrauen. Ich wischte mir die Achseln trocken.

»Freitag gibt's im Seniorenzentrum Kamppi Flamenco für alle, vormittags um zehn. Treffen wir uns eine Viertelstunde eher?«, fragte Hellu, die sich zügig anzog und noch zu einem Lesekreis wollte.

Ich schaute in den Spiegel. Meine Haltung war schlecht, meine Hängematte ausgeleiert. Aber ich hatte kastanienbraune Haare und war am Leben. Ich hatte keine Verpflichtungen, und das Hot Yoga hatte mich im Nachhinein vielleicht doch ein wenig animiert. Jedenfalls rief ich draußen auf der Straße spontan bei Valtonen an.

8

»*Fantastisch!* Hochattraktiv, geradezu sexy!«

Valtonen überschüttete mich mit Komplimenten für meine neue Frisur, seine blauen Augen leuchteten. Aber auch er musste seine Haare nicht verstecken. Er trug seine weiße, volle Pracht wie immer zu einem eleganten Pferdeschwanz gebunden, der gesund glänzte. Seine Löwenmähne war stets sein größtes Pfund gewesen.

Wir saßen bei einer Tasse Kaffee in Alvar Aaltos markantem 70er-Jahre-Bau im Stadtteil Kamppi. Auch einige andere Senioren hatten sich an diesem ruhigen Ort verabredet. Kein Wunder, der Laden für Sanitätsbedarf war gleich nebenan.

»Da habe ich kürzlich einen Gehstock für Pike gekauft, mit Blümchendesign«, verriet Valtonen, »leider benutzt sie ihn nicht.«

Er machte sich Sorgen um ihre Hüftgelenke, manchmal geriet ihr aufrechter Gang gefährlich ins Wanken, vor allem wenn sie ein paar Gläser intus hatte.

»Ich finde, sie hat im *Evergreen* sicher und selbstbewusst getanzt«, sagte ich, worauf Valtonen lachte und mir eine tadellose Zahnreihe präsentierte.

Als Profi wusste ich sofort Bescheid: »Du hast dir drüben in Estland die Zähne machen lassen?«

»Dir kann man auch nichts verheimlichen. Ja, aber es hat sich gelohnt, und eine günstige Lesebrille und eine Kiste guten Wein habe ich mir auch noch gegönnt. War quasi ein Spartrip.« Er lachte einnehmend, und ich fühlte mich wohl in seiner Gesellschaft. Mein Kopf war leicht, mein Körper entspannt; ich bereute nicht einmal mehr die nächtlichen Abstecher nach Kerava. Ich erzählte Valtonen vom Italienischunterricht, und als er begeistert reagierte, verriet ich ihm sogar, dass Hellu und ich am Vormittag beim Hot Yoga gewesen waren. Da erstickte Valtonen fast an seiner Karelienpirogge.

»Das hätte ich dir nie zugetraut, und meiner Schwester auch nicht!«, prustete er und wischte sich eine Lachträne aus den Augen. Dann wurde er auf einmal merkwürdig ernst.

»Hör mal, Ulla. Ich bewundere dich. Wirklich.«

Huch? Was sollte das? Ich merkte, wie ich rot wurde. War dies der Moment, in dem mein Leben plötzlich eine neue Wendung nehmen sollte? Sollte es tatsächlich so einfach sein? Valtonen entsprach eigentlich nicht dem Mann meiner Träume, aber da Pike und Hellu regelmäßig den Männermangel unter Gleichaltrigen beklagten, wäre es vielleicht schlau, jetzt zuzugreifen? Wenn jemand körperlich gesund war und fit im Kopf und obendrein nicht soff, sollte man sich als Frau ja angeblich ins Zeug legen.

Waren das wirklich meine Gedanken? Oder kam das nur

vom Untergeschoss-Training? Valtonen zählte zu meinen ältesten Freunden, ich kannte ihn seit meiner Kindheit. Seit dem Tag, an dem er mir meinen Schlitten weggenommen hatte. Er war Hellus kleiner Bruder und strahlte auch für mich etwas Brüderliches aus – einen eigenen Bruder hatte ich nicht. Und jetzt sollte sich das alles ändern? Begannen wir mit über siebzig noch mal ein neues Leben? Wir teilten dieselben Werte, ähnliche Interessen, sogar der Humor stimmte – wir hätten sicher eine gute Zeit zusammen.

Valtonen räusperte sich, suchte nach Worten, sein Blick wanderte zur Deckenlampe. Musste ich ihm beispringen, ihm irgendwie Mut machen? Ich versuchte ein aufmunterndes Lächeln.

»Also, mein Lieber, auch ich habe in letzter Zeit –«

Er unterbrach mich.

»Wie du Olli gepflegt hast, das finde ich einfach stark! Und das über so viele Jahre.«

Du liebe Güte. Darum ging es jetzt? Was für ein dummes Missverständnis!

Als ob ich so bekloppt gewesen wäre, mich bewusst für die Pflege zu entscheiden, für zwölf Jahre noch dazu! Um Gottes willen, nein. Erst sah es aus, als würde Olli sich mit ein bisschen Reha wieder berappeln. Aber dann kam es anders, und da steckte ich längst mitten im Elend. Ohne zu ahnen, dass das Ganze noch über zehn Jahre weitergehen würde! Und zwar immer nur bergab.

Nur egoistische Menschen schieben ihre Angehörigen ins Heim ab, heißt es immer so schön. Ja, hoch lebe die Nächstenliebe! In Wirklichkeit sind die Kranken dem Staat und der Gesellschaft scheißegal, und das dürfen dann die Angehörigen ausbaden. Eine extrem schlaue Haushaltsstrategie, da werden Millionen eingespart.

Was ich da eigentlich geleistet habe, und wie knüppelhart das war, wurde mir erst nach sechs Jahren so richtig klar. Ich kümmerte mich wie eine Sklavin um Olli, rund um die Uhr und ohne Aussicht auf ein Ende. Wie hatte die Sozialhelferin zu Anfang gesagt? »Wir gehen das Schritt für Schritt an und Tag für Tag, Sie behalten Ihre Kräfte gut im Blick.« Pah! Und dafür habe ich ganze dreihundert Euro im Monat bekommen – minus Steuern. Als Dankeschön dafür, dass ich Olli nicht ins Heim gesteckt habe, wo er nach dem zweiten Schlaganfall absolut hingehört hätte. Damit hat der Staat 75.000 Euro pro Jahr gespart. Eine externe Hilfe, damit ich mal Urlaub machen konnte, gab es nicht. Ich hätte Olli zwei Tage im Monat in irgendein städtisches Zentrum geben können, um mal kurz durchzuatmen. Aber das zu organisieren, wäre auch nur wieder Stress gewesen.

»Ulla, weißt du, ich ...« Valtonen kam ins Stottern.

Langsam wurde ich ungeduldig. Was sollte das? Ich hatte mir unser nachmittägliches Kaffeetrinken anders vorgestellt. Wo war Valtonens Augenzwinkern, sein charmanter Unterton? Auch wenn mich sein Buhlen in letzter Zeit genervt hatte, jetzt hatte ich eine tolle neue Frisur und war Fahrstuhlexpertin.

»Ich habe ... versagt.«

Redete er von Potenzproblemen?

Nein, es ging um etwas ganz anderes. Jetzt platzte der Knoten endlich, Valtonen war gar nicht mehr zu stoppen. Und ich war die Erste, die davon erfuhr: Von seinem schlechten Gewissen, den nagenden Schuldgefühlen, dem belastenden Zwiespalt, in dem er steckte. Und zwar seit seine Ehefrau Seija in ihre demente Welt gesunken war und Valtonen sie in ein Pflegeheim gebracht hatte.

»Sie hat ein unglaublich gesundes Herz«, sagte er mit einem tiefen Seufzer. Er wusste, dass ich diesen Satz verstand. Das sonst so positive starke Herz war in solchen Fällen ein hinterhältiger Leidensverlängerungsfaktor.

»Oh ja. Auch Olli hatte ein gesundes Herz. Und hart und kalt war es auch.«

Da musste Valtonen immerhin lächeln. Er sah von seiner Kaffeetasse auf und schaute mich an. Seine sonst so fröhlich blitzenden Augen waren heute matt und müde. Der Arme. Er quälte sich, weil er sich, im Gegensatz zu mir, das Leben *nicht* mit Krankenpflege versaut hatte. Sich nicht als trauriger Held krumm gebuckelt hatte.

»Ich besuche sie nicht mal sonderlich oft«, gestand Valtonen leise. »Das schaffe ich nicht. Ich weiß einfach nicht, wie ich ihr normal gegenübertreten soll, wie ich damit umgehen kann. Seija erkennt mich schon lange nicht mehr.«

Eine entscheidende Szene war diese gewesen: Seija hatte Valtonen für einen Pfleger gehalten und ihm ihren neuen Verlobten vorgestellt, irgendeinen Raimo. Der künftige Bräutigam war zwar genauso dement wie Seija, dem Liebesfeuer jedoch tat das keinen Abbruch. Irgendwann vergaß Seija ihren Verlobten und wechselte von da an munter die Partner.

»Aber der jetzige, Erkki heißt er, ist komischerweise ein richtiger Dauerbrenner, sie sind jetzt schon ein halbes Jahr zusammen. Demnächst kriegen sie einen gemeinsamen Wohnbereich. Ich habe meine Einwilligung dazu gegeben.«

Darüber mussten wir laut lachen. Valtonen erlaubte seiner Frau auf den letzten Metern eine offene Beziehung! Doch Seija war für ihn eine Fremde geworden, und wegen einer Fremden wurde man nicht eifersüchtig.

»Die Sache mit Raimo hat noch ziemlich wehgetan. Aber irgendwann wurde mir klar, dass Seija sich absolut nicht mehr an unser gemeinsames Leben erinnert. Und dass auch ich es als vergangen betrachten sollte. Als etwas, das in der ursprünglichen Form nicht mehr gilt. Das haben wir verloren. Aber die Erinnerungen, die bleiben. Und die sind schön.«

»Soso, die Erinnerungen«, sagte ich säuerlich.

Valtonen sah mich irritiert an.

Ich wollte mich nicht so öffnen wie er und sagte nur, dass sich die schönen Erinnerungen bei mir nicht gerade aufdrängten. Valtonen reagierte einfühlsam und versicherte, dass auch bei mir irgendwann nur noch die guten Gedanken überwiegen würden. Er hatte ja keine Ahnung.

Ich Dummchen hatte mir sogar eine Entschuldigung für Ollis jahrzehntelanges Trinken zurechtgelegt! Der Arme hat ja so einen Stress bei der Arbeit, die anstrengenden Fälle mit den Kriminellen und so weiter und so fort. Schlimm, wie sehr man sich als Ehefrau selbst belügen kann. Ich habe mir eingeredet, dass der gute Olli zu sensibel wäre für die Arbeit in der Anwaltskanzlei, zu sensibel für die gesamte Welt!

Erst hat er noch zivilisiert getrunken, ein Gläschen zur Entspannung oder zwei, wie in englischen Fernsehserien. Doch das habe ich mir auch dann noch eingeredet, als er schon längst jeden Abend im Vollrausch war. Wenn er dann ausnahmsweise mal nüchtern wurde, schien mir dieser Zustand fast fremd. Das Leben wurde immer bedrückender. Olli kam von der Arbeit, beachtete mich kaum und trank im Stehen vor dem Kühlschrank ein Bier auf ex. Ohne seine Jacke auszuziehen. Gesprochen hat er mit mir kaum noch. Ja, damit hatte er im Grunde schon lange vor dem ersten Schlaganfall aufgehört.

Nur in seinem Job hat er irgendwie funktioniert. Ist jeden Morgen mit viel Aftershave und einem von mir gebügelten Hemd losgezogen. Mit dem Auto, und garantiert nie nüchtern! Aber er ist kein einziges Mal

erwischt worden. Und ich habe gute Miene zum bösen Spiel gemacht. Dabei war es für mich die Hölle. Und dauernd hat jemand gesagt, wie charmant mein Mann doch sei! Und immer waren es Frauen.
Ich hätte ihnen eine reinhauen können.

»Ich finde es vollkommen in Ordnung, dass du Seija nicht pflegst. Sogar klug«, sagte ich und griff nach seiner Hand, die groß und hilflos neben seiner Kaffeetasse lag. Sie war warm und fühlte sich gut an.

»Wenn du da mal recht hast«, sagte er zweifelnd, seine tiefe Bassstimme klang rau. »Ich denke, ich habe einfach nicht die nötige Stärke. Meine Liebe reicht irgendwie nicht aus.«

»Damit hat das überhaupt nichts zu tun«, widersprach ich. »Einen Angehörigen zu pflegen, ist eine Heidenarbeit, das macht man nur, wenn man naiv und blind ist und denkt, es gäbe keine Alternativen. Man macht es aus Angst vor einer schwierigen Entscheidung und vor dem eigenen schlechten Gewissen. Und man hat von Anfang an so viel zu tun und so viele Sorgen, dass man gar nicht mitkriegt, worauf man sich da eigentlich einlässt. Und schon ist man mittendrin.«

Valtonen sah mich liebevoll an und drückte meine Hand. Gut fühlte sich das an, männlich und kraftvoll. An so eine Art von Händedruck konnte ich mich gar nicht mehr erinnern.

»Ich fass es nicht!«, krähte es von der Tür. »Kaum ist

der Alte unter der Erde, schnappt sie den anderen Frauen schon die Männer weg!«

Pike war laut wie immer und starrte so penetrant zu uns rüber, dass alle anderen Cafébesucher sich zu uns umdrehten. Valtonen zog flink seine Hand weg, ich wurde stocksteif. Wieso ließ ich mich von Pikes schlechtem Benehmen einschüchtern? Wieso fühlte ich mich schuldig? Woher nahm sie die Dreistigkeit, diesen schönen Moment kaputt zu machen? Valtonen und ich hatten uns einander geöffnet, uns unsere traurigen Seiten gezeigt. Etwas, wovon Pike keinen blassen Schimmer hatte.

Aufmerksamkeitsheischend schritt sie in ihren bunten Klamotten durch den Raum, ihre braun und gold gefärbten Haare wehten imposant. Sie benahm sich wie ein Laufstegmodel.

»Na, Valtonen? Ich war gerade nebenan und habe den Gehstock zurückgegeben, möchtest du das Geld vielleicht wiederhaben?«

Valtonen ließ verdruckst die Schultern hängen. Als hätte Pike ihn bei etwas Verbotenem erwischt. Dass sie sein Geschenk zurückgebracht hatte, machte es nicht besser.

»Nein, behalte es«, murmelte er und wirkte wie verprügelt.

Pike ließ sich auf einen Stuhl plumpsen und wunderte sich, wieso sie noch nicht bedient wurde.

»Hier ist Selbstbedienung. Was darf's sein?«, fragte Valtonen und stand so schnell auf, dass es nach Flucht aussah. Er kam mit Cappuccino und Kognak wieder.

»Na, schmeckt dir das Leben als Witwe?«, wandte Pike sich an mich und lächelte. »Gute Frisur.«

Und dann redeten wir über Friseurbesuche, den Italienischunterricht, Hellus Fitness-Armband, englische Polizeiserien und Kinofilme. So lange, bis Pike aus dem Café in ein Restaurant wechseln wollte. Valtonen zog noch mit, aber ich hatte absolut keine Energie mehr. Das Treffen mit ihm hatte sich anders entwickelt als erhofft, und ich fühlte mich müde, alt und enttäuscht. Und gab mir selbst die Schuld. Was hatte ich mir da auch eingebildet.

9

Marko und Susanna sprachen mit mir immer langsamer und lauter, das war eindeutig. Manchmal legten sie auch merkwürdige Gefühlsduseleien an den Tag, streichelten mir über die Wange oder tätschelten mir den Arm. War das eine dubiose Form von Angst? Oder Mitleid, weil ich ja dem Tod schon so nahe stand und tagtäglich ohne ihren großartigen Vater leben musste?

Ständig mussten sie mich anrufen, es ging mir fast schon auf die Nerven. Vermutlich hatten sie einen festen Wochenplan und wollten verhindern, dass ich im dunklen Loch der Demenz versank und als schusselige Alzheimergreisin meine Türen und Konten für irgendwelche Betrüger öffnete. Nach zwei Wochen, in denen ich ein Anrufprotokoll geführt hatte, war klar: Susanna rief am Montag, Mittwoch, Freitag und Samstag an, dienstags und donnerstags musste eins der Enkelkinder ran – das waren die kürzesten Gespräche –, und Marko übernahm den Sonntag. Er kam mit einem einzigen Tag davon, Kontaktpflege war nun mal Frauensache.

»Und jetzt gehst du schön ins Bett, Mama, hörst du?«, hatte Susanna heute ins Telefon gebrüllt – als es erst acht

Uhr war. »Und morgen treffen wir uns. Zusammen mit Marko. Du denkst doch daran? Mamilein, erinnerst du dich?«

Sauerei, immerzu wird man getestet! Dabei wäre es ja geradezu sadistisch, jemanden mit Demenz zu testen. Naaa, erinnerst du dich noch?, und dann eine wissende Schnute ziehen: Ha, sie hat nichts mehr in der Birne, sag ich's doch.
Wenn Marko sein Handy im Büro vergisst oder die Einkaufsliste in der Küche oder den Hausschlüssel im Fitnessstudio oder den Geburtstag seiner Frau, und womöglich alles gleichzeitig an einem einzigen Tag, dann belegt das nur, wie erfolgreich und beschäftigt er ist. Von Gedächtnisschwäche kann keine Rede sein. Nein, Marko ist einfach nur ein wichtiger Mann mit einer Art Minicomputer am Handgelenk und Minikopfhörer im Ohr und zig Terminen, einen nach dem anderen. So einer hat außer dem eigenen Erfolg wenig im Kopf.
Und Susanna? Die wollte immer künstlerisch und intellektuell zugleich sein und hält ihre unreifen Eigenarten wie Selbstbezogenheit, Launenhaftigkeit und Zerstreutheit für einen Ausdruck ihres besonderen Wesens. Wenn Susanna mal eine Verabredung vergisst, dann werde ich beschimpft: Wie schlecht es ihr doch geht, wie viele Überstunden sie macht und wie anstrengend es ist, für einen Hund Verantwortung zu tragen und für die alte, vergessliche Mutter erst recht, und dass sie schon

gar nicht mehr normal schlafen kann – natürlich vergisst sie da mal was!
Tja, aber ich vergesse leider nichts, wirklich gar nichts. Selbst das nicht, was ich nur zu gerne vergessen würde.

Susanna und Marko wollten mich »ganz entspannt« im Stadtzentrum treffen. Das hieß: salatlastiges Mittagessen in einem ruhigen Kaufhausrestaurant. Ohne Kinder, ohne Hund. Susanna verspätete sich, weil sie das Treffen tatsächlich kurzzeitig vergessen und sich schon beim Masseur auf die Liege gelegt hatte.

»Wirklich, mir platzt der Schädel, es ist einfach zu viel los. Kein Wunder, dass mein Nacken so verspannt ist.«

Markos Handy klingelte und brummte im Minutentakt, auch seine Kinder wollten mit ihm kommunizieren, aber reagieren tat er vor allem dann, wenn jemand im Restaurant auftauchte, der noch wichtiger aussah als er selbst.

»So sieht's aus, klare Sache, jepjep, wir müssen ran an den Fall, jipjip, in 'ner Stunde dann, klaro, Tschüssikowski«, sagte er dann.

Ich war einigermaßen entsetzt.

»Was ist denn das für eine dumme Sprache?«, fragte ich.

»Mama, lass ihn doch bitte in Ruhe«, sagte Susanna und stocherte in ihrem Rohkostsalat. Als hätten wir die Rollen vertauscht. Sie glaubte anscheinend, ich würde mich gleich mit ihrem Bruder streiten, so wie *sie* früher ständig. Spielte sich auf wie eine Erziehungsberechtigte.

»So, und jetzt mal ran an den Speck«, sagte Marko nach drei weiteren Tschüssikowski-Telefonaten. »Mama, wir müssen deine Sachen geregelt kriegen.«

Darum sollte es also gehen? Um Zahlen, um Geld, um sein privates und juristisches Steckenpferd? Um sein und Susannas Erbe?

»Mama, was für Medikamente nimmst du ein?«, fragte er und schien stolz zu sein, den Stier bei den Hörnern gepackt zu haben. Also doch nicht das Geld! Noch nicht.

»Ich nehme keine Medikamente«, sagte ich der Wahrheit entsprechend und versuchte, souverän zu lachen. Es klang angespannt und verunsichert, vermutlich genau nach dementer Greisin.

»Mamilein, das kann doch gar nicht sein. Was ist mit dem Schlafmittel, von dem du geredet hast? Dass es nicht gut wirkt und so?«

»Das war für euren Vater«, sagte ich knapp. Endlich klang ich souverän, sogar kühl. »Marko, mein Guter, was ist eigentlich mit deinen Cholesterinwerten? Und Susanna, wie geht's deinem Bluthochdruck? Hast *du* über Medikamente nachgedacht?«

»Mach dir wegen uns mal keine Sorgen. Wir reden hier über *dich*«, antwortete meine Tochter gereizt.

Ich konnte förmlich sehen, wie ihr Blutdruck in gefährliche Höhen schoss. Ollis Gene.

»Mama, du darfst dich jetzt zurücklehnen. Entspann dich einfach«, sagte Marko und zog seinen Schlips enger. »Wir werden das alles für dich regeln. Damit du mal zur

Ruhe kommst. Du bist ja zuletzt nicht gerade in deiner Komfortzone unterwegs gewesen.«

Das klang ja dann doch nicht so schlimm. Noch wollten sie mich offenbar nicht in eine Einrichtung abschieben. Oder frühzeitig an mein Erbe gelangen. Sie wollten einfach nur sicherstellen, dass es mir gut ging, notfalls eben mithilfe von Medikamenten. Ich fragte spaßeshalber, ob sie sich schon überlegt hätten, wie alt ich wohl werden würde.

Marko und Susanna wurden nervös. Kein Wunder – einfach ein neues Thema aufzubringen, musste ja ein Anzeichen für geistige Verwirrung sein. Aber auch dafür gäbe es sicher lindernde Medikamente.

»Was machst du nur für komische Scherze. Oma ist doch auch uralt geworden!« Susanna lachte gekünstelt.

Meine Mutter starb mit zweiundsiebzig, demnach hätte ich also schon seit zwei Jahren unter der Erde liegen müssen. Sie hatte einen Herzinfarkt – als sie im dicksten Schnee mit dem Tretschlitten zum Einkaufen fuhr. Bis sie im Krankenhaus war, dauerte es Stunden, und dort konnte man wegen der allgemeinen Herzschwäche nichts mehr tun. Inzwischen starb kaum noch jemand an einem Herzinfarkt. Nein, es wurde kontrolliert und justiert, Ersatzteil um Ersatzteil eingebaut, und irgendwann würde man sich fragen müssen, was man mit all den körperlich fitten, aber geistig verwirrten 95-Jährigen machen sollte.

Pike hatte schon lange einen Herzschrittmacher, Vallonen eine Titanhüfte und neue Knie. Vielleicht hatte er auch noch andere Ersatzteile, die er mir verschwieg. Hellu war noch zu hundert Prozent echt; sie hatte sich bereits auf ihre Gesundheit fixiert, als das noch nicht Mode war.

Marko und Susanna hatten ihre Großmutter zwar als uralt in Erinnerung, mussten jetzt aber erkennen, dass sie bei ihrem Tod zwei Jahre jünger gewesen war als ich. Einen Moment lang schwiegen sie betreten. Dann knallte Marko seine Faust auf den Tisch und ging zum nächsten Punkt der Tagungsordnung über.

»Umso wichtiger ist Folgendes: Mama, wir müssen über das Thema Patientenverfügung sprechen. Hast du bereits eine?«

»Nein. Und bislang regt sich bei mir auch kein Verfügungswunsch«, sagte ich leichthin.

»Wir sollten uns aber darum kümmern.« Marko seufzte, als würde er gleich unter der ganzen Betreuungsarbeit zusammenbrechen.

»Ich brauche so was nicht, ich vertraue ganz auf meine klugen Kinder. Ihr werdet schon das Richtige machen.« Ich lachte laut, und es klang kein bisschen gekünstelt.

Marko und Susanna sahen sich entsetzt an und hielten mir eine lange Predigt von den Widrigkeiten des Lebens, von all dem Schrecklichen, was man fand, wenn man googelte. Sie malten mir meine nahe Zukunft in Horrorbildern aus: nervlich bedingter mentaler und körperlicher Abbau, vollkommene Demenz, schlecht oder überhaupt nicht anschlagende Medikamente, teure Intensivpflege, erniedrigende künstliche Ernährung, womöglich sogar der Hirntod und die Frage, ab wann ein Mensch wirklich tot war; eine schreckliche Situation für Angehörige.

»Du willst doch so schwierige Entscheidungen nicht auf uns abwälzen.«

»Denk doch auch mal ans Gesundheitssystem, das wird furchtbar teuer.«

»Wir wollen doch nur dein Bestes, Mama. Du sollst nicht unnötig leiden müssen.«

»Das geht ganz fix. Da gibt's dieses Formular im Internet, ist wirklich easy peasy, hier, schau mal.«

»Da oben kannst du noch Sonderwünsche eintragen. Wenn du Fotos von uns auf dem Krankenhausnachttisch stehen haben willst oder so was.«

»Und hier unten musst du nur noch unterschreiben.«

Pah, meine Kinder haben von nichts eine Ahnung. Wenn die wüssten, wie unglaublich schwierig es ist, wie viel man rennen und telefonieren muss, um als pflegender Angehöriger auch nur ein winziges bisschen Unterstützung zu kriegen – das wenige, was einem der Staat zugesteht! Für jede beschissene Schlaftablettenpackung, für das hässliche Toilettengestell, den wickelfreundlichen Strampelanzug in XXL und jede einzelne Behindertentaxifahrt musste ich kämpfen! Mit Formularen, Quittungen, Originalbelegen und ärztlichen Bescheinigungen. Ich bin noch heute vollkommen erledigt, wenn ich an die zwei Wochen Schlaftablettenentzug denke. Da war unser Hausarzt im Urlaub, und irgendeine blutjunge Ärztin im Praktikum fand, dass alte Leute nicht dauerhaft Schlafmittel einnehmen dürften. Was habe ich sie beim nächsten Besuch angebrüllt! Soll sie doch auf Olli aufpassen, wenn der die ganze Nacht durchschreit! Sogar mein Handy habe ich ihr an den Kopf geworfen. Und Schwups, hatte ich das Rezept. Sie hat's sogar elektronisch an die Apotheke geschickt.

Ich schaute mir das Formular an. Soso, mein Sohn hatte meine Sozialversicherungsnummer recherchiert, und findig, wie er war, hatte er auch gleich den Wortlaut der Patientenverfügung ausformuliert. Wäre sonst wohl doch nicht so easy peasy gewesen. Sollte ich sein Vorgehen als Nächstenliebe deuten? Ich holte betont langsam meine Lesebrille hervor und tat sogar erst, als würde ich sie nicht finden; dabei wusste ich genau, dass sie in dem Reißverschlussabteil meiner Handtasche steckte. Marko trommelte nervös mit den Fingern auf die Tischplatte, Susanna hustete vor sich hin.

»Ob da irgendwelche Allergene im Essen waren?«, murmelte sie.

Ich schob die Brille auf meine Nase, lehnte mich zurück und las die fürsorglich gemeinten Zeilen.

Nun gut. Meine Kinder wollten also, dass ich verfügte, keine medizinischen Maßnahmen zu ergreifen, die die elementaren Körperfunktionen künstlich aufrechterhielten und damit lebensverlängernd wirkten. Eine Ausnahme bildeten schmerzhafte Einzelsymptome, zu deren

Linderung oder Beseitigung medizinische Maßnahmen unbedingt einzusetzen seien. Eine intensivmedizinische Behandlung jedoch sollte nur dann erfolgen, wenn die Hoffnung bestand, damit eine Verbesserung des Zustandes zu erzielen.

»Wenn die eingeleiteten Maßnahmen sich als unwirksam erweisen, werden sie umgehend eingestellt«, endete Markos kleiner Aufsatz. Ich versuchte, über das Geschreibsel zu lächeln – so wie früher über unregelmäßig gehäkelte Topflappen, Pappmascheefiguren und Theatervorstellungen mit Weihnachtswichteln.

»Mein lieber Schwan.« Ich schob meine Lesebrille bis über den Haaransatz, sodass meine kastanienbraunen Haare für einen Moment elegant hochfrisiert wurden. »Ihr habt ja eine Heidenangst, für mich über meinen Tod entscheiden zu müssen.«

Markos Stirnader schwoll bedenklich an. Wenn das so weiterging, würde er als Erster eine Patientenverfügung brauchen. Susanna drückte ihre Gefühle unmissverständlicher aus – sie gestikulierte so hektisch, dass ihr Möhrensalat durch die Luft flog.

»Was denkst du nur von uns, Mama! Du machst es uns jetzt aber wirklich schwer.«

Sie fand sich selbstlos, weil sie für den schnellen, erlösenden Tod der eigenen Mutter war, und mich egoistisch, weil ich nicht an meine Mitmenschen dachte. Vor Empörung sprang sie auf.

»Setz dich wieder hin«, befahl Marko.

Sie ließ sich auf ihren Stuhl fallen und fing an zu weinen. Marko ignorierte das.

»Na gut«, sagte ich schließlich; irgendwie mussten wir ja aus der Sache rauskommen. Ich versprach, eine Patientenverfügung aufzusetzen. Unter einer Bedingung: auch Marko und Susanna würden eine aufsetzen. Wäre doch unfair, wenn *ihre* Kinder und Partner so schreckliche Entscheidungen zu fällen hätten.

»Allerdings solltest du deine Formulierungen noch mal überprüfen, Marko, das ist ja eindeutig nicht dein juristisches Fachgebiet.« Das konnte ich mir nicht verkneifen. »Rechtlich und medizinisch scheint mir dein Besinnungsaufsatz ziemlicher Unsinn zu sein.«

Marko schaute beleidigt.

Was konnte *ich* dafür? Seine Wortwahl war ganz bestimmt nicht wasserdicht. »Schmerzhafte Einzelsymptome«, »deutliche Verbesserung des Zustandes« – wenn er sich damit vor schwierigen Entscheidungen schützen wollte, käme er nicht weit.

»Und die Formulierung ›wenn die Hoffnung besteht‹ ist kitschig. Die kam wohl eher von dir, Susanna, nicht wahr?«

Meine Tochter wurde rot. Volltreffer.

»Formulier das in deiner eigenen Patientenverfügung lieber sachlicher.«

Um meine Kinder nicht ganz so heftig vor den Kopf zu stoßen, versprach ich, künftig weniger egoistisch zu sein: Ich würde dem nahenden Tod so gut es ging ins Auge sehen, alles entsprechend vorbereiten und die beiden von jeglicher Verantwortung befreien.

»Warum treffen wir uns nicht gleich morgen und machen die Unterlagen fertig? Dann können wir vorher noch den Wortlaut unserer Verfügungen vergleichen! Oder nein, ihr Lieben, mir fällt gerade ein: Morgen bin ich ja beim Hot Yoga.« Ich wartete ihre Verblüffung ab und setzte noch einen drauf. »Ich muss dringend meine Sexmuskulatur auf Vordermann bringen.«

Susanna sah aus, als wäre ihr plötzlich übel, und Marko packte hektisch seine Papiere ein, nicht ohne dabei wieder zu telefonieren. Wer weiß, vielleicht galt sein »Jepjep, wir müssen da ran, Tschüssikowski!« ja sogar mir?

10

Die Tage waren schon kürzer geworden, als ich mit Pike in ein Konzert in Helsinkis Musikhaus ging. Sie kannte sich mit klassischer Musik einigermaßen aus, ich dagegen betrat Neuland. Olli und ich hatten so gut wie nie etwas unternommen, und als ich ihn dann pflegte, war ich zu so etwas nicht gekommen. Hellu hatte schon seit vielen Jahren ein Abo, Pike hatte sich ihr recht bald angeschlossen. Heute wollte Hellu jedoch allein sitzen; wahrscheinlich ging sie mit einem Mann ins Konzert, sonst hätte sie nicht so einen Wirbel gemacht. Also war *ich* diejenige, die mit Pike in die russische Orchestermusik des zwanzigsten Jahrhunderts eintauchen würde. Wir wollten uns an der Infotheke im Foyer treffen.

»Pass auf, Ullchen«, hatte Pike mich vorgewarnt, »der Eingang ist oben an der Mannerheimstraße, da quetschen sich alle durch die Drehtür, und ins Foyer muss man eine ziemlich steile Treppe runter. Nichts für steife Hüften und Knie.«

Es war in der Tat ein einziges Gedränge, das unten im Foyer noch weiterging. Zwei Lager strömten ineinander und bildeten ein wogendes Menschenmeer: die Kartenabholer und die Garderobenabgeber. Ich gehörte zu Letzteren. Als ich es endlich bis an die Garderobe geschafft hatte, fehlte mir das alles entscheidende Zwei-Euro-Stück. Wieso zum Teufel musste man hier für die Garderobe zahlen? Im Theater war das, jedenfalls soweit ich mich erinnern konnte, nie üblich gewesen. Wieso schlug man das hier nicht einfach auf den Kartenpreis drauf? Einer der Saalaufseher hatte diese Beschwerde schon öfter gehört und wies mich auf einen Automaten am anderen Ende des Foyers hin, an dem man die zwei Euro mit der Kreditkarte bezahlen konnte und als Beleg eine Quittung bekam. Ich drängte mich wacker durchs Menschenmeer. Am Automaten empfing mich eine Traube empörter älterer Herrschaften in Schals und Mänteln. Der Automat teilte mit: *Außer Betrieb – am Problem wird gearbeitet.* Ein anderer, jüngerer Saalaufseher erklärte, man könne die Garderobe auch mit dem Handy bezahlen, er nannte uns die Nummer; nach dem Anruf bekäme man eine SMS, die man an der Garderobe vorzuzeigen hatte. Tapfer holte ich mein Handy raus und rief an. Drei Euro achtzig, verkündete eine Frauenstimme. Ich rannte zurück zur Garderobenschlange und stellte mich erneut an. Die SMS ließ auf sich warten. Als ich endlich dran war, hatte ich immer noch keine erhalten. Die Frau an der Garderobe schaute ratlos. »Vielleicht rufen Sie einfach noch mal an?«

Gesagt, getan. Und wieder drei Euro achtzig. Nur, um meinen Mantel abzugeben – hoffentlich! Ich wartete. Und wartete. Die Schlange hinter mir wurde immer länger.

Jetzt läutete schon der Gong. Pike würde stinksauer sein. Wieso hatte sie mich nicht vor der Garderobe gewarnt? Die Drehtür und die Treppe hatte ich elegant bewältigt, aber das hier war eine Zumutung.

Die SMS kam nicht. Obwohl die Frau mein Telefonat mit eigenen Augen verfolgt hatte, zuckte sie bedauernd die Schultern.

»Ohne SMS dürfen wir leider keine Kleidung entgegennehmen, wir haben strikte Anweisungen.«

Ich kämpfte mit den Tränen. Mit Tränen der Wut! Zum Glück meldete sich hinter mir eine angenehme Männerstimme und bot an, mir zwei Euro zu schenken. Ich drehte mich um. Breite Schultern, gute Haltung, graue Haare, merkwürdig vertraut. Woher kannte ich den hilfsbereiten Herrn? Ich mochte nicht fragen, nachher war es einer von Ollis alten Kollegen, jemand aus dem Fernsehen oder sogar ein bekannter Politiker. Besser nicht blamieren. Ich murmelte ein Dankeschön und verschwand Richtung Infotheke.

Pike empfing mich entgegen ihrer sonstigen Natur tiefernst. Sie schwitzte vor Angst und hatte schon befürchtet, ich läge zu Hause bei mir in der Elfenstraße tot auf dem Fußboden.

»Du lebst! Da bin ich wirklich erleichtert. Stell dir mal vor, wie furchtbar das wäre, ganz allein die Biege zu machen.«

Ich fand die Vorstellung gar nicht übel. Lieber in Ruhe zu Hause sterben als in den dafür vorgesehenen Institutionen, zwischen denen man auf den letzten Metern sowieso nur hin und her geschoben wurde: von der stationären in die ambulante Behandlung, von da nach Hause, dann wieder ab ins Krankenhaus, und von dort in die Abteilung für Bettlägerige im Gesundheitszentrum.

»Nicht nur das Leben, auch das Sterben ist hektisch geworden«, sagte ich. »Ein einziges Umziehen, bis man endlich gehen darf.«

Pike hielt sich meine Analyse mit lautem Lachen vom Leib, ihre kurzen Schritte knallten entschlossen. Anscheinend hatte sie schon vor dem Wintereinbruch Anti-Rutsch-Eisen angelegt. Mit ihrer Vorsicht war sie nicht die Einzige, ich hörte es hier und da munter klacken.

»Nur zur Sicherheit«, kommentierte Pike meinen fragenden Blick, »mit unserem Alter hat das nichts zu tun. Auch die Jungen brechen sich die Haxen, wenn's das erste Blitzeis gibt.«

Schulter an Schulter mit den anderen Konzertbesuchern drängten wir uns in den Saal. Es war ein sehr träger Strom.

»Etwas flotter bitte, die Herrschaften«, ermahnte ein Jungspund vom Saaldienst; der hatte gut reden.

Unsere Plätze befanden sich auf einem balkonartigen Vorsprung, für meinen Geschmack viel zu weit weg vom Orchester. Pike behauptete, dem Saalplan nach würden die Sitze noch zum Parkett zählen. Gut, wenigstens trug ich eine Hose und keinen Rock wie Pike, deren Schlüpfer nun jeder, der vor uns saß, ungehindert begutachten konnte.

»Pah, ich trage Satin mit Spitze! Da werden die alten Omis neidisch und die Opis selig, jawoll«, kicherte Pike und hielt Ausschau nach Hellu.

»Da unten ist ihr Platz, siehst du sie? Donnerwetter, neben ihr sitzen ja gleich zwei Herren, zu beiden Seiten! Welcher ist jetzt ihrer? Der Schlanke mit der Brille oder der Dicke mit der Glatze?«

Hellu drehte sich bewusst nicht zu uns um, unterhielt sich aber auch nicht mit ihren Nachbarn. Wer von beiden war es? Obwohl der Dirigent sich schon verbeugt hatte und das allgemeine Klatschen verstummt war, redete Pike einfach weiter, schließlich war sie Expertin und damit eine Autorität.

»Der mit der Brille kriegt eine Drei plus, der geht in Ordnung. Aber der Dicke ist höchstens eine Vier minus. Außerdem sieht er verklemmt aus.«

Das junge Pärchen neben uns zischte »psst!« und verdrehte die Augen, als wären wir dumme Kinder ohne Benehmen. Vermutlich waren wir das auch.

Der düstere Saal ließ mich an ein Kohlebergwerk denken. Nur die Bühne leuchtete weiß und gleißend, das Orchester wirkte von unseren Plätzen aus klein wie ein Ameisenvolk. Die Bläser spielten so laut, dass ich die Cellisten und Kontrabassisten trotz ihrer wilden Sägebewegungen nicht hören konnte. Auf die kurze Opern-Ouvertüre folgte ein Solostück für Geige, das der junge Solist barfuß präsentierte; ein neuer Trend, wie Pike wusste.

In der Pause quetschten wir uns zusammen mit den anderen durch den schmalen Gang aus dem Saal und stellten uns in die lange Schlange für die Erfrischungen. Als wir endlich unseren Weißwein bestellt hatten, klingelte es das letzte Mal zur zweiten Konzerthälfte. Und nun? Die zwei Gläser kosteten mehr als normalerweise eine ganze Flasche!

»Los, Ullchen, auf ex!«

Pike hatte ihren Wein schnell intus und sah mich auffordernd an. Ohne Luft zu holen, trank ich mein Glas in kleinen Schlucken leer. Wir hetzten zu unseren Plätzen, wobei meine Knie schon etwas weich wurden. Irgendwann musste ich mit einem fiesen Schluckauf kämpfen, der meinen gesamten Körper schüttelte. Als ich ihn endlich bezwungen hatte, döste ich erschöpft ein. Laute Pauken weckten mich auf, worüber ich mich jedoch freute, ich fand Stellen mit Schlagzeug immer besonders spannend. Pike schnarchte durch bis zum Schlussapplaus, nicht mal der riss sie aus dem Schlaf. Ich rüttelte sie wach, und sie klatschte fröhlich mit. Wir hatten es geschafft! Der Dirigent verbeugte sich in alle Richtungen. Auf einmal sah ich Hellu angeregt mit dem Bebrillten sprechen.

»Schwein gehabt, es ist der Schlanke«, sagte ich zu Pike, die laut kicherte.

Das junge Paar neben uns sah genervt herüber und schüttelte den Kopf.

»Kommst du noch mit auf einen schnellen Drink?«, fragte Pike mich beim Rausgehen.

Ich lehnte ab. »Du weißt doch, wenn ich jetzt meinen

Bus nicht kriege, fährt der nächste erst wieder in einer Stunde.«

»Du immer mit deinem Bus! Zieh doch endlich ins Zentrum, wer wohnt schon freiwillig da draußen. Und außerdem, Valtonen kommt auch noch vorbei, er hat vorhin Bescheid gesagt.«

»Dann war das vorhin also dein Handy, das da so laut gepiept hat«, sagte ich säuerlich und verabschiedete mich kurz und schmerzlos.

Morgen würden wir uns sowieso alle beim Italienischunterricht wiedersehen. Hellu hatte heute jeglichen Kontakt zu uns vermieden. Aber ich entdeckte sie trotzdem, sie hatte sich bei ihrem Begleiter eingehakt und sah konzentriert zu Boden.

Als ich meinen Mantel wiederbekam, fehlte mein Schal, ein hübscher aus grauem Kaschmir, den ich mir erst kürzlich gekauft hatte. Er musste auf den Boden gefallen sein, vielleicht lag er auch auf der Hutablage. Leider interessierte sich der Mann an der Garderobe nicht für die Angelegenheit.

»Fundsachen holen Sie bitte an der Infotheke ab.«

»Aber wie soll mein Schal, der vorhin noch hier an der Garderobe war, so schnell bei den Fundsachen gelandet sein? Das Konzert ist doch gerade erst zu Ende.«

»Wir haben unsere Anweisungen.«

Ich hätte es mir denken können.

Ich drängelte mich einmal quer durchs Foyer bis zur Infotheke, an der eine kalkweiß geschminkte junge Frau stand, die gelangweilt Kaugummi kaute. Sie wirkte von meinem Anliegen überrascht bis überfordert.

»Ein grauer Schal? So was habe ich hier nicht«, sagte sie und hob fragend rote Tücher, schwarze Handschuhe und eine übergroße Wollhose aus einer Pappschachtel. Ich dankte ihr für ihren Einsatz und kämpfte mich zurück an die Garderobe. Langsam hatte ich die Nase voll, und ich geigte dem jungen Mann kräftig meine Meinung. Doch auch für solche Situationen hatte er eine Anweisung:

»Einen Moment, ich hole meinen Chef.«

Alle starrten mich an. Wegen eines ollen Halstuchs stoppte ich die ganze Warteschlange?

Der Chef war sogar *noch* jünger – die beiden Männer standen vor mir wie Schuljungen vor der Direktorin. Ich beschwere mich lautstark über den miesen Service, für den ich sieben Euro sechzig ausgegeben hatte und der praktisch nicht vorhanden war.

»Kommen Sie bitte morgen wieder«, sagte der Chef der Garderobe, als er endlich zu Wort kam.

Hatte er nicht mehr alle Tassen im Schrank? Nie im Leben würde ich gleich noch mal mit einem teuren Regionalticket aus der Elfenstraße bis ins Zentrum fahren – nur, um dann eine labberige Wollhose angeboten zu bekommen.

Die beiden Männer waren am Ende mit ihrem Latein, für Situationen wie diese gab es anscheinend keine Anweisungen mehr. Dummerweise gingen auch mir langsam die Worte aus, den Großteil meiner Empörung hatte ich aufgebraucht. Was jetzt? Ich konnte ja schlecht verlangen, dass die beiden Deppen sich in mein Halstuch verwandelten.

»Gehört der zufällig Ihnen?«, fragte der gut aussehende Politiker oder Exkollege von Olli mit einem amüsierten Lächeln und hielt mir meinen Schal hin. »Der hat sich wohl versehentlich in meinem Mantel verfangen.«

Die zwei jungen Männer wandten sich wortlos von mir ab. Mit hochrotem Kopf wickelte ich mir meinen Schal um den Hals. Ich hatte mich in aller Öffentlichkeit danebenbenommen. Der nette Herr fand mich sicherlich hochpeinlich und würde noch auf dem Nachhauseweg über mich lachen, zusammen mit seiner hübschen Frau. Nicht einmal bedankt hatte ich mich bei ihm; er war zu schnell wieder in der Menschenmenge verschwunden.

Ich schnupperte an meinen Schal. Er roch dezent nach Aftershave. Ich atmete den Geruch ein und fühlte mich schlagartig wieder gut. Warum der Duft mich in so positive Stimmung versetzte, wusste ich nicht.

11

»Ein absoluter Notfall, Mama«, sagte Marko, der außer der Reihe plötzlich an einem Dienstag anrief. Er musste wirklich tief in der Klemme stecken.

»Pinie und Quell treten heute in Kamppis Altenzentrum auf, und ich und Petriina haben keine Zeit, das aufzunehmen. Könntest *du* das für uns machen?«

Markos zweite Produktionslinie, wie er seine beiden Kleinen mit den bekloppten Namen nannte, war bis spätnachmittags in der Kita und ging außerdem noch zur Musikschule, zur Kinderakrobatik, zum Malkurs und in die Theatergruppe. Mit diesem vollen Terminkalender sorgten Marko und Petriina dafür, dass sie ihre Kinder praktisch kaum sahen. Der einzige Nachteil an den Hobbys waren die Aufführungen und Tombolas, zu denen man hinmusste und die den sorgsam erstellten Excel-Wochenplan störten.

»Ich bin heute leider beim Eishockey und Petriina beim Spinning. Aber es ist ganz easy, du musst einfach nur hinfahren und das Ganze aufnehmen.« Dann fiel ihm ein, dass er mit einer deutlich älteren Person sprach. »Weißt du überhaupt noch, wie das geht, Mama? Aufnahmen machen mit dem Handy?«

Das Wichtigste an den Auftritten der Kinder war das Filmen. Dabei sah sich später keiner die wackelig aufgenommenen Wichteltänze mit den Hintergrund-Ahs und -Ohs der Eltern noch mal an. Trotzdem musste es unbedingt Filme geben, auch wenn die nur auf der Festplatte verschimmelten. Ich war notgedrungen zur Aufnahmeexpertin geworden. Doch ehrlich gesagt war die heutige Technik relativ benutzerfreundlich – wenn man von der Fernbedienung fürs Fernsehen absah. Die frühen Videoaufnahmen von Markos »erster Produktionslinie« dagegen hatten mich noch ganz schön ins Schwitzen gebracht. Aber sie waren sowieso längst ausgemistet. Dasselbe Wegwerfschicksal hatten die Folgeformate CD und Datenstick erlitten. Heute speicherte ich die Aufnahmen direkt in einer Datenwolke, einer Cloud, aus der man sich die Szenen bis in alle Ewigkeit runterladen konnte. Auch dann, wenn ein Asteroid das Leben auf der Erde vernichtet hatte und nur noch ein paar Bakterien und Schaben herumkrabbelten.

»Marko, ich schaff das, habe ich doch schon x-mal gemacht. Wo soll ich die Aufnahme ablegen? Google Drive, Dropbox, iCloud oder Picasa?«

»Gute Frage! Ich spreche noch mal mit Petriina, was sie gerade benutzt.«

Mein Sohn hatte es eilig, das hörte ich an seinem hektischen Tippen. Natürlich arbeitete er nebenher weiter, wenn er mit seiner Mutter telefonierte.

»Und nimmst du die Kleinen bitte noch mit zu dir nach

Hause oder in ein Restaurant? Gegen acht kann Petriina sie dir dann abnehmen. Oder können sie gleich bei dir übernachten?«

Immer sind die beruflichen Termine wichtiger als die Kinder! Job, Sport, Massage – das eigene Leben geht vor, und wenn der Auftritt der Kinder noch so schön ist. Woher hat Marko das? Von mir jedenfalls nicht. Ich war bei jeder gottverdammten Aufführung, habe ihn bei jedem popeligen Sportwettkampf angefeuert, bei jeder Spenden-Tombola mitgemacht! Ich war voll und ganz anwesend, nie von Aufnahmetechnik abgelenkt, und überhaupt war ich eine geradezu märtyrerhafte Mutter! So präsent, dass die anderen Mütter ein schlechtes Gewissen bekamen. Ich habe mich immer als Erste gemeldet, wenn irgendwelche Klopapierpackungen von A nach B gefahren werden mussten oder wenn jemand fürs Würstchengrillen gebraucht wurde, und zwar beim Skiwettkampf im eisigsten Wind! Meine Kinder haben meinen Einsatz natürlich gar nicht richtig mitgekriegt. Die waren immer mit sich selbst beschäftigt. Klar, nichts ist wichtiger als die eigene Leistung.

»Nein, danke, Marko«, sagte ich.

Mein Sohn ließ einen Moment dramatischer Stille folgen.

»Mama. Bist du okay?«

»Absolut. Aber ich habe jetzt leider keine Zeit mehr, ich muss nach Kamppi fahren.«

»Wieso denn das?

»Um deine Kinder zu filmen. Es heißt übrigens nicht Kamppis Altenzentrum, sondern Kamppis Servicezentrum für Senioren.«

»Aha?«, fragte Marko irritiert.

»Jawohl. Gut, mein Lieber, ich muss los. Wir telefonieren!«

Ich war nicht die einzige Seniorin, die man zur Kinderaufführung von *Kamppis Gladiatoren* geschickt hatte. Etliche andere Großmütter drängten sich mit mir in den kleinen Saal, besetzten die vorderen Reihen und zückten ihre Handys. Die Ehrgeizigeren hatten ein dreibeiniges Stativ dabei, das sie neben ihren ebenfalls dreibeinigen Gehstock stellten.

Meine Enkel waren keine Bühnenpersönlichkeiten, auf Kommando herumzutoben lag ihnen nicht. Das hoben sie sich lieber für Situationen ohne Kommando auf. Während also alle anderen Kinder in bunten Tierkostümen umhersprangen – ein Kind war als Prinzessin verkleidet, der Dresscode schien locker zu sein –, standen Quell und Pinie steif am Rand und bohrten zum Takt der Musik in der Nase. Ich zoomte näher und bannte meine kleinen Nachfahren beim Passivsein. Die Musik wechselte, die Kinder klatschten im Takt und sagten unverständliche Sprüche auf. Die Einzige, die man verstehen konnte, war die Erzieherin, ein bildhübsches junges Ding, das den wenigen Großvätern im Raum sicherlich gut gefiel. Jedenfalls zoomten sie eifrig in ihre Richtung.

»Und ich bin Quell, ja Quell, und ich bin Pinie, ja Pinie«, sang die Erzieherin und klatschte meinen Enkeln ermutigend zu. Ohne Erfolg. »Und der Quell sprudelt, und die Pinie wogt im Wind!«, sang sie weiter – meine Enkel blieben steif in ihrer Ecke stehen. Sie sahen aus, als würden sie sich gleich vor Angst in die Hose machen. Als die Erzieherin aufmunternd vor ihnen tanzte und immer wieder ihre Namen sang, fingen sie an zu weinen.

Die vielen Großeltern filmten und filmten und speicherten damit auch die Misere meiner Enkel für alle Zeiten. Musste die junge Frau ihre Namen so oft wiederholen? Ich versuchte, gleichgültig zu gucken: Nein, mit diesen verklemmten Kindern, die dazu noch so merkwürdig hießen, hatte ich rein gar nichts zu tun!

Die zwei kleinen Wunder sind da!, hatte Petriina in ihrer Nachricht aus dem Krankenhaus geschrieben. Da waren die Wunder erst wenige Minuten alt. Bis heute weiß ich nicht genau, ob sie Mädchen oder Jungen sind oder beides, und wenn beides, wer dann das Mädchen ist und wer der Junge. Die Vornamen für ihre zwei Wunder hat meine Schwiegertochter bewusst geschlechtsneutral gewählt. Sie hat mir eine beeindruckende Geschlechterkarte vorgeführt, auf der es je nach Standort siebzehn verschiedene Arten der geschlecht-

lichen Selbstdefinition gibt. »Ich bin eine Zwölf«, hat sie mir verraten.

Der Geburtstag der Zwillinge ist jedes Jahr ein Krampf, genauer gesagt das Geschenkekaufen. Es hat unbedingt geschlechtsneutral zu sein, außerdem soll jedes Kind sein eigenes, individuelles Geschenk kriegen. Gerade eineiigen Zwillingen muss man eine geschwisterunabhängige Entwicklung ermöglichen, sonst können sie nicht frei und selbstbestimmt zwischen den siebzehn möglichen Positionen der Geschlechterkarte wählen. Letztes Mal habe ich zwei Brettspiele verschenkt: Schach und Stern von Afrika. Eine gute Lösung, dachte ich, aber was habe ich für einen Ärger gekriegt! Meine Schwiegertochter hat gezetert, ich würde die Kinder in dumm und schlau einteilen, da Schach so viel anspruchsvoller sei, und Marko fand gleich beide Geschenke schlecht, da Brettspiele ja nur ein dummer und langweiliger Zeitvertreib für alte Leute sind.

Die Zwillinge brüllten sich die Seele aus dem Leib, und die Erzieherin wusste beim Versuch, sie zu trösten, ganz offensichtlich nicht, wer wer war. Doch wahrscheinlich wäre sie mit ihren Bemühungen auch sonst erfolglos geblieben. Sie lächelte tapfer, verlor aber langsam die Kontrolle über das Bühnengeschehen. Ich fand, dass es jetzt erst richtig spannend wurde, und filmte eifrig weiter. Denn die Kinder machten nun alle, was sie wollten: Der Junge im

Prinzessinnenkostüm drehte Pirouetten, zwei kleine Katzen begannen sich zu balgen, und das Krokodil haute dem Marienkäfer eine runter, und zwar mitten ins Gesicht. Der Marienkäfer plärrte los und bildete zusammen mit meinen Enkeln ein markantes Trio. Die Erzieherin griff auf eine Rahmentrommel zurück, die sie so schnell und so laut schlug, dass ein Großteil des Chaos nicht mehr zu hören war.

»So, und nun bedanken wir uns bei unserem tollen Publikum!«, brüllte sie. »Wunderbar, dass Sie alle hergekommen sind! Und jetzt laufen die kleinen Gladiatoren bitte zu ihren Eltern beziehungsweise Großeltern, hopp-hopp!«

Schade, dass die Erzieherin mitten in der schönsten Show einknickte. Die meisten Kinder fanden ihre Eltern oder Großeltern sofort, nur Quell und Pinie blieben lahm auf der Bühne stehen. Anscheinend gewöhnten sie sich allmählich an das Rampenlicht. Ich musste mich also leider als Familienangehörige zu erkennen geben und die beiden vorne abholen. Betont schwungvoll marschierte ich zu ihnen hin.

»Das war eine prima Vorstellung«, log ich.

Sie schauten mich verwundert an; allzu oft sahen sie mich nicht. Das letzte Mal waren wir uns bei Ollis Beerdigung begegnet, auf der sie bis zum Schluss nicht verstanden hatten, wieso man sich wegen einer Holzkiste unbequeme Kleidung anziehen und still verhalten musste.

»Wer bist du noch mal?«, fragten sie.

»Eure Oma«, antwortete ich fröhlich, »ihr kennt mich von Opas Beerdigung.«

»Ach ja.« Jetzt wussten sie wieder, wer ich war, außerdem redete Marko ja sicher ab und zu über mich. »Wo sind Mam und Paps?«

So nannten sie also ihre Eltern? Wie albern.

»Eure Eltern arbeiten«, log ich, denn Arbeit akzeptierten Kinder immer. Es gab ja im Jahr keinen einzigen Urlaubs- oder Feiertag mehr, an dem die Eltern vor der Arbeit sicher waren.

»Warum hast du dir den Auftritt angeguckt?«, wollte einer der Zwillinge wissen. Berechtigte Frage. Ich hätte in einer vergleichbaren Situation auch nicht gewollt, dass mir jemand zusah. Flüchtig dachte ich an die Fahrstuhlübungen beim Hot Yoga; um Gottes willen, bloß keine Zuschauer.

»Ich war gerade in der Nähe«, behauptete ich.

»Das passt gut«, sagte der andere Zwilling, »denn das hier ist ja ein Altenheim. Paps meint, du ziehst hier vielleicht sowieso bald ein.«

»Wieso das denn?«

»Weil du doch schon steinalt bist!«

Die Zwillinge fingen an zu lachen. Offenbar nicht nur über mein Greisenalter, sondern auch über meine Einfältigkeit.

»Du lebst ja bestimmt nicht mehr lange!«

Jetzt kicherten sie völlig unkontrolliert.

»Hat euer Vater das etwa auch gesagt?«, fragte ich und schaute zur Garderobe.

Welche Jacken mochten die meiner Enkel sein? Es war überraschend einfach: Alle stinknormalen blauen, braunen, roten und rosafarbenen Jacken fielen weg, es konnten nur die zwei geschlechtsneutralen mit dem hässlichen Mustermix sein. Unpraktisch geschnitten waren sie noch dazu.

»Gehen wir zu McDonald's?«, fragten die Zwillinge.

Sie wollten eine Belohnung für ihren großen Auftritt. Das Klügste war Nachgeben. Einer der großen Vorteile am Großeltern-Sein: Man musste die Kleinen nicht erziehen und konnte auf das Grenzensetzen und Konsequentsein von vornherein verzichten. Einfach allen Quatsch mitmachen, so fuhr man am besten.

Wir durchquerten Kamppis Einkaufszentrum und gingen durch den spannenden unterirdischen Tunnel ins Forum, das benachbarte Einkaufszentrum. Dort wollten die Kinder Rolltreppe fahren, wobei wir oben vor einem Spielwarenladen ankamen, in den ich meine Enkel spontan hineinschob. Sie rannten aufgeregt durch die Regale und wollten beide ein Geschenk haben. Ich ließ sie machen, immerhin hatten sie gerade erfolgreich eine ganze Gruppenaufführung durcheinandergebracht. Flugs hatten sie die Spielzeugwaffen gefunden und sich für ein Sturmgewehr entschieden, beide für das gleiche.

»Nicht schlecht«, behauptete ich und bezahlte den Plastikschrott. Positives Feedback war das Fundament einer guten Erziehung.

Mit knatternden Gewehren fielen wir bei McDonald's

ein, wo die Kinder ein Happy-Meal mit Spielzeug verlangten. Noch mehr Plastik, warum nicht, es war ja nicht mehr meine Welt, die den Bach hinunterging.

Pinie und Quell suchten sich beide ein sehr maskulines Spielzeug aus, ein grünes Ungeheuer beziehungsweise einen knetbaren Schleimberg.

»Beeindruckendes Spielzeug«, kommentierte ich, während wir uns – schwer bewaffnet – in eine halbwegs ruhige Ecke setzten. Die Kinder hauten rein, als hätten sie tagelang gehungert.

»In der Kita gab's was Ekliges«, erklärten sie, »irgendwas Plattes und Matschiges. Vielleicht war es gebratenes Seepferdchen …«

Die beiden aßen alles ratzekahl auf. Sie schienen selbst erstaunt über ihre leeren Teller.

»Prima Jungs«, lobte ich sie.

»Oma!«, rügten sie mich, »wir sind keine Jungs!«

Wieder kicherten sie los, nach dem Motto: Was faselt die Alte da.

»Was seid ihr denn dann? Quatschköppe?«

»Jaa!«, riefen sie und begannen wild mit dem Ungeheuer und dem Schleimberg zu spielen.

Ich sah aus dem Fenster. Hoppla, da gingen ja Pike und Valtonen! Sie spazierten die Mannerheimstraße entlang und waren schon fast auf Höhe des McDonald's. Hoffentlich sahen sie mich nicht. Leider wurde mein Wunsch nicht erhört; Pikes neugierige Augen entdeckten mich sofort, und prompt kam sie mit Valtonen herein.

»Ullchen, verdammt, was machst *du* bei McDonald's? Hölle noch mal!«, trötete sie.

Die Zwillinge sahen sich bedeutungsvoll an: Die verrückte alte Frau mit den grellen Haaren hatte *geflucht*! Begeistert wiederholten sie »verdammt« und »Hölle noch mal«. Ich erklärte Pike und Valtonen, wo wir herkamen und dass wir eher zufällig hier saßen.

»Dann sind die beiden süßen Kleinen also deine Enkelinnen?«, fragte Valtonen und reichte den Zwillingen die Hand. »Guten Tag, verehrte Damen!«

So waren sie noch nie angesprochen worden! Wieder ein Anlass zum Prusten, wobei noch ein paar Pommesstückchen aus den Mündern flogen.

»Ja, die beiden Zwillinge sind meine Enkelkinder Quell und Pinie«, stammelte ich, »und das hier, das sind Omas Freunde.« Ich zeigte auf Pike und Valtonen. »Ihr könnt ihnen ja mal guten Tag sagen.«

»Ullchen, verdammt noch mal, du hast dich eben als Oma bezeichnet!«, schimpfte Pike.

»Guten Tag, Frau Verdammt noch mal, guten Tag, Herr Verehrte Damen!«, sagten die Zwillinge und giggelten.

Pike war entzückt über die kreative Frechheit der Kinder, und auch Valtonen lachte gutmütig. Die beiden holten sich was zu essen und setzten sich zu uns. Valtonen hielt vergeblich Ausschau nach Besteck; Pike schimpfte, weil es zum Burger-Meal kein Bier gab.

»Bier ist doch nur ein Durstlöscher!«, behauptete sie.

Meine Enkel waren von ihrer resoluten Art fasziniert

und wiederholten ihren Satz über das Bier wie zwei Papageien.

Valtonen interessierte sich sehr für die Waffen der Zwillinge und wollte wissen, ob sie ein Luntenschloss hatten. Pike plauderte wie immer munter drauflos, scherte sich nicht um die Anwesenheit deutlich Minderjähriger und breitete die Erlebnisse ihres gestrigen Kneipenabends detailliert aus: vom Auftakt mit ihrem Wundermittel »Detox mit Schuss« über den spontanen Quickie mit Valtonen bis zum Katerbier gegen den Nachdurst heute Morgen. Die Kleinen schauten sie begeistert an.

»Quickie, Quickie!«

»Bier gegen den Nachdurst!«, riefen sie.

»Kindermund tut Wahrheit kund«, griff Valtonen auf, »wir sollten unbedingt was trinken.«

»Wie wahr«, sagte Pike, »mein Mund ist schon ganz ausgetrocknet. Lasst uns in eine Bar gehen und schleunigst hier verschwinden! Und zwar hoppladihopp – sagte die Wanze, als die Bettwäsche zu brennen anfing.«

»Welche Wanze?«, fragte der eine Zwilling.

»Eine Bettwanze vielleicht«, sagte der andere. »Ja, lasst uns noch woanders hingehen!«

Und so gingen die vier neuen Freunde und ich in eine schicke Kneipe in der Nähe. Die Zwillinge spielten begeistert mit Eiswürfeln und Plastikspießen und warfen Erdnüsse in Valtonens Whiskeyglas. Die Zeit verging wie im Flug, es war noch nie so leicht gewesen, auf die Enkelkinder aufzupassen.

Als Petriina eine halbe Stunde später als vereinbart die Kinder abholen kam – an ihrem Arm baumelten edle Einkaufstüten mit Markennamen –, wollten Quell und Pinie nicht nach Hause. Erst als Valtonen und Pike versprachen, zu ihrer nächsten Aufführung zu kommen, waren sie bereit, die Bar zu verlassen.

»Tschüss, ihr zwei Quickies«, riefen sie und zielten mit ihren Gewehren in die Luft.

12

»Eine ganze Woche ohne Samen!«

Hellu ließ sich matt neben uns auf einen Stuhl plumpsen. Wir saßen in einem neuen Café in Töölö, Pikes und Hellus Wohnviertel. Die Inneneinrichtung war hübsch zusammengewürfelt, ein bisschen was aus den 50er-Jahren und was von heute – kein Schickimickikram, für den gleich das gesamte Startkapital auf den Kopf gehauen worden war. Der Kaffee war »fair trade«, aber nicht überteuert, und das Personal ließ einen auch mit nur einer Tasse so lange herumsitzen, wie man wollte. Unsere Treffen an diesem gemütlichen Ort wurden so langsam Tradition; sogar Valtonen kam regelmäßig aus Kerava hierher und las Zeitung, Hellu kehrte fast täglich gegen dreizehn Uhr ein. Heute kam sie später als sonst, und zwar direkt vom Gastroenterologen.

»Darmspiegelung. Nur zur Sicherheit.«

Das sagte sie immer. Für die Gesundheit war ihr alles recht, nach dem Motto, viel hilft viel: Schulmedizin, Homöopathie, traditionelle chinesische Medizin, Schröpfen mit Rentierhörnern und südamerikanische Heilmethoden aus dem Dschungel. Gegen Einschlafprobleme trank sie beruhigende Kräutertees, Vitamin-B12-Kapseln nahm sie gleich zweimal täglich (»das geht über bestimmte Stoffwechselvorgänge direkt ins Gehirn«), und Fenchelsaat empfahl sie ihrem Bruder Valtonen gegen Blähungen.

»Und beruhigende Kräuter sind zum Beispiel Kamille, Melisse und Hopfen.«

»Hopfen steckt ja auch im guten alten Bier!«, sagte Valtonen, »damit tu ich dann ja richtig was für meine Gesundheit.«

»A beer a day keeps the doctor away«, kicherte Pike.

Hellu machte alles mit, was sie kriegen konnte: Screenings, Röntgen, MRT, Blutbild, Untersuchungen, Messen und Wiegen, am besten vierteljährlich. Mein Kommentar, dass sich ein Darmgeschwür ja auch bei dem Gehetze von der Dickdarmspiegelung zur Mammografie bilden könnte und die Spiegelung dann nichts genützt hätte, beeindruckte sie nicht. Pike wollte wissen, was es mit der einwöchigen Samenpause auf sich hatte.

»Ich nehme doch sonst regelmäßig Samen und Nüsse zu mir, aber das ist eine Woche vor der Darmspiegelung verboten.«

»Ach, solche Samen«, sagte Pike enttäuscht. »Hast du wenigstens ein Video von deinem Darm gekriegt? Wie sieht's denn aus da drin?«

Der junge ukrainische Arzt hatte Hellus Darm in den höchsten Tönen gelobt, und auch ihren Mut. Viele Leute hatten Angst und wollten erst eine lokale Betäubung oder sogar eine Narkose, doch Hellu hatte dem jungen Mann und seinen Gerätschaften sofort freie Fahrt in ihren Darm gegeben. Wir feierten Hellu als Heldin.

»So mutig bin ich gar nicht«, bremste sie uns, »und wehgetan hat es sowieso kaum. Ich habe einen sehr glatten Darm ohne Verschlingungen – und keinen einzigen adenomatösen Polypen.«

Bei genauerem Hinsehen sah die tapfere Hellu aber doch etwas bleich aus.

Und Pike jetzt erst recht. »Ähm, könnten wir langsam das Thema wechseln?«

Hellu wirkte ein wenig beleidigt. Sie fand, in unserem Alter müssten wir für die Gesundheit aktiv Verantwortung übernehmen und alle zur Verfügung stehenden Vorsorgemaßnahmen nutzen.

»In Frankreich gibt es bedeutend weniger Darmkrebs als bei uns. Und wisst ihr, warum?«

»Weil die viel Fenchel essen?«, fragte Valtonen scherzhaft.

Wir hatten keine Ahnung. Hellu belehrte uns mit erhobenem Zeigefinger und anklagendem Blick – als wären wir verantwortlich für Finnlands Gesundheitssystem.

»In Frankreich werden ab einem gewissen Alter alle zur kostenlosen Darmspiegelung eingeladen!«

»Ab einem gewissen Alter, ab einem gewissen Alter! Wenn ich das schon höre!«, rief Pike so laut und verärgert, dass ihr Cappuccinoschaum durch die Gegend spritzte. Sie hielt uns erneut ihre immergleiche Predigt über die Überbewertung des Alters. Wie sie die ständigen Anspielungen aufs Alter hasste, die latenten Diskriminierungen, die pseudohöflichen Umschreibungen! Die ganze Verkrampftheit!

»Best Agers, Senioren, die beste Zeit des Lebens! Verdammt noch mal, wieso geht es bei uns ständig ums Alter? Alle anderen altern doch auch die ganze Zeit! Eine reife Frau, pah! Wenn eine Frucht reif ist, kann man sie essen, am besten schnell, bevor sie schlecht wird. Wenn wir die Reifen sind, was sind dann die 80-Jährigen? Sind die überreif? Oder schon faulig oder was?«

Es war sonnenklar. Pike fürchtete nichts so sehr wie das Alter. Den Moment, in dem auch sie endlich erkennen musste, was alle anderen längst sahen: dass sie alt war. Die Tatsache, dass auch sie krank und gebrechlich werden konnte und dann auf alles für sie Wichtige verzichten musste. Davor hatten wir natürlich alle Angst, aber Pikes Predigten verrieten, wie sehr sie diese Angst verdrängte.

»Ich werde in drei Jahren fünfundsiebzig«, verkündete Valtonen in provozierend fröhlichem Ton.

»Dann mach doch eine Party!«, rief ich.

Ich konnte mich nicht erinnern, wann ich zuletzt zu einer Party eingeladen gewesen wäre. Nun gut, an meinem letzten Arbeitstag hatte es eine kleine Feier gegeben (die nächste war dann Ollis Beerdigung gewesen).

Mein letzter Tag in der Praxis! Das Finale vor dem Ruhestand. Ich habe einem Säufer den verfaulten Backenzahn gezogen und meinen Kittel zum letzten Mal in den Spind gehängt. Im Essensraum standen ein paar gelangweilte Kollegen um eine billige Supermarkt-Torte herum, viele waren erst gar nicht erschienen. Die Mutterschaftsvertretung meiner Chefin, die Teilzeit arbeitete und die ich noch nie zu Gesicht bekommen hatte, überreichte mir einen Briefumschlag – immerhin hat sie keine dumme Rede gehalten. In dem Umschlag war ein Gutschein von sage und schreibe dreißig Euro! Jeder Kollege hatte sagenhafte fünfundsiebzig Cent aufgebracht, um mich zum Abschied zu beschenken. Damit konnte ich meine Füße einmal in warmes Meerwasser tunken und meine alte Haut von kleinen Putzerfischen abschlecken lassen; angeblich das Allerneueste und ganz fantastisch. »Ulla, jetzt geht dein Leben richtig los, du kannst tun und lassen, was du willst!«, schleimten sie. Ich habe mir das alles tapfer angehört, meinen Kaffee ausgetrunken, den Kuchen nicht angerührt und bin gegangen. Es wurde höchste Zeit, Olli die Windel zu wechseln.

»Gute Idee! Für euch, meine Lieben, könnte ich mir das glatt vorstellen«, sagte Valtonen und überlegte, wieso man eigentlich irgendwann nur noch die runden und halbrunden Geburtstage feierte. »Sollte man auf der Zielgeraden nicht lieber *jedes* Jahr eine Party geben? Oder wenigstens jedes zweite?«

»Ja, unbedingt! Feiern, dass man noch am Leben ist!«, stimmte Hellu zu.

Sie käme als Erste dran mit ihrer Ich-bin-noch-am-Leben-Party, im neuen Jahr im März. Wir stellten fest, dass niemand von uns in den Wintermonaten Geburtstag hatte, was laut Hellu ein Glücksfall war – die von November bis Februar Geborenen hätten einer Statistik zufolge erhebliche zusätzliche Gesundheitsrisiken. Auch *das* konnten wir feiern: das Glück, im Frühling und Sommer zur Welt gekommen zu sein.

Pike wechselte das Thema. »Wie fandst du eigentlich das Konzert letzte Woche?«, fragte sie Hellu. Es war klar, dass sie nicht über die Sinfonie – deren langsamen Satz und Finale sie verschlafen hatte –, sondern über Hellus männlichen Begleiter sprechen wollte. Wir sahen Hellu erwartungsvoll an.

Sie lächelte ein seliges und zugleich geheimnisvolles Lächeln und strahlte in die Runde. Vergessen waren die Darmspiegelung und der Samenverzicht.

»Welches Musikstück lässt meine Schwester denn so leuchten, hm?«, fragte Valtonen schmunzelnd. Auch er war über Hellus Verabredung im Bilde.

»Also, er heißt Jorma«, sagte Hellu.

»Ist es der mit der Brille? Oder der Dicke mit der Glatze?«, hakte Pike nach.

Es war natürlich der mit der Brille, und nun kam Hellu so in Fahrt, dass wir nicht mehr nachzufragen brauchten. Jorma war äußerst attraktiv, sympathisch und obendrein gebildet; auf der Dating-Website hatte er als einziger Kandidat keine Orthografie-Defizite gehabt. Vor seinem Ruhestand hatte er als Biologielehrer gearbeitet, und er war seit einigen Jahren verwitwet.

»Oho, das steigert den Wert aber sofort!«, kommentierte Pike. »Witwer sind absolute A-Klasse.«

»Und Männer, die *fast* Witwer sind, doch auch, oder?«, warf Valtonen hoffnungsvoll ein.

Pike ignorierte ihn. »Witwer haben ihre Ehe nicht vermasselt. Die haben keinen Schmuddelfleck in ihrem Leben und sind vertrauenswürdig. Deshalb haben Geschiedene auf Dating-Portalen immer schlechtere Chancen.«

Mein Standpunkt dazu war ein anderer. Manchmal war eine Scheidung klüger, als um jeden Preis zusammenzubleiben. Ein Leben in der Hölle ließ einen auch nicht ehrenvoller dastehen.

Ich war einfach zu blöd, um mich von Olli zu trennen. Erst mal mussten wir ja die Kinder groß kriegen – wobei ›wir‹ stark übertrieben, im Grunde sogar gelogen ist: Ollis einziger Anteil war das unschöne und lange Zeit erfolglose Geruckel in der Zyklusmitte gewesen, und an mir blieb dann alles hängen. Aber auf den Spielplätzen konnte ich mir bestens einreden, dass ich einfach nur den üblichen Beitrag zu einer guten Ehe leistete. Denn es gab ja keine anderen Rollenmodelle, die Nachbarsfrauen aus der Elfenstraße haben genau dasselbe graue Leben gelebt wie ich. Wie hätte ich da von was Besserem träumen sollen? Als Marko und Susanna endlich das Nest verlassen haben, wäre der Zeitpunkt für eine

Scheidung günstig gewesen; ich verdiente gut und hätte mich nie im Leben um die Reihenhauswohnung, den Saab oder gar das morsche Sommerhaus gezankt. Aber offenbar habe ich nicht nachgedacht, sondern stur vor mich hingelebt. Tagein, tagaus, als wäre der Alltag eine gottverdammte Pflichterfüllung. Manchmal, sehr selten, habe ich vage auf eine ferne Zukunft gehofft, in der Olli nicht trinkt und mir endlich mal in die Augen sieht.

Diese Hoffnung wurde dann erst mal vom Brustkrebs beiseitegefegt. Die Krankheit und die langwierige Behandlung haben mich mürbe gemacht und mich gezwungen, den Alltag und den Moment zu schätzen, wie man so schön sagt. Dankbar zu sein für das, was mir noch bleibt, trotz Brustentfernung und Haarausfall. Ich habe mich dann auf den Ruhestand fokussiert und irgendwie durchgehalten. Das jahrelange Warten auf die Verrentung hält garantiert haufenweise schlechte Ehen aufrecht. Ich war wirklich so doof mir einzubilden, wir würden Hand in Hand auf einer Bank sitzen, in den Sonnenuntergang schauen und uns auf unsere alten, grauhaarigen Tage plötzlich jede Menge zu erzählen haben. Ich hoffte, wir würden noch mal Freunde werden, Olli und ich. Und dann wurde er auf einmal krank. Eine Scheidung kam da nun wirklich nicht infrage. Man hätte mich als fiese Hexe auf dem Scheiterhaufen für Egoisten verbrannt! Nein, ich durfte meinen Ehemann jetzt nicht verstoßen und schnöde dem Gesundheitssystem überlassen.

Hellu holte mich zurück in die Gegenwart:

»Jorma ist nach dem Konzert noch mit zu mir gekommen!«

»Hellu, du alte Verführerin!«, rief Pike begeistert, und auch Valtonens Augen glänzten:

»Du musst uns unbedingt sagen, wie er im Bett ist. Aber nicht *zu* viele Details, bitte.«

Hellu kicherte wie ein Schulmädchen und wurde sogar rot. »Wir haben es gleich zweimal getan. Abends vor dem Einschlafen und morgens nach dem Aufwachen.«

Wir jubelten und klatschten, und Pike fand, wir sollten in eine Bar gehen und Hellus Wiederauferstehung feiern.

»Ich muss leider zum Flamenco«, sagte Hellu und warf mir einen vorwurfsvollen Seitenblick zu. Nach der ersten Stunde war ich nicht mehr zum Unterricht erschienen. Hellu fand, damit verpasste ich *das* Anti-Demenz-Training schlechthin, die vielen neuen Bewegungen zu ungewohnten Rhythmen würden das Gehirn ordentlich auf Trab halten. »Dir entgeht wirklich was. Und das Aufstampfen hilft gegen Osteoporose.«

»Osteo-wie? Das also hat der ukrainische Popo-Glotzer bei dir entdeckt?«, fragte Valtonen neckisch.

Pike schüttete sich aus vor Lachen.

13

Valtonen räumte in flottem Takt verstaubte Bücher aus den Regalen und legte sie in große Taschen. Die Bibliothek hatten meine Kinder beim Ausmisten natürlich nicht angerührt, hier war Papas guter Geist noch viel zu präsent. Valtonen hatte freundlicherweise sofort angeboten zu helfen, als ich die elend vielen Bücher erwähnte. Das vollgestopfte, muffige Zimmer war ein trauriges Bild für mein altes Leben: dafür, wie ich mich in alles gefügt hatte und Olli immer weiter von mir weggedriftet war. Hierher hatte er sich verdrückt, um möglichst wenig mit mir und den Kindern zu tun zu haben. Hier hatte er sich in aller Ruhe seinen Schlaganfall herbeigetrunken.

»Immer zwei in jedem Regal«, kommentierte Valtonen und stellte die hinter den Büchern gefundenen Whiskeyflaschen in einer Reihe auf den Boden.

Um Gottes willen. Ich musste das unbedingt alles loswerden. Dabei las ich eigentlich sehr gern. Doch nur selten holte ich mir dazu etwas aus den eigenen Beständen. Das meiste hatte ich sowieso schon durch. Natürlich hätte ich meine Lieblingsbücher ein zweites Mal lesen können, aber ich fürchtete mich vor dem, was dabei an die Oberfläche steigen würde. Und außerdem: Vielleicht fand ich meine Lieblingsromane bei der zweiten Lektüre gar nicht mehr so gut. Das frühere Meisterwerk, jetzt plump und platt. Nein, lieber keine Risiken eingehen – weg damit.

»Ab jetzt will ich versuchen, mich nur noch an positive Dinge zu erinnern«, verkündete ich. »Allerdings brauche ich dafür eine Menge Konzentration. Und Fantasie!«

Valtonen wischte sich ein paar Schweißtropfen von der Stirn.

»Da ist ja wirklich eine ganze Menge, was du da auszumisten hast.«

Ob er damit die Bücher oder die Flaschen meinte, blieb offen.

Er wollte die Bücher mit mir in ein Antiquariat bringen, allerdings hatte uns Hellu prophezeit, dass Antiquariate keine Bücher von Leuten unserer Generation mehr annähmen, da sie schon genug alte Romane hätten. Auch die anderen Senioren misteten ihre Regale aus, und so gab es ein massives Überangebot.

Als sieben IKEA-Taschen mit Büchern und drei Plastiktüten mit Flaschen vollgestopft waren, hatten wir erst die Hälfte geschafft. Langsam ging uns die Puste aus. Valtonen ächzte und stöhnte, nur sein kräftiger Pferdeschwanz strahlte noch Vitalität aus.

»Sollen wir am Ende eigentlich auch die Regale abbauen?«, fragte er.

»Eigentlich schon. Oder findest du, ich sollte meine Unterwäsche und Sandalen hier ausstellen?«

Es war mir ernst. Mit dieser Aktion begann mein neues Vorhaben, in das ich noch niemanden eingeweiht hatte: Ich wollte in die Nähe von Pike, Hellu und unserem Café ziehen. Dafür musste ich meine Möbel reduzieren. Für das Geld, das die Reihenhauswohnung bringen würde, könnte ich mir in Töölö nur eine Einzimmerwohnung leisten. Ich beschloss, Valtonen von meinem Plan zu erzählen.

»Auch du willst also in Töölö sterben«, seufzte er. »Das wollte Seija auch immer. Und jetzt sitzt sie in ihrem Pflegeheim in Kerava fest. Weil ich es nicht besser hingekriegt habe.«

»Du musst damit aufhören, Valtonen. Für Seija ist es schnuppe, wo sie ihre letzten Lebensjahre verbringt, sie kriegt sowieso nichts mehr mit. Das Wichtigste ist, dass sie in guten Händen ist und versorgt wird. Und genau das hast du klug organisiert.«

Plötzlich hörte ich lauten Tumult. Ehe ich mich versah, sprang Jerkku mit schlammigen Pfoten zu uns herein.

»Du liebe Güte!«

Valtonen hob erschrocken die Hände, was das Vieh erst recht zum Hochsprung animierte; es donnerte seine Vorderpfoten gegen Valtonens Brust und peitschte mit seinem Schwanz wild auf meine Oberschenkel ein.

Im Flur war es verräterisch still. Susanna hatte natürlich Valtonens Stimme gehört und konnte die Situation nicht einschätzen. Dachte sie an Einbrecher?

»Wo ist denn mein Jerkku hingelaufen?«, fragte sie mit

unsicherer Stimme. Ihre Schritte näherten sich der Bibliothek.

Meine Tochter war aufgedonnert wie für einen Ball. In engem Etuikleid und glänzenden Stilettos blieb sie halb erleichtert, halb fragend vor Valtonen stehen. Sie wollte eine Erklärung: Wer war dieser Mann, und was tat er in der heiligen Bibliothek ihres Papas? Was hatten die Bücher in den IKEA-Taschen zu suchen? Ich ließ sie zappeln und machte keine Anstalten, ihr Valtonen vorzustellen, der noch immer den Hund abzuwehren versuchte.

»Jerkku mag Menschen, keine Sorge, er ist ein ganz Lieber«, versicherte Susanna. »Ich bin übrigens Susanna, sehr erfreut.«

Valtonen brummte etwas Unverständliches. Ich hatte gar nicht gewusst, dass er Hunde genauso wenig mochte wie ich. Ich sah ihn verstohlen an und verspürte einen ungewohnten Anflug von Glück. Auf einmal sah er unglaublich gut aus mit seinen hochgekrempelten Ärmeln und der schwarzen Jeans, ein kerniger grauer Wolf, der sogar meine Tochter beeindruckte. Valtonen versuchte den allzu menschenfreundlichen Jerkku höflich beiseitezuschieben.

»Was ist hier eigentlich los?«, fragte Susanna.

Meine Erklärung, dass wir die Bibliothek ausräumten, löste bei ihr einen mittleren Gefühlssturm aus. Mit rotem Kopf und Tränen in den Augen schritt sie die restlichen noch vollen Regale ab und streichelte die staubigen Buchrücken. Keine Spur mehr von der starken Frau.

»Papas Bücher – oh nein! An das hier erinnere ich mich

noch ganz genau ... und an das! Dieses hier hat er sogar mehrmals gelesen.«

Die Wahrheit war: Susanna kannte aus der gesamten Bibliothek kein einziges Buch. Ihre große emotionale Bindung an diese staubigen Bände beruhte auf vagen, sentimentalen Erinnerungen. Sie erinnerte sich vielleicht an die Gestaltung des einen oder anderen Buchumschlags, aber einen Titel oder Schriftsteller hätte sie niemals nennen können.

»Möchtest *du* die Bücher haben?«, fragte ich. »Das wäre überhaupt kein Problem!«

Es wäre sogar eine wunderbare Lösung! Valtonen und ich bräuchten die Taschen nicht sinnlos herumzukutschieren. Und Susanna hätte ihre schönen Erinnerungen mit Staub, Geruch und allem Drum und Dran direkt bei sich zu Hause. Win-win, wie Marko das nennen würde. Als Bonus könnte sie noch Papas leere Whiskeyflaschen kriegen.

»Aber wie soll ich denn ... ich hab doch gar nicht ... könnten die nicht ins Sommerhaus?«

Sie hatte offenbar verdrängt, dass ich die gammelige Hütte – ihr Paradies – verkaufen wollte.

»Auch das ist keine schlechte Idee«, behauptete ich der Einfachheit halber und fragte bewusst unfreundlich, wieso Susanna einfach so mit ihrem dreckigen Hund bei mir reinplatzte, ohne jede Vorwarnung. Sie sah mich irritiert an. Erst dachte ich, ich hätte sie gekränkt, doch weit gefehlt.

»Mamilein, wir haben doch vereinbart, dass du Jerkku wieder nimmst. Erinnerst du dich etwa nicht daran?« Sie sah mich prüfend an: Na, wie stark fortgeschritten ist die Demenz denn schon?

»Du liebe Güte, stimmt«, sagte ich. »Das habe ich tatsächlich vergessen.«

»Kein Wunder«, schaltete sich Valtonen ein, »du hattest doch beschlossen, dich nur noch an positive Dinge zu erinnern.« Hinter Susannas Rücken grinste er mir verschwörerisch zu.

Ich hatte keine Wahl, ich musste Jerkku nehmen. Ein wenig besorgt überlegte ich, wie es werden würde, wenn ich wirklich anfing, Dinge zu vergessen. Marko und Susanna würden es wahrscheinlich dreist ausnutzen und mir regelmäßig den Hund oder die zweite Produktionslinie vorbeibringen und behaupten, dass das doch vereinbart gewesen wäre, und zwar für einen ganzen Monat. »Erinnerst du dich etwa nicht?«, hieße es dann, dazu eine vorwurfsvolle Stimme und ein bohrender Blick. Gruselig.

Susanna schleifte routiniert den Futtersack von Jerkku in die Küche und legte ein paar getrocknete Schweineohren zum Drauf-Herumkauen aus. »Morgen Nachmittag hole ich ihn ab, so hatten wir es ja vereinbart.«

Soso. Wir standen uns im Flur gegenüber; Jerkku hielt Valtonen mit seiner großen Menschenliebe in Schach. Susanna zischte mir leise zu:

»Mama, wer ist dieser Typ? Was hat der hier zu suchen? Hast du eine Entrümpelungsfirma gebucht, oder was? Du kannst doch hier nicht einfach einen fremden Mann reinlassen, woher weißt du, ob du dem vertrauen kannst? Ehrlich, du darfst hier *überhaupt* keine Fremden reinlassen, auf genau diese Art werden alte Leute ausgeraubt!«

Susannas Aufregung, die schon an Hysterie grenzte, war rührend. Vermutlich konnte man sie nach irgendeiner verqueren Logik sogar als Beweis ihrer töchterlichen Liebe deuten. Manche Leute drückten ihre Liebesgefühle ja ausschließlich in Form von Besorgtheit und Kontrolle aus.

Ach Gott, das ganze elende Thema Liebe. Was weiß ich davon schon? Besteht sie nun aus Worten oder aus Taten? Ich habe weder die eine noch die andere Form erleben dürfen. Ja, nicht einmal Besorgtheit hat Olli seiner Familie gegenüber an den Tag gelegt, es war ihm scheißegal, wie es uns ging. Vielleicht sind seine Geschenke ein ungeschickter Ausdruck von Liebe gewesen? All die verdammten Bücher! Nein, die waren höchstens Ausdruck seines grenzenlosen Egoismus. Mit den Büchern hat er sich eine Festung gebaut, in die er sich mit seinen geliebten Whiskeyflaschen zurückziehen konnte. Und jedes Weihnachten gab's neue Bücher, was anderes hat er uns nicht geschenkt, und natürlich nur solche, die er selbst lesen wollte, und die er sofort mit fettigen Händen angegrabbelt hat, sodass man sie nicht mehr umtauschen konnte. Ha, all die wichtigtuerischen Romane von jüdischen Amerikanern, eine einzige peinliche Männernabelschau, dazu noch perfekt als Sichtschutz für die Flaschen – so hat Olli uns beschenkt!

»Susanna, das ist Valtonen, ein guter alter Freund.«
Jetzt sah sie mich erst recht besorgt an, ja sogar panisch. Ich konnte ihre Gedanken förmlich davongaloppieren sehen:
Hat Mama diesen Valtonen irgendwann schon mal erwähnt? Ist er irgendein komischer alter Freund meiner Eltern, den ich bisher nicht registriert habe? Oder, schlimmer, ist er nur ein Freund von *Mama*, hatte sie etwa noch ein Leben außerhalb der Ehe? Du liebe Güte! Oder ist dieser Valtonen womöglich ein neuer Partner? Igittigitt! Papa ist erst so kurze Zeit tot, und schon krallt sich die lüsterne alte Schachtel irgendeinen Kerl aus dem Bekanntenkreis? Widerlich! Oh Gott, und was wohl erst Marko dazu sagen wird? Der geht immer so nüchtern und mathematisch an alles ran … Du liebe Güte, was wird, wenn Mamas neuer Freund unser Erbe verringert? Vielleicht hat er ganz viele eigene Kinder und will die auch noch alle an Mamas Geld beteiligen! Was die wohl einfordern werden? –
Das Einzige, was sie laut aussprach, war aber Folgendes: »Mama … vielleicht sollten wir die Bücher doch nicht ins Sommerhaus bringen.«
Aber das sagte alles: Weder die Bücher noch sonst irgendwas durften je ins Sommerhaus gelangen. Denn dort würde ich Valtonen einführen, und dort könnte er Gefal-

len finden an all den Dingen, auf die auch Marko und Susanna es abgesehen hatten. Daher mussten sie unbedingt verhindern, dass Mamas neuer Partner und die geliebten alten Erinnerungsstücke miteinander in Kontakt kamen.

Ach Gottchen, Susanna. Ich hatte doch längst beschlossen, das olle Sommerhaus zu verkaufen.

»Mamilein, ich muss mal schnell mit Marko telefonieren. Bitte entscheide noch gar nichts! Die Bücher bleiben hier. Ich melde mich!«

Sie rannte mit verzerrtem Gesicht nach draußen und setzte sich in ihr Auto. Ich konnte sehen, wie sie sich das Handy ans Ohr presste und mit der anderen Hand wild gestikulierte. Dann umklammerte sie das Lenkrad. Während der Toyota in einem großen Bogen vom Hof rollte, wurde ihr Kopfschütteln immer hektischer. Fast meinte ich, Rauch aus ihrem Gehirn aufsteigen zu sehen.

Ich wandte mich vom Fenster ab und schaute zu Valtonen, der mit seinen kräftigen Armen in ruhigem Takt Bücher in die Taschen beförderte. Dieser Mann war ein Geschenk des Himmels.

14

»*Juckt es bei dir* eigentlich auch so komisch, seit du mit Valtonen im Bett warst?«, fragte Pike beim Suppen-Mittagstisch – so laut, dass alle im Restaurant es hören konnten. Ich hatte ihr gerade erzählt, wie entsetzt Susanna gewesen war, als sie Valtonen bei uns im Haus angetroffen hatte.

Ich fand es peinlich, dass Pike ständig fremde Leute schockieren musste. Die Tische im Restaurant standen zudem dicht beieinander, wie es nun mal Mode war. Man hockt sich geradezu auf der Pelle, und unseren Tisch teilten wir uns obendrein mit zwei jungen Geschäftsmännern. Der eine räusperte sich auf Pikes Frage hin geräuschvoll.

»Nein, wieso sollte es bei mir jucken? Ich habe doch gar nicht …« Verschämt versuchte ich, Pikes Dreistigkeit abzuwehren.

Aber sie ignorierte mich. Für alle Suppenesser bestens hörbar krähte sie, dass ich laut Valtonen ja eine echte Raubkatze sei, wild und ungestüm.

»Pike, also hör mal, ich kann mich nicht entsinnen, dass ich …«

Sie ließ mich nicht ausreden. Jetzt wären wir also Matratzenschwägerinnen, verkündete sie und bestellte ein zweites Glas billigen Rotwein. Wie dankbar wäre ich heute ausnahmsweise mal für laute Hintergrundmusik gewesen!

»Aber bitte nicht nur zwölf, sondern vierundzwanzig Zentiliter!«, sagte sie zur Bedienung.

Die schenkte ihr, ohne mit der Wimper zu zucken, überaus großzügig ein. Pike trank die Hälfte in einem Zug aus und plapperte munter weiter, wobei sich die Rotweinränder in ihren Mundwinkeln lüstern nach oben bogen.

»Vierundzwanzig Zentiliter im Rotweinglas sind herzlich wenig, aber vierundzwanzig Zenti*meter* im Bett sind ganz schön viel!«, verkündete sie und kicherte.

Die Geschäftsmänner beendeten ihre Mahlzeit und baten die Bedienung um die Rechnung. Der eine spielte mit seiner Kreditkarte, der andere schaute nach, was es auf Facebook Neues gab, beide ignorierten uns demonstrativ. Pike redete nur noch lauter und beschrieb den Juckreiz und weitere Symptome im Intimbereich sehr anschaulich.

»Jetzt habe ich so eine Creme aus der Apotheke gekriegt, vielleicht wirkt die ja obendrein wie Gleitgel. Und sag mal, Ullchen, ist Viagra nicht eine göttliche Erfindung?«

Mit dem Stichwort Viagra hatte sie wieder die volle Aufmerksamkeit; einer der Geschäftsmänner sah Pike und mich prüfend an. Pike schob sofort nach, wie elend es doch vor zwanzig Jahren gewesen sei, wenn man versehentlich mal mit einem Senior im Bett gelandet war.

»Warten, warten, nichts als warten«, sagte sie und tat,

als würde sie flüstern. Eine junge Frau rückte ein Stück zur Seite, um Pike noch besser sehen zu können.

»Aber dann kam diese wunderbare Potenzpille auf den Markt, und damit begann für uns alle ein einziges Freudenfest!«

Sie wollte gar nicht wieder aufhören zu lachen. Ich sah sie streng an. Ich verstand meine alte Freundin nicht. Gut, sie war eben anders als ich, und das war ja durchaus auch belebend. Ich hatte mit ihr diesen Herbst viele verrückte Situationen erlebt und wusste inzwischen – auch aufgrund einiger negativer Erfahrungen –, was zu mir passte und was nicht. Spontane Besäufnisse und Bettgeschichten waren nichts für mich. Zu dem Mittagessen heute hatte ich Pike überreden müssen – normalerweise ging sie in Restaurants nie zum Essen, sondern ausschließlich zum Trinken; das war für sie der einzige Zweck von Restaurants.

Ich selbst trank bewusst Wasser, ließ Pike meine Missbilligung aber nicht spüren. Sollte sie ruhig genau *die* Fünfundsiebzigjährige sein, die sie sein wollte. Trotzdem lag heute eine Spannung in der Luft. Was natürlich meine Schuld war, wessen sonst. Wieso musste ich auch immer so verklemmt sein?

Aber ich hatte mir für dieses Treffen nun mal andere Themen gewünscht. Ich wollte mit Pike über meine Umzugspläne sprechen, immerhin hatte sie diese mit ihrem Kommentar über das lästige Busfahren sogar mit angestoßen. Mein Wunsch wäre gewesen, nach dem Mittagessen zusammen mit ihr nach einem passenden Makler zu suchen, aber ich sah schwarz. Ein so sachliches Anliegen passte einfach nicht zu Pikes frivoler Stimmung.

»Ullchen, hast du eigentlich schon von Silbernen Pornos gehört? Auf Englisch silver porn.«

Sie sprach so überdeutlich, dass ich ihr zurückgegangenes Zahnfleisch bewundern konnte. Irgendwann würde ich mit ihr über Zahnseide und Wurzelbehandlungen sprechen müssen. Pike machte eine Kunstpause und hielt dramatisch die Luft an. Alle schienen darauf zu warten, dass sie weitersprach. Eine Kellnerin ließ eine Gabel zu Boden fallen. Leises Klirren.

»Silver porn ist exakt auf uns zugeschnitten, Ullchen! Sympathische alte Japaner über siebzig erledigen ihren Job mit einer solchen Ruhe und Andacht, als wäre es eine Teezeremonie. Unglaublich! Und der Star der Branche ist eine fünfundachtzigjährige Frau, warte, ich zeig dir ein paar Bilder …« Kichernd holte sie ihr Handy raus.

Während Pike den Silver-Porn-Star googelte, gab ich der Kellnerin ein Zeichen für die Rechnung und verschwand in Richtung Toilette. Nicht, dass ich die erfahrene Japanerin uninteressant fand, doch es war einfach der falsche Moment. Jetzt gerade interessierte ich mich mehr für eine erfahrene Maklerin.

Pike brüllte mir ungeniert hinterher:

»Blasenprobleme, was? Ich muss auch ständig aufs Klo rennen. Und jetzt ist auch noch dieser schreckliche Juckreiz dazugekommen!«

Als ich zurückkehrte, hatte sie die Rechnung komplett

bezahlt. Das überraschte mich. Sonst wollte sie immer, dass man für Speisen und Kaffee selbst aufkam, nur auf alkoholische Getränke durfte man sich gegenseitig einladen. Vielleicht wollte sie damit ihr schlüpfriges Benehmen ausgleichen, jedenfalls sprach sie nicht weiter über japanische Pornos und Vaginalpilz-Jucken.

Wir schlenderten durchs Einkaufszentrum.

»Weißt du noch, wie du neulich gesagt hast, ich müsste endlich in die Stadt ziehen?«, begann ich.

»Nicht in die Stadt, Ullchen. Ins *Zentrum*. Deine Elfenstraße in Espoo gehört ja auch zum Stadtgebiet.«

»Das meine ich doch. Pike, glaubst du, es gibt hier in der Gegend gute Maklerbüros?«

Sie überhörte meine Frage, befühlte im Vorbeigehen ein paar Klamotten für Jugendliche und redete über Valtonen. Seine Unternehmungen mit mir bereiteten ihr offensichtlich Kopfzerbrechen, warum auch immer. Dann entdeckte sie eine kleine Kneipe.

»Los, eine Flasche Sekt zum Happy-Hour-Preis! Mit meiner Bonuskarte kriege ich hier sogar noch mehr Ermäßigung. Schon allein aus finanziellen Gründen müssen wir einen trinken, Ullchen!«

»Am Ende hast du aber trotzdem Geld ausgegeben, das ist dir schon klar, oder?«, fragte ich tadelnder, als ich beabsichtigt hatte, und hörte mich vermutlich ziemlich spießig an. Es war ja nett, dass Pike mich zum Sekt einladen wollte.

»Ullchen, wieso sollte ich sparen? Etwa für schlechtere

Tage? Pah, das mache ich längst nicht mehr. Natürlich gucke ich, wofür ich meine wenigen Moneten ausgebe, aber in Freunde und Sekt zu investieren, ist noch nie falsch gewesen.«

Und so stießen wir wenige Minuten später mit vollen Sektgläsern an. Pike wurde für einen Moment ernst, ihre Augen bekamen einen leichten Silberblick. Es folgte ihre übliche Predigt: dass wir den Moment genießen und all die Freuden voll auskosten sollten, die das Leben für Frauen wie uns bereithielt.

Ich begutachtete ihre Augenlider und die Halspartie unter ihrem Kinn. Das sah nicht mehr ganz natürlich aus. Meine Freundin Pike hatte doch nicht etwa ein Lifting machen lassen? Doch, eindeutig! Und bei genauerem Hinsehen kam ich zu dem Ergebnis, dass sie sich auch etwas in ihre senkrechten Mundfalten hatte spritzen lassen, die Haut war einfach zu glatt.

»Carpe diem«, rief sie, wobei die Aussprache lateinischer Wörter bei ihr immer etwas merkwürdig klang, »verstehst du, Ullchen? Das ist mein Motto.«

Ich nickte müde. Allmählich reichte es mir. Um Pike zu ärgern, redete ich über Altersdiskriminierung. Passenderweise hatte mich erst am Morgen ein armer junger Mensch ohne vernünftigen Job im Auftrag eines Marktforschungsinstituts angerufen, um mit mir vier Minuten über gesellschaftliche Themen zu reden. Da ich nichts Besseres zu tun hatte, sagte ich Ja – flog aber gleich wieder aus der Befragung raus: die jüngste Altersgruppe begann mit neun, die älteste bildeten die Einundsechzig- bis Fünfundsechzigjährigen. Da lag ich knapp zehn Jahre drüber. Neugierig hakte ich nach, worum es denn in den Fragen gegangen wäre. Militärische Selbstverteidigung, Autonomie der Inselregion Åland, Grundeinkommen und der tägliche Lebensmitteleinkauf.

»Darauf soll also ein Neunjähriger besser Antwort geben können als ich? Ich habe dem Anrufer ordentlich die Meinung gegeigt!«

Pike, die solche Erlebnisse geradezu hasste, schaute glasig ins Leere. Um die Stimmung nun doch ein bisschen aufzulockern, erzählte ich von einer lustigen Wortschöpfung, auf die ich im Internet gestoßen war: In der englischen Sprache verwendete man für Leute über siebzig neuerdings den Begriff *seenager*.

»Also die Wörter *teenager* und *senior* zusammengemixt«, erklärte ich ihr und ignorierte ihre säuerliche Miene. »Pike, als Seenager haben wir endlich all das, wovon Teenager träumen, nur sechzig Jahre später. Wir kriegen Geld aufs Konto, ohne zu arbeiten, wir haben eine eigene Wohnung, den Führerschein und ein eigenes Auto, wir können so spät nach Hause kommen, wie wir wollen, und müssen keine Angst haben, schwanger zu werden!«

Das überzeugte Pike sofort. Sie brach in lautes Gewieher aus und prustete dabei fast ein halbes Glas Sekt auf die Tischplatte, was ihr natürlich nichts ausmachte, um Kleinigkeiten scherte sie sich nicht. Sie lachte mit weit offenem Mund und ließ ungeniert ihre silbernen Amalgamplomben aus den 60er-Jahren aufblitzen. Schwungvoll haute sie mir auf die Schulter. In den Genuss dieser derben Geste kamen sonst nur männliche Freunde, es war also eine Art Anerkennung.

»Großartig! Ullchen, das ist fantastisch, ich bin der perfekte Seenager! Darauf müssen wir anstoßen.«

Einträchtig tranken wir weiter. Als die Flasche leer war, bat Pike um einen Strohhalm und sog den versprühten Sekt von der Tischplatte auf. Ich fühlte mich zum Glück nur leicht beschwipst, den größeren Teil des Flascheninhalts hatte ich Pike überlassen. Die wankte mit knallenden Anti-Rutsch-Eisen zur Toilette und hatte bei ihrer Rückkehr schon wieder was Neues im Sinn – ich sollte mit ihr ins *Immergrün* kommen. Ich versuchte, mich zu widersetzen.

»Pike, ich habe keine Zeit und Kraft dafür. Ich muss doch einen Makler finden, und überhaupt …« Das Sprechen fiel mir inzwischen doch schwerer als gedacht. Doch Pike hörte mir nicht einmal zu.

»Komm, wir gönnen uns mal mitten am Tag einen zünftigen Rausch und finden einen neuen Mann für dich.«

»Ich will aber gar nicht …«

»Das wird *unser* Tag, Ullchen! Los, wir bringen Valtonens Filzläuse unters Volk!«

Sie tänzelte in ihrem bunten Gudrun-Sjöden-Mantel umher und genoss sichtlich den Moment. Anders als ich, die ich kaum von meinem Barhocker runterkam – bahnte sich da etwa ein Hexenschuss an?

»Seenager, ich fasse es nicht! Und dazu noch einen Silberporno!«, gackerte Pike und schleifte mich nach draußen.

Mein unterer Rücken protestierte zwar bei jedem Schritt, aber ich ließ mich von ihr mitschleppen. Pike gehörte zu der Kategorie von Leuten, die kein Erbarmen kannten. Man musste in ihrem Fahrwasser mitschwimmen, ob man wollte oder nicht. Allerdings würde ich keinen Tropfen Alkohol mehr anrühren und schön bei mir zu Hause aufwachen. Außerdem hatte Hellu mich zu ihrem neuen Rundhantel-Training mit angemeldet, von dem ja derzeit alle sprachen. Eine Kugel an einem Griff hin und her zu bewegen, war erträglicher gewesen als gedacht, weshalb ich versprochen hatte weiterzumachen. Damit wären dann hoffentlich der Flamencokurs und das Untergeschosstraining vom Tisch. Und das Letzte, was ich wollte: mit Restalkohol und Mundgeruch einer putzmunteren Hellu gegenüberzutreten. Das würde sie mir nicht verzeihen. All das erklärte ich Pike auf dem Weg ins *Immergrün*. Sie zerrte mich munter die geschäftige Aleksanderstraße entlang. Auf einmal blieb sie mitten im Menschenstrom stehen und breitete die Arme aus, was nicht bei allen Passanten gut ankam. Außerdem wankte sie gefährlich hin und her, weshalb man einen großen Bogen um sie machen musste.

»Ullchen, genug gefaselt. Magst du Männer nun, oder magst du sie nicht?«

»Wie kommst du jetzt auf so was? Ich rede doch nur vom Rundhanteltraining und …«

»Dann ist dir der Trubel im *Immergrün* also einfach nur peinlich? Weil du so ein Kontrolltyp bist? Dann gilt für dich dasselbe wie für Hellu, du musst schleunigst ins Internet!«

Sie stellte ihre riesige Handtasche auf den Boden und wühlte hektisch darin herum. Hätte ein freundlicher Mann sie nicht von hinten abgestützt, wäre sie dabei auf ihren Hintern geplumpst.

»Danke, du bist echt süß!«, flötete Pike dem Mann hinterher. Der schien sich aus den Luftküssen älterer Semester nichts zu machen.

»Endlich. Hier ist mein Handy.«

»Willst du mir jetzt etwa diese sogenannte Teezeremonie zeigen?«, fragte ich erschrocken.

Doch Pike wollte mich nur in die Welt der Dating-Seiten einführen. Sie hatte die Apps alle auf ihrem Handy. Es gab kostenpflichtige Seiten für vermeintlich »bessere« Leute und ein paar, die sich auf Ältere spezialisiert hatten, etwa Old&Dirty.com und BesserSpätAlsNie, für das wir angeblich noch zu jung wären. Besonders toll sei AdultGo, der neuste Hit für Erwachsene. Aus Pikes Mund klangen normale Wörter wie *locker* und *ungezwungen* plötzlich doppeldeutig, und *Ausgehen*, *Spielwiese* und *Spielzeug* sogar geradezu schmutzig.

»AdultGo ist einfach toll, Ullchen. Du denkst dir einen Namen aus, lädst ein paar Fotos von dir hoch, aktivierst den Lokalisierer und Schwups, schon erscheint die Karte von Helsinki, und du findest an jeder Ecke willige Mitspieler. Wenn dir jemand gefällt, musst du ihn dir einfach nur schnappen. Wie beim Angeln. Technisch funktioniert das so ähnlich, als würdest du ein Handyfoto machen. Match and catch!«

Das Ganze sei viel heißer als die Dating-App Tinder, die ja im Grunde schon wieder völlig veraltet wäre. Bei AdultGo traf Tinder auf PokemonGo, das Lieblingsspiel aller kleinen und großen Jungs. Von Pokemon und Tinder hatte auch ich schon gehört, AdultGo wäre mir ohne Pike für immer fremd geblieben. Vielleicht wäre das besser gewesen.

»Komm schon, Ullchen, sei keine Spielverderberin. Das kann man ruhig ab und zu machen, ich zeig's dir gleich mal.«

Sie kniff ein Auge zu, um besser sehen zu können. Unserem Kartenausschnitt näherte sich gerade ein richtig dicker Fisch. »Siehst du ihn? Er kommt direkt auf uns zu!« Sie wischte auf dem Display herum und zeigte mir, wen sie im Visier hatte: Osmo, siebenundsiebzig, recht gut aussehend. Auf seinem Foto stand er in Badehose auf dem Bootsdeck, unbehaart und trotz Sommersonne kalkweiß, typisch Finne.

Als ich mich verstohlen umsah, stand Osmo schon ganz in unserer Nähe! Er trug einen beigefarbenen Trenchcoat, wartete auf die Straßenbahn und schien von Pikes Aktion nichts mitzukriegen.

»Gleich hab ich ihn! Soo, und jetzt … zack! Der Badehosenmann ist mein!« Picke lachte zufrieden und zeigte mir ein weiteres Fotos von Osmo – angezogen und mit einem Buch in der Hand auf dem Sofa.

Der reale Osmo stand steif wie eine Mumie fünf Meter von uns entfernt. Ich sah Pike fragend an.

»Der ist gerade nicht online«, erklärte sie. »Aber wenn er in der Straßenbahn auf sein Handy guckt, sieht er, dass *EinfachNurMandolina* ihn gefangen hat.«

»Und was passiert dann?«, fragte ich lahm.

»Na, er nimmt Kontakt zu mir auf, schreibt ein paar Sätze oder schickt mir Emojis und Herzchen. Und dann treffen wir uns, zum Beispiel im Gym.«

»Pike, jetzt redest du Unsinn. Du und ins Fitnessstudio? Da gehst du doch nicht mal wegen einem Mann hin! Schon gar nicht wegen dem!«

Ohne uns wahrzunehmen, stieg Osmo in die Straßenbahn.

»Wir würden uns da ja nur *treffen* und keinen Sport machen. Den heben wir uns für später auf«, sagte Pike und kicherte.

Das Gym war, so Pike, der virtuelle Treffpunkt bei AdultGo. Dort beschnupperte man sich, versuchte den anderen zu beeindrucken und bewertete das Gegenüber mit Punkten. Weiter kam Pike nicht mit ihren Erklärungen – was ich nicht schlimm fand –, da Osmo sie schon zum Chatten aufforderte. Nach ein paar fix ausgetauschten Nachrichten verkündete sie, dass Osmo und sie bereits auf dem nächsten Level wären und sich nun jederzeit live treffen könnten, zum Beispiel bei der Mittwochs-Flirtbörse im *Immergrün*.

»Ha, und dann geht's rund! Valtonens Bazillen werden sich umsehen.«

»Prima«, sagte ich und schaute demonstrativ auf meine Armbanduhr, »dann viel Glück mit Osmo. Und danke, dass du mir gezeigt hast, wie das funktioniert mit dem Internet-Dating. Aber nun müsste ich wirklich …«

»Carpe diem, Ullchen!«, rief Pike drohend.

»Nein«, sagte ich entschlossen, »für heute ist Schluss. Ich gehe jetzt nach Hause, und dir rate ich dasselbe.«

»Auf gar keinen Fall! Pah, dann werde ich eben Valtonen anrufen!«

Einige Passanten sahen uns irritiert an. Kein Wunder, Pike torkelte planlos im Kreis, und ihre Züge erinnerten an eine hungrige alte Pumadame.

Irgendwie passte mir ihr Vorhaben nicht. Wieso musste sie ausgerechnet bei Valtonen Zuflucht suchen?

»Ich finde, du solltest es dir lieber auf dem Sofa gemütlich machen und recherchieren, was es mit den Silbernen Pornos auf sich hat. Dich da mal ein bisschen umtun. Quasi als Versuchskaninchen für uns alle.«

Pikes Augen leuchteten, mein Vorschlag kam bestens an.

»Ullchen, du bist genial!«

Mit einem neuen, sinnvollen Ziel vor Augen stieg sie in die Straßenbahn und gestikulierte zum Abschied wild und nicht gerade jugendfrei durchs Fenster. Der halbe Waggon sah ihr interessiert dabei zu.

15

Pike war in Sachen Maklerbüro keine Hilfe, und auch Hellu drückte sich und ging lieber auf die Gesundheitsmesse für Senioren. Sie hieß LoveMe und bot neben etlichen Gesundheitsprodukten auch diverse Infoveranstaltungen über weibliches Altern und den Tod an. Na dann, jetzt erst recht, sagte ich mir und fand nach ein bisschen Internet-Surfen eine Website, die mich ansprach. Der Makler war ein aus meiner Sicht junger Mann, jünger noch als meine Kinder, mit klangvollem Namen, Brillantine im Haar und einer großen Hornbrille für Weitsichtige, die seine Augen sympathisch vergrößerte.

Als er noch am gleichen Tag zum Wohnungsrundgang erschien, trug er einen braunen Anzug, ein gelbes Hemd und einen breiten Gürtel. Diesen Look hatte ich lange nicht gesehen.

»Sie besitzen also eine Reihenhauswohnung original aus den Siebzigern«, sagte er andächtig und reichte mir zur Begrüßung seine Visitenkarte. Er schaute sich kurz um, und nach einem verlegenen Moment der Stille fragte er:

»Hier ist nie renoviert worden, oder?«

Ich dachte scharf nach. Eher nicht. Na ja, ein bisschen Gehämmere hatte es gegeben, als wir die Wohnung in ein Amateurkrankenhaus verwandeln mussten.

»Ah, ich verstehe. Da mussten Sie ein paar zusätzliche Geländer anbringen und Stufen abflachen. Aber keine größeren Eingriffe«, sagte der Makler und klang merkwürdig heiter.

Neugierig ging er in meinem Zuhause umher und musterte alles ganz genau. Dabei sagte er keinen Piep. Allmählich wurde mir das Ganze unangenehm, fast schämte ich mich. Würde überhaupt jemand diese Rumpelbude kaufen wollen? Und wenn ja – wie konnte ich so naiv sein zu glauben, dass das Geld für eine schicke kleine Wohnung in Helsinkis Zentrum reichen würde! Vielleicht musste ich nach Kerava ziehen, in Valtonens Nähe. Schwitzend trottete ich dem Makler hinterher und fragte mich, wie ich einen Großteil meines Lebens, darunter die sogenannten besten Jahre, in diesem Loch hatte verbringen können. In der Bibliothek blieb der Makler vor den IKEA-Taschen und Whiskeyflaschen stehen.

»Alte Bücherregale von Lundia, toll! Alles Originale.«

Er klang anerkennend. Was sollten diese hohlen Phrasen? Ich verstand das nicht; ich würde ihn sicher teuer bezahlen müssen, damit er diesen Schandfleck von Wohnung vermittelt bekam. Vor fünfzig Jahren hatten doch fast alle diese Regale, sie waren günstig und praktisch, konnten wie Kellerregale individuell in die Höhe und in die Breite erweitert werden. In den Häusern der Reichen standen dagegen nur edle Sonderanfertigungen vom Tischler, die gut zu den übrigen Möbeln passten. Bei uns war alles bunt zusammengewürfelt. Über der pseudobarocken Esstischgruppe hing eine übergroße Deckenleuchte mit Rüschenschirm, und der Spiegelschrank war im Grunde zu hoch für die niedrigen Decken. Und zu was bitte sollte der orangefarbene Serviertisch passen?

»Cool«, flüsterte der junge Mann und streichelte über die Acrylfläche des Serviertisches. »Habe ich bislang nicht in echt gesehen.«

Er tapste weiter durch die Wohnung und seufzte ergriffen. Beim Anblick der grünen Landschaftstapete und des braunen Teppichbodens im Schlafzimmer murmelte er »Retro vom Feinsten«. Er schien sich zu fühlen wie auf einer Zeitreise.

In der Küche trat er an den alten E-Herd mit den Plastikschaltknöpfen, schnappte nach Luft und flüsterte: »Episch.« Er stand da wie vor einem Hausaltar, machte die Backofenklappe auf und zu und schien ganz gerührt, weil das Innenlicht funktionierte. Der gute Mann ahnte ja nicht, was ich an diesem Herd alles in mich hineingefressen hatte. Er ging weiter und streichelte zärtlich über die klebrig-matten, ursprünglich mal glänzenden Schranktüren, und als er eine öffnete, erstarrte er vor Andacht:

»Ein komplettes Arabia-Geschirrservice der Reihe *Ruska*.«

Ich verstand ihn nicht. Was war toll an dem klobigen braunen Zeug, das nach der finnischen Laubfärbung im

Herbst benannt war, der Jahreszeit meines Lebensalters? Die Teetassen waren zu groß, die Kaffeetassen zu klein, und die Farbe des Tees oder Kaffees konnte man sowieso nicht wahrnehmen bei dem dunklen Erdton. Neben den verschiedenen Tellerstapeln standen noch die schwere Teekanne, die alberne Kaffeekanne und das überflüssige Sahnekännchen. Alles unpraktischer Quatsch. Das Service hatten uns Ollis Eltern zur Hochzeit geschenkt, leider war es unverwüstlich, kein einziges Stück ging in all den Jahren kaputt. Ob heiße Maschinenwäsche, unsanftes Abwaschen oder ein Sturz vom Frühstückstisch, nichts konnte *Ruska* etwas anhaben. Vermutlich hätten Olli und ich das Geschirr sogar an die Wand pfeffern können – vielleicht hatten meine Schwiegereltern sich deshalb für *Ruska* entschieden? –, aber emotionale Ausbrüche waren in unserer Ehe ja nicht üblich gewesen.

»Sie können das hässliche Zeug gern haben«, sagte ich und riss den Makler damit aus seiner Trance.

»Heilige Scheiße! Äh, ich meine, wow!«, sagte er und entschuldigte sich für seinen laxen Sprachgebrauch. »Ich bin einfach ein bisschen durcheinander. So eine Küche habe ich noch nie gesehen. Die beste *ever*, wirklich.«

Meine Horrorküche riss ihm tatsächlich die professionelle Maske runter, falls er so eine je gehabt haben sollte. Der schlaksige Kerl, der immer nur noch jünger auf mich wirkte, ließ sich auf einen meiner gelben Küchenstühle plumpsen und hielt sich die Hand vor seine nassen Augen. Seine Ergriffenheit rührte nicht daher, dass er meine

Wohnung für unvermittelbar hielt, sondern von seiner hohen ästhetischen Sensibilität, und die Siebziger waren seine Spezialität, wie er erzählte. Aufgrund seines geringen Lebensalters hatte er bisher noch keine Originalküche von damals gesehen

»Ich kann's kaum glauben. Fantastisch.«

»Möchten Sie vielleicht einen Kaffee?«, fragte ich. Er wischte sich mit einem geblümten Stofftaschentuch übers Gesicht und putzte auch seine große Brille, die von seinem Gefühlsausbruch leicht beschlagen war.

»Gern. Wäre es vielleicht möglich, das *Ruska*-Geschirr zu benutzen?«

Ich wischte den Staub von zwei Kaffeetassen, wusch die Kaffeekanne und das alberne Sahnekännchen sauber und stellte alles auf den runden gelben Küchentisch – da hatte er nun sein 70er-Jahre-Erlebnis. Er konnte kaum glauben, dass ich die Kaffeekanne zum allerersten Mal benutzte.

»Sie haben diese perfekte Kanne all die Jahre im Schrank stehen lassen? Wieso das?«

Ich begann zu erzählen. Ich verstand selbst nicht, wie dieser Mann das schaffte, aber ich vertraute ihm irgendwie und sparte nichts aus: die miserable Ehe, die unterdrückte Wut, das tägliche Elend, der anstrengende Alltag mit den Kindern, die Enttäuschung über mein Dasein als Ehefrau und Mutter, der Alkoholismus meines Mannes und als Krönung noch die langen Jahre als Krankenpflegerin.

Der Mann hörte mir mit derselben Aufmerksamkeit zu,

die er meinem ungeputzten Herd hatte angedeihen lassen, und schenkte sich unterdessen mehrere Tassen Kaffee ein.

»Dieses Geschirr passt leider perfekt zu meinem Leben: hässlich und haltbar. Und dieses Sahnekännchen, ist es nicht idiotisch? Wer will so was benutzen? Es nimmt doch sowieso keiner mehr Sahne zum Kaffee. Aber hier ist nun mal alles stehen geblieben. Lüften lässt sich diese Wohnung übrigens auch nicht gut, es ist immer leicht stickig. Und die Atmosphäre ist sowieso entsetzlich, aber das liegt nicht an den niedrigen Decken, sondern an dem traurigen Leben, das wir hier gelebt haben.«

Ich fing an zu weinen. Nicht laut und schon gar nicht hemmungslos, aber trotzdem. Stumm saß ich da und fühlte dicke Tränen über meine Wangen laufen. Den jungen Makler schien das nicht zu stören, im Gegenteil, auch seine Augen wurden noch mal feucht. Wieder kam das Blümchentaschentuch zum Einsatz. Die Situation fühlte sich überraschend natürlich an.

»Und jetzt wollen Sie das alles hinter sich lassen und die Wohnung schleunigst verkaufen«, sagte er und lächelte scheu.

Wie war es möglich, dass ein Mann Mitte dreißig eine Frau Mitte siebzig so gut verstehen konnte? Wieso arbeitete er als Makler und nicht als Therapeut?

»Genau.« Ich holte tief Luft und traute mich nicht, ihn anzuschauen. »Ich fange jetzt zu leben an.«

»Ein neues Leben, das ist gut.«

»Nein. Nicht ein *neues* Leben, sondern das Leben überhaupt. Verstehst du den Unterschied?« Ich duzte ihn spontan. Wie hieß der junge Mann noch mal? Ich hatte die Visitenkarte wohl auf die Flurkommode gelegt – hoffentlich.

»Ja, ich verstehe. In diesem Fall fängt das Leben jetzt erst so richtig an.«

Er stand auf, brachte das Kaffeegeschirr rüber zur Spüle und machte den Abwasch. Ich war baff. Das hatte es in dieser Küche noch nie gegeben – ein Mann, der im Haushalt half. Staunend verfolgte ich, wie achtsam er das Geschirr behandelte, einfach, weil er es schön fand. Seine Handbewegungen waren liebevoll, dabei aber trotzdem sicher und fließend. Hätte ich *Ruska* und mein gesamtes Zuhause doch schon eher mit seinen Augen betrachten können! Als er mit dem Abwasch fertig war, drehte er sich zu mir um und lächelte mich entwaffnend an. Ich hätte mich am liebsten an ihn gelehnt.

»Und übrigens, die Decken sind überhaupt nicht zu niedrig. Ich werde das gleich mal für dich ausmessen, wenn's recht ist. Diese Wohnung lässt sich ganz leicht vermitteln, das ist überhaupt kein Problem.«

Er hatte mich zurückgeduzt! Wir gingen miteinander um wie Freunde. Während er von spontanen Begeisterungsrufen begleitet die Deckenhöhe abmaß, ging ich in den Flur. Prima, ich hatte mich richtig erinnert, dort lag seine Visitenkarte. Sami Siltanen, so hieß dieses Himmelsgeschenk von Mensch.

»Holzpaneele, großartig!«, hörte ich seine jugendliche Stimme aus dem WC. Zum Glück schien er keinen guten

Geruchssinn zu haben, oder er fand das herbe Grundaroma authentisch.

»Kann ich gleich ein paar Fotos machen?«, fragte er. Ich nickte, und Sami legte los. Dabei nahm ich eine minimale Moschusnote an ihm wahr – ein gutes Rasierwasser. Spontan schnappte ich ihm die Kamera aus der Hand, stellte mich neben ihn und machte ein Selfie von uns.

»Oh Gott, ich bin nun wirklich nicht fotogen …«, stammelte Sami.

Ich ignorierte das, hakte ihn fest unter und machte eine ganze Selfie-Serie. Auf den letzten Bildern lächelte er endlich frei und entspannt. Er nahm mir die Kamera wieder ab und ging in die Küche, wo er fleißig weiterknipste. In irgendeinem versteckten Winkel fand er meine alte orangefarbene Küchenwaage, ein furchtbar unpraktisches Ding. Man musste mühsam ein Gewicht auf einer schwarzen Zahlenskala entlangbewegen, und viel Platz brauchte die breite Waage außerdem.

»Cool. Allerdings kaum benutzt, anscheinend hast du nicht oft gebacken.«

Er lag richtig. Die olle Waage sah aus wie neu. Ich hatte sie wohl mal zu Weihnachten geschenkt bekommen; eins der vielen Weihnachtsfeste, an denen ich viel zu müde war, um mich später noch an Details zu erinnern. Leider hatte ich als junge Frau ständig »was für den Haushalt« gekriegt, ob nun zum Geburtstag, zu Weihnachten oder zum Muttertag. Über was würde sich eine Akademikerin auch mehr freuen als über eine Bratpfanne, einen Staubsauger, einen Mixer oder eine Salatschleuder? Oh, und nicht zu vergessen die Küchenwaage.

»Sami, du kannst die Waage gern haben. Backst *du* denn etwa?«

Er sah mich fröhlich an. Seine heruntergerutschte große Brille tat seiner guten Laune keinen Abbruch.

»Ehrlich gesagt schon. Ich backe zum Beispiel mein Frühstücksbrot selbst. Und wenn meine Kollegen und ich einen guten Deal gemacht haben, gibt's für alle Kuchen. Dann kriegen natürlich auch die Kunden ein Stück ab.«

Was für ein toller junger Mann! Wieso hatte ich Marko nicht zu einem solchen Exemplar herangezogen? Mit Sinn für Ästhetik und Kompetenz im Haushalt. Jemand, der anderen gern eine Freude machte und so den grauen Alltag zu verschönern wusste. Und das Beste: Dieser Mann betrachtete mein altes Zuhause als etwas Hübsches und Kostbares und würde es entsprechend verkaufen! Und das Geschirr und die Waage würden in seinem eigenen Zuhause ein neues Leben kriegen. Damit würde ich endlich vieles hinter mir lassen. Ich konnte Sami gar nicht genug danken.

»Liebe Ulla, ich bezahle natürlich für alles, was du mir überlässt. Diese Waage ist mindestens hundert Euro wert. Und das *Ruska*-Service noch viel mehr, das ist eine Sammlerrarität.«

»So ein Unfug. Für mich ist das alles alter Ballast, den ich sowieso abwerfen muss. Dafür möchte ich von dir kein Geld.«

»Dann bestehe ich aber darauf, dass wir die Provision um zwei Prozent reduzieren.«

Ich wedelte abwehrend mit der Hand und bat Sami, sich mit mir an den Küchentisch zu setzen, damit wir das Vertragliche in aller Ruhe erledigen konnten. Er kam meiner Bitte sofort nach und füllte am Ende alle Formulare so aus, wie wir es besprochen hatten, mit einer entzückend kleinen Handschrift. Den Verkaufspreis meiner Wohnung hatte er erfreulich hoch angesetzt, und auf die Entlohnung für das Geschirr und die Waage wollte er unbedingt noch zurückkommen. Aber in dem Punkt blieb ich eisern und bestand darauf, dass er alles, was er bei sich zu Hause gebrauchen könnte, einfach mitnahm, und dass ich darüber nicht länger diskutieren wollte. Sami errötete.

»Wirklich? Jetzt weiß ich gar nicht, was ich sagen soll.«

»Danke zum Beispiel«, schlug ich vor.

»Holy shit, natürlich.« Er schlug sich vor den Kopf. »Danke, verdammt noch mal! Äh, Danke vielmals.«

Sami holte ein paar Faltkartons aus seinem Wagen, und mit vereinten Kräften räumten wir die staubigen Schätze aus meinen Schränken. Mein neuer junger Freund kam richtig in Fahrt und nahm auch noch die alte Leselampe, den Serviertisch, einen uralten Flickenteppich – vermutlich noch von meiner Mutter gewebt – und mehrere bunte Plastikaschenbecher mit.

»Rauchst du?«, fragte ich.

»Nein«, antwortete er und wurde wieder rot, »aber da

kann man gut Teelichte reinstellen, das sieht schön aus. Im Winter braucht der Mensch doch Kerzenlicht.«

Auch das noch, dachte ich und schmunzelte, sagte aber nichts. Wir trugen die Kartons in Samis Auto und verabschiedeten uns. Als ich seinen roten Rücklichtern hinterherschaute, durchströmte mich eine Welle von Glück. War das etwa ein Anflug von Verliebtheit? Hatte die Begegnung mit Sami mich aus einer jahrzehntelangen Starre erweckt? Ich dachte nach.

Nein, es war nicht allein Sami. Es war vor allem der nette Bärtige aus dem *Immergrün*, Kari Kirjosiipi. Er hatte mich wachgekitzelt, nur um dann wieder diskret zu verschwinden. Was ich da Ungewohntes fühlte, war Lebensfreude. Aber auch Sami Siltanen hatte seinen Anteil. Ich hatte lange keinen Menschen mehr so strahlen sehen wie ihn, als er mit einer Riesenladung meiner Altlasten zu seinem nächsten Termin brauste.

16

Nach dem Treffen mit Sami Siltanen packte mich das Umzugsfieber. Obwohl ich noch gar nicht wusste, wohin ich ziehen würde, verspürte ich einen Riesendrang, mein Hab und Gut auszumisten und alles Wichtige umzugsfertig zu verpacken. Ich schaffte allerdings nur den allerersten Schritt: Sämtlichen Kram aus den Schränken und Schubladen zu holen und einen riesigen Haufen zu bilden. Denn merkwürdigerweise sah ich nun alle Gegenstände mit Samis Augen und konnte mich auf einmal nicht mehr von ihnen trennen. Tatenlos stand ich vor einem gewaltigen Durcheinander. Kein Wunder also, dass Marko und Susanna einen Schreck kriegten. In ihrem Alter verwies plötzliches Chaos im Haushalt auf eine Depression, in meinem auf fortschreitende Demenz.

Leider hatten meine Kinder auch die Zwillinge und den Hund mitgebracht. Schwer zu sagen, wer mehr Dreck hereintrug.

»Mama, was ist hier los?«, fragte Susanna streng und marschierte sofort in die Bibliothek – nicht, dass da wieder ein Freund der Mutter die Bücher ihres Vaters einsackte. Zu spät, nur die Flaschen standen noch da. Die

Bücher hatten wir nach drei vergeblichen Anfragen in Antiquariaten auf der Müllkippe entsorgt.

»Was hier los ist? Das sieht doch jeder, ich räume auf«, sagte ich leichthin. Ich fand, das klang logisch, und wahr war es obendrein.

»Wo sind deine Freunde?«, wollten die Zwillinge wissen, »die zwei alten Quickies?«

»Mama, das geht nicht, dass die Zwillinge so was von dir aufschnappen. Und wie es hier aussieht – das geht erst recht nicht. Wir müssen unbedingt mit dir reden. Auch über deinen sozialen Umgang.«

»Genau, Mama. Marko und ich haben uns ausgetauscht und sind sehr in Sorge.«

Als ob mir das nicht klar wäre.

»Wir wollen dir helfen, dein Leben wieder in geordnete Bahnen zu bringen.«

Dass ich nicht lachte. Das konnte aus Sicht meiner Kinder nur heißen, dass ich den Umgang mit meinen Freunden einschränkte, wenn nicht sogar einstellte, und niemanden mehr in meine Wohnung ließ. Damit ja keiner auf die Idee käme, etwas vom künftigen Erbe meiner Kinder abzweigen zu wollen.

»Mama, wer ist dieser komische Valtonen?«, fragte Marko drohend.

Wenn die Situation nicht so unangenehm gewesen wäre, hätte man fast über sie lachen können. Hier standen wir also mit vertauschten Rollen: Ich, die Alte, sollte meine Kinder von meinem Freund überzeugen. Als wäre ich ein Teenager, der um Erlaubnis bettelte, einen Rowdy mit nach Hause bringen zu dürfen. Leider lief es wie immer – die vermeintlichen Erziehungsberechtigten sperrten sich, verwiesen auf die angeblich schlechte Herkunft des Kandidaten und versuchten, den schlechten Einfluss zu unterbinden – sonst drohte doch sowieso nur das Verderben!

Gott, was war meine Mutter schleimig, als ich irgendwann schließlich Olli mit nach Hause gebracht habe. Bei seinem Anblick hat sie sogar die bittere Pille geschluckt, dass wir schon verheiratet waren und auf eine kirchliche Hochzeit verzichten wollten. Sie tröstete sich damit, dass ich sowieso zu dürr wäre für ein klassisches weißes Brautkleid. Aber dieser Olli! Was hat sie da Augen gemacht! Wie sie ihn bewundert und betüddelt hat, diesen ach so feinen Herrn aus Helsinki. All die Jahre durfte ich mir anhören, was für ein Glück ich doch gehabt hätte. Eigentlich war Olli viel zu gut für mich, und ich sollte mein Leben lang immer schön dankbar sein für diesen fantastischen Partner. Wie es hinter den Kulissen lief, habe ich ihr verschwiegen. Und das war garantiert klüger so. Sonst hätte ich mir nur anhören müssen, was für eine dumme Versagerin ich war, dass ich es nicht schaffte, mit einem Mann glücklich zu werden, der so viel besser war als ich.

Als Olli mich bei sich zu Hause einführte, lief es anders – aber trotzdem auf das Gleiche hinaus: Als ich mit den vielen verschiedenen Gabeln und Messern am feinen Esstisch nicht zurechtkam, lächelte meine Schwiegermutter verächtlich. Sie ließ keinen Zweifel daran, dass ich für sie ein dummes, ordinäres Ding vom Lande war, leider obendrein mit kurzen Beinen und dicker Kartoffelnase ausgestattet. Mein Schwiegervater dagegen hat mir keine Probleme gemacht. Der hat genauso wenig geredet wie Olli.

»Mein Freund Valtonen? Der wohnt in Kerava und ist verheiratet. Aber er ist sehr liberal, wenn ihr versteht, was ich meine«, sagte ich und lächelte meine Kinder selbstbewusst an.

Sie schauten verdattert. Marko wurde kreideweiß, Susanna errötete. Ihre Mutter beschritt also auf ihren ersten Metern als Witwe den Weg der Unzucht! Ehebruch, nichts anderes war es, und dann warf dieser Fremde auch noch Papas Bücher auf die Müllkippe!

»Dieser Mann kann uns allen sehr schaden, Mama«, sagte Marko ernst. Hinter seiner Fassade sah ich eine unglaubliche Not und Angst. Er befürchtete, dass auf einmal ein fremder Mann mit am Weihnachtstisch saß, sein Vaterbild überlagerte, ihm das Erbe streitig machte und ihn obendrein durch sein pures Dasein ständig daran erinnerte, dass seine Mutter ein sexuelles Wesen war.

»Das kannst du Papa nicht antun. Und uns auch nicht«, piepste Susanna mit dünner Stimme. Sie sank neben ihrem Bruder aufs Sofa. Da saßen die beiden nun wie Sechsjährige und starrten mich halb panisch, halb vorwurfsvoll an.

Das war der Moment, in dem mir zum ersten Mal im Leben der Geduldsfaden riss. Ich wurde so laut, dass sogar Jerkku erschrocken den Schwanz einzog. Nur meine Enkelkinder zeigten sich unbeeindruckt, vermutlich kannten sie solche Szenen von zu Hause. In aller Seelenruhe kippten sie in der Bibliothek die letzten Tropfen Whiskey aus – bei den vielen Flaschen kam ein richtiger See zusammen.

»Was habe ich euch beiden eigentlich angetan? Wieso behandelt ihr mich so?«, brüllte ich los und ließ alles raus, was sich in den Jahrzehnten angestaut hatte. Meine Wut und Enttäuschung über ihre Faulheit, Bequemlichkeit und Gleichgültigkeit, über ihren grenzenlosen Egoismus, mit dem sie mich in den Käfig der Mutterrolle gesperrt hatten und in dem sie mich weiterhin gefangen halten wollten, obwohl ich spätestens jetzt endlich mal nur an mich selbst denken und all das realisieren konnte, was längst normaler Bestandteil *ihres* Erwachsenenlebens war! Ich wollte Spaß, Genuss, Lebensfreude, Freunde, Hobbys und Zeit für mich allein!

»Quickie, Quickie!«, johlten die Zwillinge und patschten mit ihren Händen in dem Whiskey herum.

Meine Kinder saßen wie zu finnischem Granit versteinert auf dem alten Sofa. Sie waren perplex. Noch nie waren sie von ihrer Mutter angeschrien worden.

Du liebe Güte, in den Siebzigerjahren haben wir dummen Akademiker gedacht, dass Kinder zerbrechlich sind wie Glas und keinen Piep verkraften, schon gar nicht dringliche Bitten oder gar laute Befehle. Sie sollten frei nach ihrem eigenen Willen aufwachsen können, also habe ich nie meine Stimme erhoben. Ich habe vielleicht mal mit ihnen diskutiert oder sie zu bestechen versucht, aber nie gedroht oder geschrien. Stattdessen zwang ich mir diese entsetzliche Gleichgültigkeit auf, jedenfalls nach außen, um immer schön dem Bild der guten Mutter zu entsprechen. Innerlich habe ich gekocht. Na ja, vielleicht nicht auf hundert Grad; der Typ wandelnder Vulkan bin ich nie gewesen. Ich bin wohl leider grundsätzlich eher ruhig veranlagt und ausgleichend, nie radikal schwarz oder weiß, sondern immer schön grau – ja, das war bisher meine große Stärke, verdammt. Das hat mir schon meine bekloppte Mutter eingebimst, selbst so eine graue Maus: immer schön ruhig bleiben und alles runterschlucken.

»Manche dürfen eben tragischerweise erst mit vierundsiebzig ein eigenes Leben beginnen!«, schleuderte ich meinen Kindern entgegen. Zum Thema Valtonen sagte ich absichtlich nichts; ich genoss es, dass sie ihn für einen gefährlichen Casanova hielten. Ich brüllte was von Freiheit und Rechten und lange unterdrückten Träumen und sprang sogar auf Pikes Zug auf und behauptete, das Alter sei nichts als eine unbedeutende Zahl. Ob meine Kinder das schluckten, weiß ich nicht, aber sie sollten endlich begreifen, dass ich auf meinen eigenen zwei Beinen stand, frei durch die Welt marschierte, mein Gehirn genauso selbstständig benutzte wie sie, und dass ich mich selbst versorgte und ernährte und verdammt noch mal mein Leben leben und es genießen wollte, so lange, bis der Tod mich einsackte!

»Ene mene meck, und du bist weg!«, rief einer der Zwillinge und hüpfte im Takt in der Whiskeylache.

»Genau, ich habe keine Zeit mehr zu verschenken, und ich werde das Leben ab sofort voll auskosten!«, schrie ich.

»Du willst diesen Valtonen voll auskosten?«, fragte Marko und zog eine Augenbraue hoch. Wie unsympathisch!

Ich schwieg trotzig. Egal was ich jetzt sagte, meine Kinder würden sowieso nie verstehen, dass ihre Mutter nebenbei auch noch eine Frau war. Für sie war ich eine Art Leibeigene und hatte keine andere Funktion, als auf die schlecht erzogenen Kinder und den ebenso schlecht erzogenen Hund aufzupassen, das Erbe zu bewahren – oder im Idealfall noch zu mehren – und das hehre Bild ihres Vaters ja nicht kaputt zu machen. Selbstlos, aufopfernd und der Müllschlucker für alles, das hatte ich zu sein.

Marko und Susanna sahen sich an und versuchten verzweifelt, sich mit Blicken auf eine neue Strategie zu einigen. Fast konnten sie einem leidtun. Und plötzlich taten sie es mir auch. Die armen dummen Kleinen, kamen hierher, um mal gründlich aufzuräumen und Valtonen aus der Familie zu schmeißen, und nun machte ich ihnen einen gewaltigen Strich durch die Rechnung.

»Wollt ihr einen Kaffee?«, fragte ich nach einem Moment der Ruhe, in dem man nur das Schlabbern des Hundes hörte, der den Whiskey aufleckte.

Meine Kinder nickten und folgten mir in die Küche. Sie mussten ja kontrollieren, wie gut ich etwas so Alltägliches wie Kaffeekochen noch beherrsche. Mit skeptisch verschränkten Armen mussten sie zur Kenntnis nehmen, dass ich in null Komma nichts sogar eine halbe Mahlzeit auf den Tisch zauberte. Begeistert stopften die Zwillinge die Lachsbrote und die Vollmilchschokolade in sich hinein.

»Eigentlich wäscht man sich zuerst die Hände«, merkte ich an, was sie erstaunlicherweise für eine gute Idee hielten. Aus dem Badezimmer hörte man sofort eine spontane Wasserschlacht.

Susanna kaute konzentriert, sammelte all ihren Mut und sagte schließlich:

»Mama. Wir finden, dass du zum Arzt gehen solltest. Und ich komme mit.«

Huch? Was war das denn Neues? Patientenverfügung, Vormundschaftsregelung, Eigentumsübertragung zu Lebzeiten – bei meinen Kindern konnte mich kaum was überraschen, aber nun wollte Susanna wirklich mit zur Darmspiegelung und das sehen, was Hellus Ukrainer gesehen hatte?

»Guck nicht so, Mama. Die Ärzte haben doch so wenig Zeit und reden immer so schnell … besser, da hören zwei Leute zu. Wir möchten, dass du einen Alzheimer-Test machst. Einfach nur zur Sicherheit.«

Zur Sicherheit! Haha, so wie Hellu ihre zig Untersuchungen.

Ich lachte laut los. Aus tiefstem Zwerchfell und Herzen. So befreit hatte ich lange nicht gelacht, und das fühlte sich mindestens genauso gut an wie der Wutanfall eben. Marko und Susanna blieben todernst. Sie hatten eine Symptomliste aus dem Internet dabei, laut der ich etliche Anzeichen der Altersverwirrung zeigte. Marko legte die Liste vor mir auf den Tisch und ging alle Punkte einzeln durch. Als wäre ich die Angeklagte in einem Prozess:

»Starke Verwirrung und Persönlichkeitsveränderung seit dem Tod des langjährigen Lebenspartners.

Unzurechnungsfähige Verhaltensweisen, also etwa so was wie kleine Kinder mit in eine Bar zu nehmen.

Zunahme des Alkoholkonsums, was im Alter die allgemeinen Abbauprozesse rapide beschleunigt.

Haltlosigkeit, sexuelle Zügellosigkeit, Sex mit Fremden und Halbfremden.

Abgelaufene Produkte im Kühlschrank.

Check, check, check. So viele zutreffende Merkmale! Mama, du kannst es nicht mehr von der Hand weisen.«

Gütiger Himmel. Was für grässliche Missetaten! Das ist doch das ganz normale Leben. Und bei ihnen ist es genau dasselbe! Saufen, neue Eroberungen (jedenfalls bei Susanna) und Chaos im Alltag und im Kühlschrank! Wieso triezen die mich so? Ist das die Rache für meine laxe Erziehung? Hätte ich sie während der Pubertät öf-

ter mal so richtig anbrüllen sollen? Grund genug hätte es gegeben! Ihre Zimmer waren immer unaufgeräumt, sie gaben mehr Geld aus, als sie hatten, und schleiften fast jede Woche einen neuen potenziellen Partner mit nach Hause, der dann mit am Frühstückstisch hockte – einer schlimmer als der andere. Aber ich habe nie einen Piep gesagt, geschweige denn Kritik geäußert! Marko scheint das nicht allzu sehr geschadet zu haben, aber Susanna bezeichnet das heute als traumatisierende Gleichgültigkeit! Nie hätte sie das Gefühl gehabt, dass ich sie wirklich ohne jede Einschränkung akzeptiere. Ha, wie auch?! Ihre Partnerwahl ist jedenfalls bis heute miserabel, diesen Machos sieht man doch schon aus einem Kilometer Entfernung an, dass sie aggressive Arschlöcher sind. Aber meine Tochter findet so was »charismatisch«.

Auch die schlimmen Besäufnisse habe ich meinen Kindern durchgehen lassen, die beiden sogar immer brav abgeholt, wenn es nötig war, und sie von ihrer Kotze gesäubert. Und auch das war ein schlimmes mütterliches Vergehen! Ich hätte ihnen die kalte Schulter zeigen und Grenzen setzen, ihnen eine Autorität sein sollen! Ich hätte sie ermahnen, erziehen und bewerten sollen! Und nun drehten sie den Spieß um und holten meine Versäumnisse nach. Da hockten meine Landplagen, motzten und schimpften und wollten mir Grenzen setzen.

»Jetzt mal ein erfreulicheres Thema, Kinder. Ich habe einen Makler mit dem Verkauf dieser Wohnung beauftragt. Ich will umziehen«, sagte ich seelenruhig.

Susanna schrie auf, Marko trommelte mit den Fingern auf den Couchtisch.

»Das ist nicht dein Ernst, Mama. Hatten wir nicht vereinbart, dass *ich* mich ab sofort um deine Angelegenheiten kümmere?«

»Oder erinnerst du dich daran etwa nicht mehr?«, fragte Susanna drohend.

Ich erinnerte mich nicht – und wollte mich auch nicht erinnern. Soweit ich wusste, hatte ich lediglich unterschrieben, meinen Kindern die Hälfte des Besitzes von Olli und mir zu übertragen. Ob das nun die Hälfte von dieser Wohnung war oder einer anderen, konnte dabei doch keine Rolle spielen. Und das sagte ich auch.

Marko lachte spöttisch auf.

Susanna versuchte es auf die empathische Tour.

»Mamilein, dieser Geschäfts- und Papierkram ist doch viel zu kompliziert für dich. Warum überlässt du das nicht einfach Marko? Der macht das alles tipptopp, und auch noch umsonst. Du willst doch jetzt gar nicht mehr umziehen! Wir haben dir schon ein paar schöne Pflegeheime rausgesucht, die sollten wir uns demnächst mal zusammen angucken.«

»Ihr habt sie wohl nicht mehr alle! Nur über meine Leiche.«

Die Zwillinge tauchten platschnass wieder auf – ihre

Hände sahen trotzdem noch immer schmutzig aus. Marko sah seine zweite Produktionslinie so verdattert an, als hätte er deren Existenz kurzzeitig vergessen.

»Ich muss dann schnell mal wieder los zur Arbeit. Wir sprechen wann anders weiter. Die Kinder bleiben heute bei dir.«

Soso, gefragt wurde ich da also nicht. Anscheinend empfand Marko es als beruhigend, wenn seine Kinder bei mir übernachteten; dann konnte ich wenigstens keine Männer einladen oder Regale ausräumen. Und *er* konnte ohne seine Brut schalten und walten, wie er wollte. Susanna nahm sich ein Beispiel an ihm – sie rannte raus und schleifte Jerkkus Futtersack in den Flur, seine getrockneten Schweineohren verteilte sie routiniert in den Zimmerecken.

»Soso, Hotel Mama ist für diese Nacht also voll ausgebucht«, sagte ich trocken.

»Hotel? Suuuper!«, kreischten die Zwillinge und forderten ein Abendessen im Bett.

»Ehe ihr geht, lieber Marko und liebe Susanna, noch Folgendes: Von dem Geld für diese Wohnung kann man sich im Zentrum nur eine kleine Einzimmerwohnung leisten. Demnächst ist also Schluss mit Hotel Mama.«

17

Ich war baff, wie schnell Sami Siltanen mein altes Zuhause in der Elfenstraße verkauft kriegte. Der Mann hatte seinen Beruf wirklich nicht verfehlt. Er setzte sogar eine kleine Auktion in Gang, bei der eine indische Ingenieursfamilie den Höchstpreis bot. Sie freuten sich, als dürften sie schon zu Lebzeiten ins Paradies einziehen, und ich war froh, bald all die Macken und Mängel meines alten Zuhauses nicht mehr sehen zu müssen. Eine große Erleichterung stellte sich ein. Hier würde ich meine Weihnachtsdekoration nicht noch mal auspacken – der nächste Tannenkranz hinge an einer neuen Wohnungstür. Diese Aussicht machte mich überraschend glücklich.

Als wir den Verkaufsvertrag unterschrieben hatten, schüttelte ich den Indern herzlich die Hände.

»Sie werden sich hier wohlfühlen. Und das hier sind übrigens die Telefonnummern meiner Kinder, holen Sie sich bei Ihrem Einzug lieber selbst die Ersatzschlüssel von ihnen ab, oder lassen Sie sie sich vorbeibringen.«

Die Inder waren erstaunt. Ich musste ihnen versichern, dass vonseiten meiner Kinder kein Einspruch gegen den Verkauf zu erwarten war. Sami unterstützte mich tatkräftig.

Als ich abends meinen Freunden von dem geglückten Geschäft erzählte und wir im *Immergrün* auf meine Zukunft anstießen, meinte Pike:

»Hättest du das nicht lieber schriftlich mit deinen Kindern klären müssen, mit einer Vollmacht oder so?«, fragte Pike. »Nicht, dass es nachher doch noch Ärger gibt.«

Ich wischte das mit einer lässigen Handbewegung beiseite und bestellte eine neue Runde. Ich wollte mich bei meinen Freunden für ihre Unterstützung bedanken. Ob nun direkt oder indirekt, sie alle hatten Anteil an meinem Aufbruch. Hellu und Pike lebten mir vor, wie schön man ihn Töölö wohnen konnte. Pike hatte die Idee umzuziehen sogar in Gang gesetzt. Und Valtonen half mir beim Ausräumen und Einpacken; es war nicht bei dem einen Einsatz in der Bibliothek geblieben. Pike schien über diesen Teil der Geschichte zwar weniger erfreut, aber sei's drum.

Hier saßen wir also, meine ältesten Freunde und ich. Sie nahmen mich mit meinen Stärken und Schwächen an, sie waren (meistens jedenfalls) da und unterstützten mich bei meinen ersten neuen Schritten. Die lange gegenseitige Funkstille während Ollis Krankheit war vergessen. Dabei gingen nach einer so langen Pause garantiert nicht alle Freundschaften nahtlos weiter. Hätten sie mir ihre Türen nicht wieder geöffnet, ich hätte jetzt alles allein bewältigen müssen. Ich kämpfte mit den Tränen.

»Meine geliebten Freunde«, stammelte ich gerührt und meinte es genau so, wie ich es sagte. »Lasst uns zusammen anstoßen. Auf das Leben!«

Geliebte, liebe und liebste – das sind Wörter, die ich in meinem bisherigen Leben so gut wie nie benutzt habe. Und gehört habe ich sie höchstens als Kind, und dann in Sätzen wie »Meine liebe Ulla-Riitta, so kannst du nun wirklich nicht herumlaufen, zieh dir gefälligst was anderes an, aber flott.« Hinter dem Wort »liebe« wurde Aggression versteckt.

Olli wäre in Ohnmacht gefallen, wenn ich ihn mit »lieber Olli« angesprochen oder gar von Liebe geredet hätte. Als er irgendwann sowieso nichts mehr mitgekriegt hat, da habe ich es dann ein paar Mal aus lauter Verzweiflung gesagt – beim Waschen, Füttern und Wenden. Eine Mischung aus Mitgefühl und Gereiztheit war es, manchmal vielleicht auch Verachtung: »Lieber Olli, könntest du nicht wenigstens ein bisschen mithelfen? Schaffst du denn wirklich gar nichts mehr?«

»Ihr seid mir so wichtig, liebe Freunde!«, sagte ich noch einmal und schmeckte den Worten hinterher. Wie leicht und locker sie plötzlich über meine Zunge gingen.

»Prost, auf unsere mutige Ulla und ihr neues Leben!«, krakeelte Pike. Sie versuchte, die Stimmung weiter in die Höhe zu treiben, doch leider machte Hellu nicht mit. Die saß mit hängenden Schultern da und hatte ihre Wollmütze tief ins Gesicht gezogen. Ihre Augen waren kaum zu sehen. Als ich sie darauf ansprach, stammelte sie:

»Ich wollte mir mal was Gutes gönnen und mir die Augenbrauen machen lassen. Ich hab mir meine doch immer viel zu doll gezupft … Aber die neuen sind pechschwarz und viel zu breit, ich sehe aus wie Leonid Breschnew. Es hat furchtbar wehgetan, und teuer war es außerdem. Sechshundert Euro! Angeblich wird es ab dem zweiten Mal billiger.«

Wir staunten nicht schlecht. Für das Geld hätte sie einen Hin- und Rückflug von Helsinki nach New York bekommen, mit Finnair!

»Ich weiß, ich weiß«, wehrte sie ab, »aber lange Reisen interessieren mich nicht mehr.« Wir wussten, dass das nicht stimmte. »Ich wollte lieber neue Augenbrauen. Und wenn ich mich selbst dran gewöhnt habe, zeige ich sie euch schon noch.«

Im *Immergrün* war es angenehm leer, die anderen Senioren würden erst später herbeigeächzt kommen. Ich hatte mit meinen Freunden ganz in Ruhe beisammensitzen wollen. Auch das Essen bekam man vor dem großen Ansturm schneller, allerdings schmeckte es hier eher bodenständig, es gab vor allem einfache Fleisch- und Pastagerichte. Wir waren trotzdem zufrieden. Nur Hellu schob ihre Hühnerbrust missmutig auf dem Teller umher.

»Was ist los, Hellu? Bist du irgendwie krank? Hast wohl lange keine Untersuchung mehr gemacht?«, versuchte Pike sie aufzuziehen.

»Ich empfehle dir Fenchel oder Kamille, falls es der Magen ist. Und für die Psyche Hopfen und Malz«, stimmte Valtonen mit ein.

Hellu schwieg und blickte starr auf die Tischplatte.

»Komm schon, scheiß doch auf die Augenbrauen! Jetzt wird gefeiert!«, befahl Pike.

Was war mit Hellu los? Der missglückte Besuch im Kosmetiksalon konnte es nicht allein sein. Und über andere unangenehme Dinge hatten wir erst kürzlich gesprochen, bei unserem Treffen im Stammcafé, als wir spontan der Reihe nach bekannt hatten, was uns peinlich war und uns zu schaffen machte. Da waren gleich zwei Stunden bei Kaffee und Kuchen ins Land gegangen! Valtonen schämte sich für sich selbst und seine Frau Seija, die er nicht zu Hause pflegte. Pike genierte sich für ihren unselbstständigen erwachsenen Sohn, den sie noch immer finanziell unterstützte und den sie normalerweise nie erwähnte. Hellu schämte sich für ihre Scheidung und dass sie den Subjunktiv noch immer nicht beherrsche. Und ich? Natürlich für mich selbst, mein ganzes Leben und all die verpfuschten Dinge, die andere Leute »Entscheidungen« nannten. Es hatte erstaunlich gutgetan, sich die Dinge von der Seele zu reden, anstatt sie mit ins Grab zu nehmen.

»Ist es etwa wieder Zeit für eine Psycho-Runde?« Ich sah Hellu fragend an.

»Bitte nicht!«, wehrte Pike ab.

»Ach, Freunde«, begann Hellu kleinlaut, »mir hilft auch keine Psycho-Runde mehr. Es geht um meinen Jorma. Ich habe ihn viel zu ernst genommen und mich sofort in ihn verliebt. Und das war ein schrecklicher Fehler.«

Wir waren überrascht. Der nette, freundliche Jorma aus Turku? Gerade *weil* er so durchschnittlich aussah, nicht wie ein George Clooney, hatten wir ihm alle vertraut. Und so leider auch unsere Freundin Hellu.

»Ich dachte, ich hätte nun endlich einen Seelenverwandten gefunden. Er ist intelligent und kulturinteressiert, wir konnten über Kunst und Politik reden und über Gott und die Welt! Ich habe ihm so viele persönliche Dinge anvertraut. Und Jorma hat mir ebenfalls eine Menge erzählt. Leider ist davon so gut wie alles erstunken und erlogen! Was bin ich für ein Idiot! Und ich wollte ihn unbedingt in Turku besuchen und habe mich gewundert, wieso ich bei ihm nicht willkommen bin. Tja, in Turku lebt auch seine Ehefrau! Seine Kinder, seine Enkel, sein ganzes tolles normales Leben – alles in Turku! Zum Glück hat mich seine junge Verlobte aus Oulu angerufen und mir die Wahrheit über Jorma gesagt. Auch sie ist auf ihn reingefallen. Ohne diese Jaana würde ich ihm immer noch alles glauben und denken, er schämt sich für seine Wohnung. Was bin ich doch naiv! Ich bin auf einen Schwindler reingefallen.«

Nach einer Weile des allgemeinen Schweigens fragte ich zaghaft: »Diese Jaana könnte doch vielleicht eine neue Freundin werden? So wie die zweite Ex-Frau deines Ex-Mannes? Hellu, ehrlich gesagt bin ich fast ein bisschen erleichtert. Es hätte ja auch eine schlimme Krankheitsdiagnose sein können oder etwas anderes Ernstes, was dich so bedrückt.«

»Liebeskummer *ist* ernst! Und da hilft auch die Lebenserfahrung nicht! Kein bisschen!«, schluchzte Hellu auf. »Das ist ja gerade das Schlimme. Da denkt man, man ist weise und erfahren, doch schon schreibt mir jemand ohne Rechtschreibfehler und ist nett zu mir, verknalle ich mich wie eine Vierzehnjährige!«

Jorma war nicht zimperlich. Er hatte mehrere Frauen in verschiedenen Regionen des Landes dazu bewegen können, im Namen seiner Firma eine Wohnung zu kaufen – mit dem Geld der Frauen. Angeblich wäre das perfekt, um Steuern zu sparen. Auch Jaana hatte ihm vertraut und stand nun nach der Trennung ohne Wohnung da, die ja in Jormas Namen gekauft worden war.

»Mit mir ist er so weit zum Glück nicht gekommen, aber wer weiß, was mit der Zeit passiert wäre«, sagte Hellu nachdenklich.

Am allerschlimmsten sei das Telefonat mit ihm gewesen. Jorma hatte alles abgestritten und behauptet, Jaana wäre eine dumme Verrückte und die Begegnung mit ihr nur eine kurze Affäre gewesen, eine bedauerliche Episode, von der Jaana jedoch nie hatte ablassen wollen. Sie sei psychisch krank, spioniere ihm nach und verleumde ihn überall. Mitnichten hätte er Frau, Kinder und Enkel, so ein Unfug, im Gegenteil, er leide am Alleinsein und zähle schon die Tage bis zum nächsten Treffen mit Hellu, er könne sich ein Leben ohne sie nicht mehr vorstellen. Sie sei die Frau seiner Träume.

»Und dann hat er alle möglichen Sachen aufgezählt, die er an mir liebt und bewundert, und ich bin beinahe noch mal schwach geworden. Es war so entsetzlich! Ich wusste gar nicht mehr, was ich glauben soll.«

Hellu liefen die Tränen über die Wangen. Verschämt senkte sie den Kopf und benetzte die leicht klebrige *Immergrün*-Tischplatte.

Valtonen ging die Geschichte seiner Schwester sichtlich nah, auch er kämpfte mit den Tränen. Sogar Pike sah ernst aus und sparte sich ihre derben Scherze. Tiefe Stille senkte sich über uns. Mein Plan, mit meinen Freunden unbeschwert zu feiern, war gründlich in die Hose gegangen.

Vielleicht bin ich eine gemeine Ziege und ein schlechter Mensch, aber irgendwie geht es mir dann doch auf die Nerven, wenn eine Vierundsiebzigjährige wegen eines kurzen missglückten Männerkontakts heult, als ginge es um Leben und Tod. Ich hatte mir meinen Abend anders vorgestellt, wollte mein neues Leben feiern, verdammt noch mal! Aber das interessiert anscheinend keinen, sobald Hellu ein paar Tränen rausdrückt. Wie viele Männer hat sie in ihrem Leben inzwischen gehabt? Zehn? Zwanzig? Ich zähle da schon lange nicht mehr mit. In meinem Leben gab es nur einen Mann, und der war so ein Kotzbrocken, dass ich erst Witwe werden musste, um mich frei und lebendig zu fühlen. Kein Wunder, dass mich Hellus Herzeleid nur begrenzt interessiert.

»Andererseits … wenn ihr die Sache geklärt kriegt und ganz offen zueinander seid, dann gibt es ja keine dunklen

Geheimnisse mehr, oder?«, überlegte Valtonen. »Dann könntet ihr doch im Grunde auch weitermachen, wenn ihr euch nun mal so gut versteht.«

Wir waren perplex. Pike funkelte Valtonen empört an, und Hellu rang nach Luft. Wie konnte ihr Bruder an so etwas auch nur denken? Warum ergriff er Partei für so einen Fiesling? Bewunderte er ihn sogar insgeheim?

»Das ist pervers«, kommentierte ausgerechnet Pike.

»Ich dachte doch nur … weil ihr euch ja angeblich so toll unterhalten konntet, der Humor gestimmt hat und es auch im Bett gut klappt – wieso nicht? Jetzt kann er dich ja nicht mehr betrügen, wo du alles weißt. Mal ganz praktisch gedacht.«

Hellu überlegte. »Na ja, im Grunde hat er sich ja bisher anständig verhalten. Ich habe nur das bezahlt, was ich auch bezahlen wollte – ein paar Essensrechnungen und Fahrkarten, und seine neuen Winterreifen, weil er sonst nicht nach Helsinki hätte kommen können. Aber ich weiß nicht recht.«

»Stört es dich, dass er eine Frau hat? Die war ja bisher auch da, und er hat dich trotzdem regelmäßig besucht.«

Wir diskutierten diesen neuen Blickwinkel ausführlich. Mit der Möglichkeit, es auch so zu betrachten, schien Hellu sich weniger zu schämen. Ihr Bruder bot ihr damit an, sich als aktiv Entscheidende zu erleben, als selbstbestimmt und eventuell sogar kühn und mutig – im Falle einer Fortsetzung.

»Überlegt doch mal, ich ziehe doch auch los und habe

meine kleinen blauen Pillen dabei, und ich bin ebenfalls verheiratet. Und keinen von euch scheint es zu stören.« Er legte einen Arm um Pike und den anderen um mich und schien sich pudelwohl zu fühlen. Wir sahen uns leicht betreten an.

»Aber wenn mein Schwesterherz so einen wie Jorma für sich allein haben will – das wird sicher nicht klappen. Wenn du leicht eifersüchtig wirst, lass besser die Finger davon.«

»Ehrlich gesagt, weiß ich gar nicht, ob ich ein eifersüchtiger Typ bin oder nicht. Vielleicht eher nicht, jedenfalls habe ich dazu bislang keinerlei Erfahrung.« Hellu kratzte sich die Stirn, sie schwitzte unter der warmen Mütze. »Auch den umgekehrten Fall kenne ich nicht. Also mit jemandem zu leben, der selber schnell eifersüchtig wird und einen am liebsten für sich allein hätte. Habt *ihr* dazu was zu sagen?«

Wir schwiegen.

Natürlich habe ich von Männern gehört, die sehr eifersüchtig sind: auf die Freundinnen der Frau, erst recht die beste, und in manchen Fällen sogar auf jede beliebige Person, mit der die Ehefrau redet! Ich selber habe so was nie gekannt. Im Gegenteil, Olli war es scheißegal, mit wem ich redete und was ich den lieben langen Tag machte. In dieser Hinsicht wäre er vielleicht für manch andere Frau der Traummann gewesen!

Und ich selbst? Werde ich leicht eifersüchtig? Wie

wäre meine Reaktion ausgefallen, wenn ich erfahren hätte, dass Olli mich mit einer der Sekretärinnen hintergeht? Ich hätte es kaum glauben können und unbedingt wissen wollen, welche Frau so dumm sein kann, ihr Leben wegen jemandem wie Olli durcheinanderzubringen. Und dann hätte ich weitergemacht wie bisher.

»Ehrlich gestanden weiß ich jetzt überhaupt nichts mehr. Ich bin ziemlich konfus«, sagte Hellu. »Ich glaube, ich bin weder das eine noch das andere, jedenfalls muss man meiner Meinung nach in unserem Alter nicht mehr zusammenziehen, und vielleicht könnte ich mit ganz viel Mühe sogar seine Ehefrau ignorieren, und vielleicht auch die Verlobte in Oulu, aber dass er mich so dreist angelogen hat? Er hat den einsamen Witwer gemimt und wusste ganz genau, dass er damit bei einer einfühlsamen Frau gut ankommt! Das ist doch unerträglich. Stellt euch vor, er hat mir die schreckliche Zeit direkt nach dem Tod seiner Frau mehrmals beschrieben! Wir haben sogar gemeinsam geweint. So ein Schuft!«

»Vielleicht wünscht er sich ja insgeheim schon lange, dass seine Frau endlich tot wäre«, sagte Valtonen und lachte heiser auf. »Ich wünsche mir das doch auch. Und schäme mich zugleich in Grund und Boden.« Er stand ruckartig auf und ging zur Theke, um sich noch ein großes Bier zu holen. Die halbwegs gelassene Stimmung, die er zuvor noch verbreitet hatte, war dahin.

Sogar Pike hielt ihren Mund. Normalerweise hatte sie zu

Themen wie Eifersucht und überhaupt zu allem Menschlichen immer jede Menge zu verkünden.

»Freunde, genug von den Männern, lasst uns das Thema wechseln«, schlug Hellu vor. »Wir könnten doch wieder das Spiel von neulich spielen. Dieses Mal geht's nicht um das, was uns peinlich ist, sondern um unsere Ängste. Es tut bestimmt gut, sich die Sorgen von der Seele zu reden.«

Das tat es. Und erstaunlicherweise glichen sich unsere Ängste aufs Haar: Wir hatten Angst vor einem Schlaganfall, vor Demenz, starken körperlichen Schmerzen und davor, pflegebedürftig und von anderen abhängig zu sein. Davor, dass unsere Verdauung nicht mehr funktionierte, dass unsere Freunde vor uns starben, dass wir blind und taub würden. Pike fügte noch hinzu, dass ein ärztliches Alkoholverbot ihr Angst machen würde – und Valtonen, dass er befürchtete, die Potenzpille könnte bei ihm nicht mehr wirken.

Nun war die Stimmung allerdings auch nicht viel besser.

Dann riss sich Hellu ihre Mütze vom Kopf und präsentierte uns ihre Augenbrauen. Wir brachen in wieherndes Gelächter aus. Sie hatte dicke schwarze Querbalken über den Augen und sah aus wie für eine Clownsnummer geschminkt, es fehlte nur noch die rote Nase.

Vielleicht wurde dieser Abend am Ende ja doch noch ganz lustig!

18

»*Wir haben den Eindruck*, die Dinge laufen jetzt völlig aus dem Ruder«, erklärte mir mein Sohn und ruderte dazu anschaulich mit den Händen. Ziemlich kleine für einen Mann, wie mir zum ersten Mal auffiel. »Ich meine, was sollen wir dazu sagen? Unter Kollegen in der Kanzlei wäre das ein absolutes No-Go.«

War ich jetzt ein gefährlicher Risikofaktor? Unter dem Tisch lag Susannas Liebling Jerkku und hechelte so hingebungsvoll, dass er dabei auf meine Schuhe sabberte. Obendrein hatte er starken Mundgeruch. Wir saßen in dem langweiligen, salatlastigen Kaufhausrestaurant von neulich und redeten mal wieder über mich und mein Leben.

»Könnte ich einen Napf Wasser für meinen Hund haben?«, rief Susanna der Bedienung zu.

Das Hundewasser kam sofort – im Gegensatz zu meinem Wein, auf den ich bereits über dreißig Minuten wartete. Ich wies die Bedienung streng darauf hin, der blutjunge Mann stiefelte missmutig davon.

»Was hatten wir über das Trinken gesagt, Mama?«, fragte Susanna mich mit diesem unangenehmen Blick, der zu achtzig Prozent aus klebrigem Mitgefühl und zu zwanzig Prozent aus Panik mit einem Schuss Kontrollzwang bestand.

»Überhaupt nichts hatten wir darüber gesagt, ich jedenfalls nicht. Wieso sollte ich, meine liebe Susanna?«

Doch auch freundliche Worte halfen nichts, die Atmosphäre am Tisch blieb eisig. Im Grunde kein Wunder, die rasche Kontaktaufnahme des Inders hatte heftige Irritationen nach sich gezogen. Wer war dieser Mann, der die Wohnungsschlüssel von Marko und Susanna einsacken wollte und das auch noch so freundlich vorbrachte? Er habe eine große Familie, da bräuchten sie alle Schlüssel, und so weiter und so fort.

»Dass wir von dem längst gemachten Deal über einen Fremden erfahren müssen, Mama, und du uns nicht auf dem Laufenden hältst – das ist unter aller Sau.«

Er war rot im Gesicht, Susanna ebenfalls. Auch ich konnte inzwischen leider nicht mehr behaupten, dass ich mich entspannt fühlte. Der einzig Gelassene war Jerkku, der – nachdem er lautstark zwei Liter Wasser in sich hineingeschlabbert hatte – seelenruhig auf meinem rechten Fuß döste und unkontrolliert vor sich hinpupste. Mein rechtes Bein schlief langsam ein, Wein hatte ich immer noch nicht. Der junge Mann hatte sich offenbar in Luft aufgelöst.

»Meine lieben Kinder«, sagte ich so freundlich, wie es mir möglich war. Mit der Anrede zeigte ich ihnen, wo ihr Platz war und wo meiner. Ich hatte sie geboren und großgezogen, ich stand eindeutig über ihnen. Ohne mich würden sie gar nicht existieren.

Als Olli und ich in den 70er-Jahren in unserer dunklen Zweizimmerwohnung mit aller Gewalt und pingelig geführtem Kalender versuchten, unseren Nachwuchs auf den Weg zu bringen – als Vorspiel konnte höchstens das Temperaturmessen gelten –, diskutierte man überall auf der Welt über die Gefahren der Überbevölkerung. Ein paar bewusst kinderlose Bekannte sagten, dass die Welt ja auch ohne neue Blagen ganz gut den Bach runtergehen würde. Olli hat immer dagegengehalten und unser Familienprojekt verteidigt. Er fand, wer gute Gene habe, müsse sie unbedingt weitergeben, nur so könne die Menschheit besser werden.

Hier saß sie nun vor mir, Ollis gestaltgewordene Menschheitsveredelung. War die Welt durch unsere Kinder auch nur einen Deut besser geworden?

Klar und deutlich und den mütterlichen Blickkontakt kontinuierlich haltend, erklärte ich meinen Kindern, dass eine voll zurechnungsfähige Vierundsiebzigjährige mit ihrem Eigentum verfahren konnte, wie sie wollte, zum Beispiel indem sie eine Wohnung verkaufte, in der sie sich nie richtig wohl, sogar ein Leben lang eingesperrt gefühlt habe.

»Eingesperrt? Mama, was faselst du für einen Mist!«
»Wieso Mist? Das ist kein bisschen übertrieben!«, rief

ich schriller als beabsichtigt, wovon Jerkku aufwachte – was mir aber entgegenkam, konnte ich ihn doch endlich auf Susannas Füße rüberschieben. Ich erklärte meinen dummen Kindern, dass Gefängnisinsassen im Vergleich zu mir ja sogar Handwerken, Basteln, Freigang und andere Dinge angeboten bekämen, während ich nichts anderes getan hatte, als ihren kranken Vater zu pflegen. »Und nie konnte ich länger schlafen als höchstens vier Stunden am Stück, kein einziges Mal!«, fauchte ich.

»Du hättest dir doch die freien Tage nehmen können, die dir zustanden.«

Susanna sah mich an, als wäre ich selbst schuld an meinem jahrelangen Dasein als Leibeigene.

»Hätte, hätte, hätte. Das war unglaublich viel Schriftkram, und wer mir dann ins Haus gekommen wäre, keine Ahnung. Ihr habt euch mit Hilfsangeboten für euren Vater ja auch nicht gerade überschlagen!«

»Sorry, Leute, aber dieses Thema lassen wir jetzt mal bitte außen vor.« Marko machte eine Geste wie ein Schiedsrichter, oder vielleicht eher wie ein segnender Pastor? »Wir müssen bitte zum Ausgangsthema zurückkehren, alles klar? Immer schön den Fokus beibehalten. Und auf der heutigen Agenda steht nun mal die alte Wohnung in der Elfenstraße.«

Noch klang das halbwegs kontrolliert, aber mit jedem weiteren Satz redete mein Sohn sich in Rage. Der Verkauf sei nicht rechtskräftig, habe hinter seinem und Susannas Rücken stattgefunden und wäre kommunikationstechnisch sowieso unter aller Sau. »Mama, wirklich, du weißt gar nicht, wie geschockt ich war, als dieser dumme Sikh« – jetzt verlor mein Sohn die Kontrolle – »mit seinem komischen Englisch anruft und mir erzählt, dass ihm deine Wohnung gehört und wie toll das Geschäft doch gelaufen ist und dass er sofort meinen Schlüssel braucht!« Marko verspritzte eifrig seinen Speichel.

»Echt, Mama, das ist doch nicht zu fassen«, fiel Susanna mit ein.

»Unbelievable«, sagte Marko und schüttelte energisch den Kopf.

Seine Stirnader war jetzt fast so dick wie eine Blindschleiche, seine Gesichtshaut puterrot.

»Ach, ihr Lieben«, sagte ich beruhigend, ehe ich einen draufsetzte. Ich holte die mitgebrachten Dokumente hervor und legte sie vor meinen Kindern auf den Tisch: Verwalterzertifikat, Jahresbericht, Zustandserhebung und der Grundriss meiner neuen Zweizimmerwohnung im dritten Stock. Das Ganze in bester Lage in Töölö, die Eigentümergemeinschaft wirkte äußerst solide. Meine Kinder starrten auf die Unterlagen und schnappten nach Luft. Die Ärmsten hatten sich ja noch nicht einmal von dem Anruf des indischen Ingenieurs erholt, geschweige denn mit dem Gedanken Freundschaft geschlossen, dass nun eine Migrantenfamilie durch ihr altes Zuhause tobte, und nun das! Wie lange würden sie mein glänzendes Immobiliengeschäft verdauen müssen? Ein Jahrzehnt? Länger?

»Die Wohnung in der Elfenstraße war für mich ein

Albtraum, Kinder. Und für das Geld habe ich ein wunderschönes neues Zuhause in Töölö gefunden. Sogar mit zwei Zimmern, ich hätte das gar nicht für möglich gehalten. Die Wasserrohre sind gerade erneuert, die Fassade ist frisch saniert, der Fahrstuhl auf dem neusten technischen Stand, und Schulden habe ich keinen Cent. Die Wohnung ist in gutem Zustand, die Küche und das Bad sind frisch renoviert, und die Nebenkosten betragen nur hundert Euro pro Monat. Sami Siltanen sei Dank!«

»Das müssen wir juristisch prüfen …«

»Ein Umzug ist eine große Sache, das wird dir sicher viel zu viel …«

»Was ist mit der Idee, dass wir deine Vormundschaft …«

»Viele alte Menschen sterben bedeutend früher, wenn sie auf den letzten Metern noch mal umziehen …«

»Mit Verweis auf dein Alter und die zunehmende Senilität könnte man den Deal sicher noch rückgängig machen …«

»Wer bitte ist Sami Siltanen?!«

Ich machte mir nicht die Mühe zu antworten und hörte mir alles gelassen an. Die Bedienung hatte endlich meinen Wein gebracht, anscheinend direkt aus dem Kühlschrank, er war eiskalt, aber ich dankte dem Mann trotzdem und trank das Glas in einem Zug aus. Eine äußerst wirkungsvolle Geste. Meinen Kindern entgleisten die Gesichtszüge vollends. Ich tupfte mir gründlich den Mund ab, um nicht auszusehen wie meine versoffene Freundin Pike, und sammelte meine Unterlagen wieder ein. Um uns herum wurde es allmählich leerer, kein Wunder, dass niemand gerne länger sitzen blieb, die Rohkost- und Rübengerichte schmeckten nicht und waren sowieso überteuert.

»Kinder, was guckt ihr so. Ihr müsst euch doch um diese Angelegenheiten überhaupt gar nicht kümmern! Ich bin längst umgezogen, schon letzte Woche. Und es ging ganz fix, Valtonen hat mir geholfen.«

»Valtonen oder Siltanen?«

»Schon letzte Woche?«

»Und du hast uns nichts gesagt?«

Wieder eine Information mehr, an der sie vielleicht jahrelang zu knabbern hatten. Meine Kinder kanalisierten ihre Panik in Streit: Wer von beiden hätte besser auf mich aufpassen müssen, um diesen Skandal zu verhindern? Sie versuchten, auch mich hineinzuziehen, und verlangten beide einen Wohnungsschlüssel, aber ruckizucki.

»Ich bin doch nicht blöd und gebe euch noch mal einen Schlüssel«, sagte ich lächelnd.

»Mamilein, damit schneidest du dir ins eigene Fleisch! Das ist für dich ein ganz großes Gesundheitsrisiko, wenn wir nicht zu dir in die Wohnung können«, mahnte Susanna.

Ich stand auf, zog den Mantel an und ließ meine Kinder allein weiterdiskutieren. Ob sie eine Überwachungskamera für mich installieren lassen sollten. Wie gefährlich Valtonen und Siltanen waren. Sie sagten tatsächlich »gefährlich«!

Die Armen. Sich um ihre alte Mutter zu kümmern, war

eindeutig eine Überforderung für die beiden. Es überstieg ihre Kräfte. Und jetzt stritten sie auch noch darüber, wer die Rechnung zahlen sollte und ob sie das aufs Erbe anrechnen konnten. Zum Abschied knuddelte ich Jerkku. Bei irgendwem musste ich meine herzliche Seite ja ausleben.

19

Die Tage in Töölö vergingen wie im Fluge, und auf einmal lebte ich schon einen ganzen Monat in meinem ersten eigenen Zuhause. Und ich hatte noch gar nicht meine Freunde eingeladen!

»Du gibst eine kleine Einweihungsparty? Fantastisch!«, rief Hellu und kündigte an, ihre Pilztarte mitzubringen. Pike und Valtonen wollten »Rotwein in ausreichenden Mengen« beisteuern und brachten zusammen vier große Weinkanister mit, von bester Qualität.

»Damit du noch was übrig hast für einsame Abende«, sagte Pike lachend und hakte sich demonstrativ bei Valtonen unter.

Mein Zuhause hatte genau die richtige Größe. In das kleine Schlafzimmer passte meine einzelne Ehebetthälfte wunderbar hinein, gleich daneben stand ein riesiger Nachttisch, auf dem die Bücher lagen, die ich gerade las. Auch ein kleines Radio, Cremedosen und meine Brillen fanden dort Platz, sogar für das zukünftige Pillenarsenal blieb noch freie Fläche. An der Wand hing mein Lieblingsbild, eine Madonnendarstellung des Malers Kuutti Lavonen, die ich mir in den 90er-Jahren gekauft hatte, ohne Olli zu fragen. Er mochte das Bild nicht, weshalb es all die Jahre in der Abstellkammer versauert war. Jetzt sah die Madonna mich jeden Morgen mit ihren sanften Renaissance-Augen an und bereitete mir gute Laune.

Im Wohnzimmer stand der gute alte Lehnstuhl aus Ollis Bibliothek – so stabile Möbel wurden heute leider nicht mehr angefertigt –, allerdings mit neuem Bezug. Ich wollte doch Ollis Geruch und die Erinnerungen nicht in meiner neuen Wohnung haben!

Zuletzt ist sein Geruch natürlich ein medizinischer gewesen, eine Mischung aus Medikamenten, Desinfektionsmitteln und Krankenhaus. Manchmal hat er auch nach Scheiße gestunken, denn leider hört auch ein noch so klappriger Körper nicht mit dem Ausscheiden auf, dem Darm sei Dank. Ein paar Mal bin ich erschöpft in die Bibliothek geflüchtet und auf Ollis heiligem Lehnstuhl zusammengesackt (auf dem eigentlich niemand sitzen durfte außer ihm) – nur um in einer Wolke aus Ollis ursprünglichem Duft zu versinken. Dann hat mich die Erschöpfung natürlich erst so richtig übermannt, und prompt musste ich losweinen. Ja, so hat mein Mann die meiste Zeit unserer Ehe gerochen: nach Whiskey, stechendem Schweiß, selten gewaschenen Hosen und Supermarkt-Deodorant. Der Geruch, der in dem Stoffbezug hing, würde mich bis an mein Lebensende traurig machen. Aber nicht aus Liebe oder Mitleid, Gott bewahre! Nein, der Geruch katapultierte mich sofort zurück in mein eigenes jahrzehntelanges Leiden.

Neben dem Stuhl stand ein hübsches Bücherregal, in dem meine persönliche Auswahl aus Ollis Bibliothek Platz fand. Hier würde ich an kalten Winterabenden in Ruhe lesen können, die neue Stehlampe gab ein schönes Licht. Am Fenster stand ein Esstisch für vier Personen, bei Bedarf für sechs ausziehbar, größere Runden wollte ich sowieso nicht einladen. Schon gar nicht stand mir der Sinn nach sonntäglichen Mittagessen im Kreise meiner Nachfahren, womöglich noch alle schick angezogen und elend steif – nein, danke, bitte keine Heuchelei.

Meine Küche war klein, doch ein Klapptisch passte prima hinein, und auf der Arbeitsfläche konnte ich sogar die große Zeitung *Helsingin Sanomat* ausbreiten. Wenn dann noch die Sonne durchs Fenster schien, war es perfekt. Vielleicht dazu noch etwas Orchestermusik von Grieg? Na ja, direkte Sonne gab es wahrscheinlich erst wieder ab Mai.

»Du bist wohl noch nicht fertig eingerichtet?«, fragte Valtonen etwas irritiert. Er vermisste Teppiche und Vorhänge, aber Pike verteidigte mein neues Zuhause.

»Ullchen ist mit ihrer Einrichtung absolut up to date! Teppiche und Vorhänge, das ist doch altmodischer Kram. Was braucht man überhaupt so viele Sachen, ist doch Quatsch.«

Erst jetzt sah ich die Wohnung mit dem Blick der Gäste. Meine Einrichtung war in der Tat eher asketisch, obwohl ich das gar nicht beabsichtigt hatte. Ich besaß einfach nicht mehr besonders viel Kram. Nachdem Sami Siltanen bei mir seine Magie versprüht hatte, war es am Ende doch relativ leicht gewesen, mich von dem alten Zeug zu lösen.

»Was hier nicht reinpasst, das brauche ich auch nicht«, sagte ich.

»Leider bin ich da ganz anders«, stöhnte Valtonen. Er benötigte Jahr für Jahr mehr Stauraum für seine Sachen; erst kürzlich hatte er einen Lagerraum angemietet und brachte dort nun all das unter, was nicht mehr auf seinen Dachboden, in den Keller, in die Garage oder ins Sommerhaus passte.

»Aber ich bin nicht der Einzige, der sich Extraplatz leistet, da stehen ganze Hallen mitten auf der öden Wiese, voll mit den Plünnen der Leute, die sie zu Hause nicht mehr unterkriegen.«

»Wieso verschenken oder verkaufen sie ihren Kram nicht oder bringen ihn auf die Müllkippe?«, fragte ich trocken und holte den Salat aus der Küche.

Valtonen schenkte uns allen Wein ein. Wo blieb Hellu? Auf unsere zahlreichen Nachrichten reagierte sie nicht. Wir stießen schon mal an, und Valtonen und Pike beglückwünschten mich zu meiner neuen Wohnung. Wir versuchten munter und fröhlich zu sein, trotz des leeren vierten Platzes.

»Schade allerdings um die Pilztarte, die hätte ich gern gegessen«, sagte Valtonen.

Wahrscheinlich hatte das alles mal wieder mit Jorma zu

tun; Hellus Liebeskummer ging mir, ehrlich gesagt, ziemlich auf den Keks. Ich hatte seit dem Abend im *Immergrün* nur einmal kurz mit ihr gesprochen – als ich sie zu meiner Wohnungseinweihung einlud. Dass sie schon seit zwei Wochen nicht mehr beim Italienischunterricht und beim Rundhanteltraining aufgetaucht war, machte mir dann aber doch etwas Sorgen. Ich war sogar beim Hot Yoga vorbeigegangen, um nach ihr zu schauen, aber auch dort hatte ich sie nicht angetroffen. Ich rief sie mehrmals an, und als sie endlich ranging, entschuldigte sie sich umständlich: Sie habe Grippe. Ich hatte jedoch fest angenommen, sie sei inzwischen wieder auf den Beinen.

»Grippe? Komisch, sonst macht meine Schwester doch alle Impfungen mit«, erwiderte Valtonen.

»Ja, Hellu ist die Erste, die in der Praxis steht, sobald ein neuer Impfstoff da ist. Sogar gegen Zecken ist sie geimpft, dabei läuft sie doch nur hier in der Stadt herum«, sagte Pike und versuchte zu lachen. »Ha, ich trinke einfach für sie mit und stoße an ihrer Stelle mit dir an, Ullchen! Prost, auf dein neues Zuhause!«

»Zuhause«! Hatte ich überhaupt je eins gehabt? War die Elfenstraße eins gewesen? Eindeutig nein. Die Elfenstraße ist der Ort, an dem meine besten Jahre ins Land gegangen sind, weil ich mich erst um Marko und Susanna und später um Olli gekümmert habe. »Gefängnis« ist da wirklich nicht übertrieben.

Und mein Kindheitszuhause? Dort war es kalt und

dunkel, und ständig gab es irgendetwas zu tun: reparieren, handarbeiten, putzen, waschen ... Trotzdem hatte ich meine Ruhe, war keiner physischen Gewalt ausgesetzt, und psychische Gewalt kannte man damals wohl noch nicht. Aber Möbel oder Andenken wollte ich keine, nach dem Tod meiner Eltern wurde alles sofort versteigert.

Erinnerungen sind doch oft nur Ballast. Sie können einem das ganze weitere Leben verderben. Nostalgie, ha, das ist doch nur eine dumme Lüge, die die Schattenseiten verdrängt. Vielleicht wirken ein paar wenige Erinnerungen mit langem zeitlichem Abstand wie vergoldet – nicht aber Traumata.

Deshalb muss endlich Töölö ein Zuhause für mich werden. Und nach allem, was bisher war, ist es kein Wunder, dass es in meiner kleinen Wohnung noch ein wenig karg aussieht.

Als Valtonen die Salatschüssel zu mir rüberschob, fielen mir seine zerkratzten Hände auf.

»Was hast du denn gemacht? Dich in den Heckenrosen vergnügt?«, fragte ich.

Valtonen lachte voll und zufrieden, sein tiefer Bass rollte gemütlich.

»Genau! Ich habe eine neue Frau, und ihr könnt euch nicht vorstellen, wie toll sie ist.«

Pike wurde blass und sah Valtonen ängstlich an. Anscheinend war sie richtig eifersüchtig.

»Meine Neue ist eine sibirische Waldkatze«, erklärte Valtonen stolz. »Ich habe sie vor der Verwahrlosung gerettet. Bei meiner Frau im Heim gibt es eine neue Patientin, die ihre Katze abgeben musste, Tiere sind da ja nicht erlaubt. Die Katze heißt Fjodor.«

»Ist das nicht ein Männername?«, fragte Pike und war sichtlich erleichtert.

»Klar. Wahrscheinlich hat Fjodors bisherige Besitzerin nie richtig nachgeguckt.« Valtonen schmunzelte.

»Du musst ihr die Krallen schneiden«, sagte ich sachlich.

»Oder stehst du auf Machtkämpfe, mein Lieber? Hihi, du hast deine Neue bestimmt so richtig durchgenommen!«, krähte Pike und lachte dreckig.

Valtonen hatte heute keine Freude an Pikes vulgären Auslassungen. Seine Schultern sackten merklich zusammen, sein Kopf sank entnervt nach vorn. Ich versuchte, ihn abzulenken:

»Ich finde, ein Tier passt hervorragend zu dir! Fehlt nur noch der Schaukelstuhl. Außerdem sind Katzen doch viel pflegeleichter als Hunde. Vor allem als große Hunde, die viel Dreck machen. Wie ist die Katze denn so, und wie sieht sie aus?«

Valtonen sah mich dankbar an und lächelte.

»Sie ist relativ groß, rotweiß getigert und hat ein buschiges Fell. Und gut erzogen ist sie auch, wir haben neulich einfach nur zu wild gespielt.«

Valtonen hatte hundertsiebenundzwanzig Fotos von Fjodor auf seinem Handy und zeigte uns etliche.

»Zu wild gespielt, haha«, gackerte Pike, »wer von euch beiden wohl wilder ist, du oder Fo … Flo … Fjodor! Ach, den Namen kann man ja kaum aussprechen.«

»Jedenfalls nicht, wenn man zu viel trinkt«, sagte ich und erhielt einen zustimmenden Blick von Valtonen. Wir waren heute absolut auf einer Wellenlänge. Pike sprach Fjodors Namen noch ein paar Mal absichtlich falsch aus und wollte uns Wein nachschenken.

»Für mich bitte nicht mehr, danke«, sagte Valtonen.

»Du lieber Himmel, spielt hier den braven Herrn!«

»Pirkko, ich meine es ernst. Und auch du solltest nichts mehr trinken.«

Stille. Absolute Stille.

Valtonen nannte Pike Pirkko. Er hatte also eine andere – und vermutlich engere – Beziehung zu ihr, als Hellu und ich gedacht hatten. Aber das Wichtigste war: Er mischte sich in ihr Leben ein! Unser alter Feierkönig und Charmeur Valtonen wies sie in gesunde Schranken. Fast schämte ich mich, denn auch ich hätte das längst tun können. Warum war ich so feige? Wieso trottete ich immer bereitwillig mit und tolerierte alles?

Als Frau eines Alkoholikers erlaubt man sich eine Menge Fehler, ehe es endgültig zu spät ist. Der erste: mitmachen. Der Gedanke dahinter ist, dass man beim gemeinsamen Trinken noch irgendwie Kontrolle über den Partner hätte. Und dass man doch einfach nur zusammen lustig ist und ein bisschen Spaß ja wohl erlaubt sein muss. Ich habe mir eingeredet, dass wir einen lockeren Lebensstil pflegen, und das Traurige daran verdrängt. Was für ein Selbstbetrug! Manche bleiben ein Leben lang auf diesem Kurs, saufen sich mit ihrem Mann ins Grab und finden das auch noch romantisch. Bei mir war damit Schluss, als ich kein Fünkchen Kraft mehr für einen weiteren Sommerhausurlaub in diesem Stil hatte. Es ging so einfach nicht mehr weiter. Ich ekelte mich vor Schnaps, war dauernd verkatert, ging heimlich kotzen, wenn die Kinder mit Spielen beschäftigt waren, schlief miserabel und fühlte mich müde und aufgedunsen. Ein Traumurlaub sah anders aus. Nur Olli fand das alles klasse, endlich hatte er eine entspannte Frau. Für ihn hätte es ewig so weitergehen können.

Fehler Nummer zwei ist das Meckern. Ich machte Bemerkungen, spottete, wurde schnippisch. Ich zählte die leeren Flaschen, jede verdammte Bierdose, sobald ich nur das Zischgeräusch des Öffnens hörte, schimpfte den ganzen Tag vor mich hin und machte Olli vor unseren Kindern schlecht. Doch die armen Zwerge liebten ja ihren Papa und kannten ihn nicht anders, einen nüchternen Olli hatten sie nie bewusst erlebt.

Fehler Nummer drei ist das Schweigen, die resignierte Ruhe im Haus, die Olli als stumme Zustimmung nahm und die ihm das Leben leicht machte. Endlich kein Gezicke mehr. Wie eine Märtyrerin habe ich seinen Alkoholismus ertragen und keinen Ton mehr ge-

sagt. Als Marko auszog, stellte ich meine Ehebetthälfte in sein Zimmer, das war alles.

Der vierte Fehler war mein Dauereinsatz als Krankenschwester. Ich hätte kapieren müssen, dass Ollis elender Zustand eine Folge seines Alkoholismus war – und damit verdammt noch mal nicht meine Schuld. Aber in meiner Naivität habe ich zwölf Jahre lang Tag und Nacht sein krankes Leben ausgebadet, und von Jahr zu Jahr wurde die Last schwerer.

Pike starrte Valtonen an. Ihre Schminke war verschmiert, ihr Blick leicht verschwommen. Trotzdem sah sie ihm todernst in die Augen. Valtonen starrte zurück. Das Ganze dauerte mindestens zwei Minuten. Was ging hier vor sich? Und wer machte die erlösende Bewegung, die die merkwürdige Situation beendete?

Dann erfolgte ein kleines Wunder, wie so oft im Leben. Pike küsste Valtonen! Ein langer, zärtlicher Kuss, den Valtonen ebenso zärtlich erwiderte. Ich war baff. Und begeistert von diesem schönen Kuss. Und schließlich wurde ich neidisch. Ein dunkles, unruhiges Gefühl breitete sich in meinem Magen aus. War das Eifersucht? Wäre ich gern an Pikes Stelle? Ich fing an, demonstrativ das Geschirr zusammenzustellen, und hoffte, dass das Geknutsche endlich aufhörte.

Ich trug die schmutzigen Teller in die Küche und überlegte. Hatte ich je einen solchen Kuss erlebt? Einen so langen und leidenschaftlichen? Wie fühlte sich das an? Dann fiel es mir ein. Und die Erinnerung war so stark, dass ich mich an der Arbeitsplatte abstützen musste, um nicht ins Wanken zu kommen: Vor mindestens hundert Jahren hatte mich der Küstersohn Martti Koukkanen auf der Dorfstraße von Koutua genau so geküsst, wie meine Freunde es jetzt an meinem Wohnzimmertisch taten. Martti Koukkanen, groß und gut aussehend! Ich hatte ihn seit meiner Konfirmation aus der Ferne angehimmelt, und eines Sommertages hat er mich plötzlich auf seinen Fahrradgepäckträger gebeten und mit mir eine Runde gedreht. Und plötzlich hat er angehalten und mich geküsst, und zwar so, dass mir heute noch schwindelig wird beim Gedanken daran. Seitdem habe ich einen solchen Kuss nie wieder erlebt. Außer an meinem ersten Abend vergangenen Spätsommer im *Immergrün*. Leider ist dieser Kari Kirjosiipi nie wieder aufgetaucht, dabei habe ich insgeheim oft nach ihm Ausschau gehalten.

Als Pike und Valtonen endlich voneinander abließen, fühlte ich mich ganz konfus. Ich war eifersüchtig, eingeschnappt und traurig. Nervös lief ich zwischen Küche und Esstisch hin und her. Pike und Valtonen saßen still da und grinsten sich dümmlich an.

»Danke, Seppo«, flüsterte Pike schließlich.

Seppo? Ach ja, so lautete Valtonens Vorname, natürlich. Plötzlich fand ich das alles ziemlich komisch und hätte fast laut losgelacht.

»Pirkko, du bist wunderbar«, erwiderte Valtonen und sah Pike weiter in die Augen.

»Soso«, sagte ich laut und setzte mich wieder zu den beiden an den Tisch. »Bin ich gerade Zeugin beim Beginn einer glücklichen Liebesgeschichte?«

Pike sah mich halb fragend, halb ängstlich an. Sie befürchtete natürlich, dass auch ich auf eine Beziehung mit Valtonen gesetzt hatte. Deshalb war es in letzter Zeit auch mehrmals so unharmonisch gewesen zwischen uns.

»Ullchen, was denkst du?«, fragte sie mit krächzender Stimme. Ich ließ sie eine Weile zappeln.

»Och, ich denke an die Katze!«, sagte ich. Pike und Valtonen lachten überrascht. »Im Ernst, Freunde, ich überlege, wieso Valtonen überall das große Los zieht und ich noch nicht mal eine Katze habe.«

Pike sah verlegen zu Boden, und Valtonen rettete sich in einen langen Lobgesang auf Fjodor. Wie viel Freude die Katze ihm bereitete, wie schön es war, mit ihr zu kuscheln, wie niedlich sie auf seinem Schoß schnurrte und ihn mit dem Kopf anstupste. Er faselte und faselte und versuchte krampfhaft zu verbergen, dass auch Pike ihren Anteil an seinem Wohlbefinden hatte, und sicher keinen kleinen.

»Fjodor ist einfach fantastisch!«, schloss Valtonen.

»Ich könnte so ein paar Streicheleinheiten auch ganz gut gebrauchen«, sagte ich leicht pikiert. Pike mied meinen Blick, Valtonen machte weiter mit seiner Katzenmethode.

»Ich verstehe dich, Ullchen. So eine Katze tut unglaublich gut. Ich glaube sogar, dass Fjodor die Basis meiner seelischen Gesundheit geworden ist.«

»Du liebe Güte, Seppo, jetzt ist aber Schluss, du lobst das Vieh ja in den allerhöchsten Himmel!«, beschwerte sich Pike.

Nun gut. Das Beste war es, mich mit meinen Freunden zu freuen, und natürlich wollte ich, dass es ihnen gut ging. Valtonen hatte Fjodor, Pike hatte Valtonen – und ich hatte ein neues Zuhause und führte ein eigenständiges Leben. Und trotzdem fehlte da etwas.

20

»*Hier wäre noch dieser Arzt* (Dollarnoten), verwitwet, zweiundachtzig, stammt vom Lande (Tanne, Birke und Kiefer). Was sagst du? (Drei Herzen)«

Verbissener denn je versuchte Pike mir Verabredungen zu organisieren, und das hatte natürlich mit ihrer neuen Beziehung zu tun: Kaum war sie in den Hafen des Pärchenglücks eingelaufen, wollte sie uns arme, übrig gebliebene Singlefrauen retten und in den gleichen Hafen lotsen. Da sie es offenbar wirklich ernst meinte mit Valtonen, meldete sie sich von sämtlichen Dating-Portalen ab und versuchte ihre üppige Kontaktliste nun an mich weiterzureichen. Wir seien uns doch ohnehin so ähnlich, fand sie.

Ich lehnte das Angebot mit dem Arzt dankend ab. Nie im Leben wäre ich so verrückt, meine neu gewonnene Freiheit mit einem Zweiundachtzigjährigen an den Nagel zu hängen und ein zweites Mal in die Pflegerinnenrolle zu schlüpfen. Denn was anderes suchte ein alleinstehender Mann über achtzig? Eine Hausfrau, Köchin und Krankenschwester zum Nulltarif!

»Ullchen, was stellst du dich so an? (Nonne, Heiligenschein, Kirche.) Du hast doch selbst gesagt, dass du jemanden zum Kuscheln brauchst! (Pandabär, flauschiges Handtuch.)« So lautete Pikes Nachricht auf meinem Handy, nachdem ich auch einen siebenundsechzigjährigen ehemaligen Matrosen, der heute Gedichte schrieb, und einen sechsundsiebzigjährigen ehemaligen Schwulen, der es noch mal mit Frauen versuchen wollte, abgelehnt hatte.

»Vielleicht hat das ja nur in dem einen Moment gestimmt. Als ihr so wild geknutscht habt«, schrieb ich säuerlich.

»Entschuldige, Ullchen, aber Seppo ist die Liebe meines Lebens. Wusstest du das nicht? (Großes pumpendes Herz.) Es tut mir sooo leid! (Zwei schneeweiße Engel.) Und zugleich bin ich sauglücklich! (Kleines Teufelchen.)«

»Ja, aber trotzdem bin ich kein Witwer-Sammelbecken. Betonung auf Becken.«

Pike konnte sich anscheinend kaum halten vor Lachen.

»(Offenes Vorhängeschloss, abgeschlossenes Vorhängeschloss, sieben Krebse, ein Krokodil, Wolken, Doughnuts, ein Jongleur und eine Berglandschaft.)« Noch ein paar Champagnerflaschen, dann hatte sie ihre Sprache wiedergefunden: »Witwer-SammelBECKEN! Ullchen, ich mach eine Bar auf, die so heißt, mitten im Zentrum!« Und dann bearbeitete sie mich so lange, bis ich einwilligte, mit ihr ins *Immergrün* zu gehen. Heute mal etwas früher als sonst – bevor die notgeilen Möchtegern-Casanovas eintrudelten.

Pike hatte dieses Mal einen gemütlichen Tisch für uns reserviert, was ich sehr angenehm fand.

»Hier entlang«, sagte die Bedienung, führte mich in eine schummrige Ecke und zündete eine Kerze an.

Ein Candle-Light-Dinner mit meiner alten Freundin Pike – die Vorstellung amüsierte mich. Leider war sie noch nicht da. Ich holte mein Handy hervor, fummelte daran herum und tat, als würde es mir nichts ausmachen, zum ersten Mal in meinem Leben allein in einer Bar zu sitzen. Innerlich verfluchte ich Pike, die ihrem unpünktlichen Ruf mal wieder alle Ehre machte.

»Entschuldigung, die Dame …«

Ein grauhaariger Mann, der mir schon beim Reinkommen aufgefallen war, stand fragend am Tisch, vermutlich auf der Suche nach dem Glück, zumindest für diesen einen Abend.

»Hier ist besetzt, ich warte auf eine Freundin.«

»Aber du bist doch Ullchen?«

Ich musterte ihn ungläubig. Breite Schultern, eher klein, gut erhalten – allerdings hatte ich ihn noch nie gesehen. Oder kannte ich ihn vielleicht von früher? Wie mochte er vor dreißig Jahren ausgesehen haben?

Der Mann setzte sich und zwinkerte mir zu.

»Ehrlich gesagt weiß ich nicht, mit wem ich es jetzt zu tun habe …«, stammelte ich. Mir hatte noch nie jemand zugezwinkert, und so draufgängerisch, wie dieser Mann sich verhielt, gefiel es mir nicht einmal besonders. Wo zum Teufel blieb Pike?

»*Aufs Vaterland!*«, raunte mein Gegenüber und grinste verschwörerisch.

Jetzt kapierte ich überhaupt nichts mehr.

Er wiederholte seine Parole. Hilflos blickte ich in Richtung Theke – in der Hoffnung, dass der Kellner diesen Irren aus dem *Immergrün* warf. Und zwar schnell! Sonst würde Pike eintrudeln und mich mit diesem Verrückten zu verkuppeln versuchen.

Der Mann beugte sich über den Tisch und flüsterte: »*Aufs Vaterland* ist mein Name bei *Alte Liebe rostet nicht!*« Er hob seine buschigen Augenbrauen und wartete auf eine Reaktion.

»Entschuldigung, aber was ist *Alte Liebe rostet nicht*?«

»Ach, jetzt tu doch nicht so. Du bist *Flammenhaar*, und ich bin *Aufs Vaterland*, und wir haben uns im Internet für heute Abend verabredet. Allerdings sind deine Haare nicht ganz so orange, wie du beschrieben hast, und auf dem Foto sahst du ein wenig anders aus.«

Nun begriff ich. Entsetzt sah ich den fremden Mann an. Pike hatte mich auf ein Blind Date geschickt und würde erst gar nicht auftauchen. Sie hatte es sich längst mit Valtonen und Fjodor gemütlich gemacht.

»Ich bin nicht Pike«, sagte ich.

»Wieso solltest du Pike sein? Du bist Ullchen, wir machen uns ein paar schöne Stunden, und erst mal bestelle ich eine Flasche Sekt!« Leider nahm er den billigsten. Und sein Konzept für einen guten Abend beruhte auf ellenlangen Monologen – *seinen* Monologen.

Er war geschieden, Unternehmer und noch immer aktiv in der Abflussrohr-Branche, wo es derzeit mit den

Partnern aus Weißrussland und der Ukraine angeblich nur so brummte. Er wohnte in einer großen Wohnung mit Meerblick auf einer der Inseln in Helsinkis Osten, fuhr drei Autos, von denen er seinen Oldtimer von 1966 am liebsten mochte, und bei Frauen war dies ebenfalls sein Lieblingsjahrgang, sonst würde er nicht mit mir hier sitzen – bei dieser Bemerkung warf er mir einen anerkennenden Blick zu. Wie schleimig! Seine Hobbys waren Motorbootfahren und Segeln, außerdem sammelte er mundgeblasene Glaskunst. Kein Wunder, dass Pike ihn interessant gefunden hatte. Leider hielt er auch mit seinem liebsten Gesprächsthema nicht lange hinterm Berg: Kriege.

Erst dachte ich noch, bei der *Operation Silberfuchs* und *General Meretshkovs Überraschung* handelte es sich um betagte Umweltaktivisten beziehungsweise einen russischen Nachtisch, doch *Aufs Vaterland* belehrte mich eines Besseren. Während er von Hinhaltetaktiken, Sturmfeuern und dem Angriff zu Meer redete, trank ich die halbe Sektflasche aus und merkte nicht einmal mehr, in welchem Jahrzehnt oder Jahrhundert mein Gegenüber sich inhaltlich befand.

»Und diese als russische Dampflok bezeichnete Operation konnte in Österreich gestoppt werden. Allerdings eroberten die Deutschen nur wenig später Kongresspolen.«

»Ich war auch schon mal auf einem Kongress in Polen!«, rief ich dazwischen und fand mich einigermaßen originell. Doch nichts konnte die Dampflok aus der Abfluss-

Branche stoppen. Er redete wie um sein Leben, das Resultat konnte nur eine Niederlage sein.

»Ich verschanze mich mal eben und bitte um eine kurze Feuerpause«, sagte ich, als die Flasche leer war, und peilte einen Rückzug in Richtung Damentoilette an.

»Ich langweile dich doch nicht etwa?«, fragte *Aufs Vaterland* und griff nach meiner Hand.

»Neinnein, ich bin gleich wieder da!«, behauptete ich und riss mich von ihm los.

Auf dem Klo entließ ich den billigen Sekt auf dem oberen Weg aus meinem Magen und spülte mir gründlich den Mund aus. Dann verließ ich das *Immergrün* unauffällig. Mit dem Taxi war ich flugs zu Hause, zum Glück wohnte ich nicht mehr in der Elfenstraße. Oben in meiner Wohnung hatte ich keine Kraft mehr. In voller Montur und ohne mich abzuschminken fiel ich aufs Bett und wachte erst am nächsten Morgen wieder auf – mit einem widerlichen Geschmack im Mund und einem Körpergefühl, als wäre ich hundertzwei. Mein stumm geschaltetes Handy zeigte zwölf verpasste Anrufe von Pike. Dieses Rabenaas von Freundin! Bei der würde ich mich garantiert nicht melden, und das mindestens zwei Wochen lang.

Es ist sowieso alles ihre Schuld. Diese dumme Kuh hat mir eingeredet, dass wir mit über siebzig endlich ein tolles, freies Leben führen können! Freiheit und Zügellosigkeit, so hat sie sich an diesem blöden Abend ausgedrückt, als wir uns auf der Esplanade zum Sekttrinken getroffen haben. Und dass wir alle Chancen hätten! Und irgendwie habe ich ihr geglaubt und mir eingebildet, dass das Leben mir noch mal eine echte Liebe schenken und damit all die beschissenen Jahre mit Olli wiedergutmachen würde! »Stell dir vor, du bist ein Leben lang mit einem pieksigen Stein im Schuh rumgelaufen, und dann ist er plötzlich weg. Alles, was dann kommt, ist ein einziges Fest! Und wir sind ganz viele, denen es so geht!« *Das hat sie mir eingebläut, meine dumme alte Freundin Pike.*

Es mag ja sein, dass es in dieser Stadt haufenweise Witwen, Witwer und Geschiedene gibt! Aber das heißt verdammt noch mal nicht, dass sich diese einsamen Seelen untereinander verstehen und sich gegenseitig glücklich machen! Ich und der kriegsbesessene Aufs Vaterland haben nicht das Geringste gemeinsam! Außer unserem Alter. Endlich kapiere ich, wie schlimm es für Kinder ist, wenn ihre Eltern sagen »und ihr zwei spielt jetzt mal schön zusammen«.

Pike, dieses Biest. Schickt mich ohne Nahabwehrwaffen in eine Operation Blind Date, die sich als brutales Dauerfeuer entpuppt! Der werde ich noch was husten.

21

Ich schaute mich besorgt um. In Hellus Wohnung herrschte ein einziges Durcheinander. Ungeöffnete Briefumschläge, benutzte Kaffeebecher, stapelweise alte Pizzakartons und überall Kleiderhaufen. Ich war einigermaßen entsetzt, schließlich hatte ich Hellu immer als ordentliche Person erlebt. Es musste eine Art Ausnahmezustand sein – wegen der Geschichte mit Jorma oder ihrer heftigen Erkältung oder beidem. Um irgendetwas Sinnvolles zu tun, ging ich in die Küche und kochte uns Kaffee. Das mitgebrachte Gebäck legte ich auf einen der wenigen Teller, die halbwegs sauber aussahen. Ich fühlte mich nicht gerade wohl, denn ich hatte mich ohne zu fragen in den privatesten Raum eines anderen Menschen gedrängt, seine eigenen vier Wände. Durfte meine alte Freundin nicht einfach mal Liebeskummer haben, ohne dass jemand sie wieder auf Kurs bringen wollte? Was war mit *mir* los? Wollte ich Anteil nehmen, oder war es schon eine Art Helfersyndrom?

Ja, und dieses Helfersyndrom nennt man dann weibliche Bestimmung, und davon faseln, das tun immer nur männliche Politiker! Und bezahlen muss man für all die familiäre und soziale Plackerei auch nichts, oder nur symbolisch, denn die Frauen folgen ja sowieso nur ihrer Bestimmung und ziehen sogar noch tiefe Befriedigung aus ihrer Tätigkeit. Richtig, es gibt auf der ganzen Welt nichts Schöneres, als einen schlaffen Körper mit wundgelegenen, nässenden Stellen zwölf Jahre lang hin und her zu wenden. Heute wird mir bei der Erinnerung daran beinahe schlecht. Ja, ich habe einen echten Sozial-Kater! Nie wieder werde ich mich so um jemanden kümmern! Was ich jetzt mache, ist was ganz anderes: Ich bringe einer alten Freundin kurz was vom Bäcker vorbei und bleibe höchstens ein Stündchen.

»Was war denn so los bei euch in letzter Zeit?«, fragte Hellu und gab sich sichtlich Mühe, munter zu wirken. »Wie war deine Einweihungsfeier?«

Ich erzählte ihr von Valtonens neuem Rasseweibchen Fjodor und seinem unverschämt langen Kuss mit Pike. Davon, dass die beiden jetzt ein Paar waren. Und dass meine Kinder sich unglaublich über meinen Wohnungskauf aufregten. Ich beschrieb ihr den sympathischen Makler Sami Siltanen und spielte nach, wie er sich über mein altes Geschirr gefreut hatte. Hellu lachte. Ich plapperte weiter und fühlte mich wie ein Sportler, der auf Zeit spielt; irgendwann erwähnte ich sogar mein schreckliches Rendezvous mit dem kriegsversessenen Dampfplauderer. Es tat erstaunlich wohl, sich diese Peinlichkeit von der Seele zu reden, und meine alte Freundin Hellu wirkte eigentlich ganz gut gelaunt, und die jugendliche Frisur, die sie sich offenbar aus Frust zugelegt hatte, unterstrich diesen Eindruck.

Als der Kaffee und das Gebäck alle waren, wusste ich nicht weiter. Zum Glück fragte Hellu mich, wie weit wir im Italienischunterricht gekommen waren. Mein Gedächtnis war diesbezüglich ein Sieb, doch als Hellu mir unser Kursbuch vor die Nase hielt, erinnerte ich mich und zeigte ihr, was wir zuletzt durchgenommen hatten. Immerhin fragte sie nicht, ob ich beim Rundhanteltraining gewesen wäre und was wir dort gemacht hätten.

»Du könntest doch morgen wieder dabei sein im Italienischkurs«, wagte ich vorzuschlagen. Bestimmt würde es ihr guttun, mal rauszukommen. Der Anblick schmutzigen Geschirrs hatte noch niemanden aufgemuntert. Allerdings: Vielleicht hatte Hellu eine Depression. Selbst stark Depressive konnten sich für kurze Zeit zusammenreißen und soziale Normalität vorspielen. Aber den Abwasch, den Wohnungsputz und alles andere schafften sie nicht mehr. Der Stapel ungeöffneter Post, darunter sicher auch Rechnungen und Mahnungen, war nun wirklich kein gutes Zeichen. Und leider hatte sie für ihre Traurigkeit ja auch einen handfesten Grund: den verfluchten Jorma.

»Ich denke schon, dass ich morgen wieder mit dabei bin«, sagte sie merkwürdig entschlossen. Und dann fügte sie hinzu: »Ich muss dir etwas sagen, Ullchen.«

Oh Gott. Jetzt kam es. Ich spürte den Angriff geradezu

physisch. Gleich würde die Nachricht gewaltsam durch meine Schläfen dringen. Natürlich war es keine zähe Erkältung. Es war auch kein Liebeskummer und keine Depression. Es war Krebs, Krebs, Krebs. Und falls es *auch* eine Depression war, so kam die selbstverständlich vom Krebs. Alles kam vom Krebs: die vielen Arzttermine, das Fitness-Armband, das allerletzte Aufbäumen in Form einer späten großen Verliebtheit. Und die neue Frisur war vielleicht schon eine Perücke.

Ich umklammerte meine leere Kaffeetasse und presste sie an mich, als wäre sie ein Kuscheltier aus meiner Kindheit.

»Ewing-Syndrom.«

Hellu sagte noch jede Menge mehr, aber das war das Einzige, was bei mir hängen blieb. Es hörte sich nach einer nervlichen Sache, nach Konzentrationsausfällen an. Angeblich war die Krankheit selten, was Hellu fast ein wenig mit Stolz zu erfüllen schien. Es hatte ewig gedauert, bis die Ärzte die Diagnose gestellt hatten. Aber was bedeutete es? Oh nein, jetzt sprach Hellu von einem Sarkom. Also doch Krebs. Und das ganze Elend, was damit einherging! Ich kannte so viele, die eben noch gesund gewesen waren und dann von den Folgen der Chemo dahingerafft wurden. Und bis zum Schluss blieben sie dankbar für jede zusätzliche Woche. Ja, eine Chemo durfte man nicht ablehnen, sie war schließlich ein Geschenk des Gesundheitssystems, so was wie Steuern in die Gegenrichtung. Und Onkologen waren Helden, die auf dem Schlachtfeld des Kampfes zwischen Leben und Tod jede Waffe abfeuerten, die sie zur Verfügung hatten. Egal, ob der Körper des Patienten das noch aushielt.

»… nicht mehr operierbar.«

Auch das kam klar und deutlich bei mir an. Entsetzlich. Denn Operationen waren, sofern sie glückten, in der Regel das Beste. Manche Menschen bekamen danach ein neues Leben geschenkt und verstanden ihre restliche Zeit durch den Warnschuss der Krankheit viel bewusster zu füllen. Die Zeitschriften am Kiosk waren voll mit solchen Geschichten – Ehepaare hörten auf zu streiten, Nieselregen weckte tiefe Dankbarkeit, und jeder neue Morgen war ein großes Geschenk. Im Grunde hatte auch ich ein neues Leben bekommen, oder so was wie ganz viel Nachspielzeit, um es weniger pathetisch zu sagen. Ich hatte meinen Brustkrebs besiegt. An Krebs musste man nicht sterben, und das galt verflixt noch mal auch für meine Freundin Hellu! Erst neulich stand doch irgendwo in der Zeitung, dass ein Drittel der Hundertjährigen ein oder sogar zwei Mal Krebs gehabt hatte.

»Bitte entschuldige, Hellu, ich kann mich nicht konzentrieren. Was genau ist dieses Syndrom?«

»Hörst du mir überhaupt zu?!«

Sie war empört, und das mit gutem Grund. Sie hatte sich überwunden und mir etwas sehr Persönliches und Schmerzvolles anvertraut, und ich, auf diesem Gebiet vermutlich ihre erste Gesprächspartnerin, benahm mich wie ein Hornochse. Dabei hatte sie sich vermutlich gerade von *mir* einen souveränen Umgang mit dem Thema erhofft.

»Ullchen, ich habe Knochenkrebs«, sagte sie und beobachtete meine Reaktion. Kapierte ich endlich, was sie sagte? Mir fiel auf, dass ihre Augen leicht gelblich wirkten, und ich erinnerte mich, dass irgendein Arzt mal behauptet hatte, er könne den Leuten an den Augen ansehen, ob sie eine ernste Krankheit hätten.

»Dieses Syndrom ist also Krebs …«, stotterte ich.

»Ja. Es ist Krebs. Operieren kann man nicht.«

Ich hätte am liebsten losgeweint, doch da Hellu betont sachlich blieb, beherrschte ich mich. Ich musste den Tatsachen ins Auge sehen. Hellu war die Nächste. Zigmal hatten wir darüber geredet: dass man munter vor sich hinleben und sich ganz normal fühlen konnte, und plötzlich war man von einem Tag auf den anderen todkrank, und es gab nichts mehr zu tun. Wenn es schnell ging, lag man gleich im Grab, wenn es langsam ging, auf der Pflegestation; schwer zu sagen, was schrecklicher war. Egal, wie gut man die Statistiken kannte und wie oft man sich sagte, dass nun mal unendlich viele ältere Menschen ernsthaft erkrankten – die Bedrohung erkannte man erst dann, wenn die Einschläge näher kamen. Ich fand es furchtbar ungerecht: Wieso ausgerechnet Hellu? Die so auf ihre Gesundheit achtgab? Was machte das für einen Sinn? Das Leben könnte doch noch mal richtig losgehen! Meine Zunge klebte trocken am Gaumen, meine Augen sahen verschwommen. Furchtbar, dass Hellu nun *mich* trösten musste, die ich – zumindest dem derzeitigen Stand nach – kerngesund war; MRTs und Screenings versuchte ich ja eher zu meiden. Ich war vollkommen fertig. Und ich begriff, warum so viele Kranke beschlossen, ihren Angehörigen und Freunden nichts von der Diagnose zu sagen. Sie hatten keine Kraft, uns Gesunde zu trösten. Unsere Panik und unsere Traurigkeit belasteten sie nur unnötig.

»Der Tumor sitzt an einer ungünstigen Stelle. Eine OP wäre zu riskant, vor allem in meinem Alter.«

»In deinem Alter?«, rief ich viel zu laut. »Sind wir jetzt etwa zu alt für eine anständige medizinische Versorgung?« Ich konnte meine Tränen nicht mehr zurückhalten. Mit nassen Wangen sah ich Hellu an. Ich fühlte mich unendlich hilflos. Hellu nahm ihre Serviette und tupfte mir das Gesicht trocken. Genau wie vor einiger Zeit Sami Siltanen, sogar das gelassene Lächeln war ähnlich. Brachte der Krebs etwa auch Weisheit mit sich?

»Ullchen, auch ich habe schon viele Tränen geweint. So ausgiebig, dass es fast schon selbstmitleidig war.« Hellu lachte trocken auf. »Im Grunde befinden wir uns ja in einem Alter, in dem schwere Krankheiten und der Tod das Natürlichste der Welt sind. Das müssen wir schlicht und einfach akzeptieren. Und trotzdem war mein allererstes Gefühl Verbitterung. Das soll's jetzt gewesen sein?!« Hellu zog eine Grimasse. »Ganz schön blöd, oder? Und dann kam als Nächstes der Gedanke, wieso Gott mich so hart bestraft … wo ich doch nicht mal an ihn glaube! Na ja, vielleicht gerade deshalb!« Darüber mussten wir kurz lachen. »Und als Drittes begann ein anstrengendes Kopf-Pingpong: Hätte ich es irgendwie abwehren können, warum wurde der Krebs nicht früher entdeckt, und so weiter und so fort. Aber die Ärzte haben mir versichert, dass ich nichts hätte besser machen können. Die Ursachen für die Ewing-Krankheit liegen bis heute im Dunkeln. Ich habe alle Vorsorge-Termine eingehalten und gesund gelebt, ich muss es akzeptieren. Aber es ist schon gemein, dass so gut wie alle Krebskranken einen Behandlungsplan kriegen und ich leer ausgehe. So viele medizinische Möglichkeiten, aber bei mir hilft nichts.«

Sie sprach von Tumorprädisposition (vergleichsweise harmlos), multiplen hereditären Exostosen (gutartig) und beschrieb das Verfahren einer Tumor-OP im Knochen mit anschließender Knochenrekonstruktion. Mir wurde flau. Dabei war ich eine abgebrühte Zahnärztin. Hellu redete immer weiter und bekam rote Wangen. Aus ihrem Mund hörten sich die Methoden der Knochenkrebsbehandlung an wie ein spannendes Abenteuer – das ihr vorenthalten wurde, weil ihre Erkrankung unheilbar war.

Bitte hör auf, Hellu. Ich will doch diese Begriffe alle gar nicht im Kopf haben! Fibromyom, Myosin, Melanom – schnell wieder raus damit aus meinem Gehirn. Aber ich weiß schon jetzt, dass sich dieser elende Mist tief einnisten und mich ständig daran erinnern wird, worum es hier geht. Um den letzten Rest des Lebens. Erschreckend kurz und unkalkulierbar. Und die Alter-

native zu einer tödlichen Krankheit ist ja auch oft nur eine erniedrigende Existenz als Greisin.
Ich weiß wirklich nicht, wie man sich auf den Tod einstellen soll. Dabei trifft er natürlich jeden. Viele von meinen früheren Weggefährten sind schon längst unter der Erde. Erkki, Eila, Inkeri, Matti. Der ist besonders elend gestorben. Mir kommt es vor, als wäre da eine fiese Verlosung im Gange, und nach und nach trifft es alle. Und niemand kann sich als Gewinner fühlen, alle verlieren. Früher oder später. Hier ein bisschen Krebs, da ein Herzflimmern, und Schwups, Herzinfarkt. Hast du etwa auch einen künstlichen Darmausgang? Ja! Ha, und ich habe Gicht! Und ich Skoliose! Oh, und meine Schwester erst, die sitzt schon im Rollstuhl!

»Krebs kann man heute in siebzig Prozent der Fälle heilen. Ich gehöre nicht in diese Gruppe«, sagte Hellu nüchtern.
»Du bist bei den dreißig Prozent gelandet ...«
»Ja.«
Ich schluckte meine Tränen runter, seufzte tief und sah zu Boden. Es war mir unendlich peinlich, dass ich so naiv über meine Freundin und ihre vielen Arztbesuche gewitzelt hatte. All die Termine, die Darmspiegelung, das MRT und so weiter – sie waren die verzweifelte Suche nach dem Primärtumor gewesen. Denn als Erstes hatte man »nur« Metastasen entdeckt. Und zwar im Rahmen eines Routine-Check-ups. Ohne diesen Check-up wüsste Hellu gar nicht, dass sie todkrank war. Vielleicht wäre das gar nicht

so blöd? Statt über den Krebs würden wir über banale und lustige Alltagsdinge reden. Das ging jetzt nicht mehr. Und als westlich geprägter Mensch mit Hochschulstudium konnte man eine ernste medizinische Diagnose nicht einfach ausblenden. Und auch nicht anzweifeln. Wir mussten jetzt mit diesem Wissen leben.

Hellu erzählte – und klang dabei fast ein wenig zufrieden –, sie hätte die Diagnose als Erste gestellt, mithilfe von Google. Und auch Trost hatte sie im Internet gefunden.

Ich fragte mich, wie viel Zeit Hellu noch hatte. Handelte es sich um Monate? Oder nur wenige Wochen? Ich versuchte, mir vorzustellen, wie das war, wenn man diesen Satz gesagt bekam: Sie haben nur noch wenige Wochen. Für mich wäre es das Schlimmste überhaupt, jetzt, wo ich zum ersten Mal im Leben versuchte, zufrieden und glücklich zu werden. Aber vor zwei Jahren wäre der Satz eine große Befreiung gewesen.

»Leider hat man oft Fieber«, unterbrach Hellu meine Gedanken, »und die Augenbrauenhaare fallen aus. Aber die Haare oben auf dem Kopf, die bleiben mir!« Sie wirkte fast zufrieden. Und war offensichtlich erst kürzlich beim Friseur gewesen. Hellu hatte ihr Schicksal tapfer angenommen. Und sie wollte ihre letzten Tage und Wochen so konstruktiv angehen wie möglich. Daher auch der Italienischunterricht.

»Der macht mir einfach Freude. Genau wie das Hot Yoga. Die Fahrstuhl-Technik bringt mir sogar richtig Spaß.« Sie lächelte schelmisch.

Nach zwei Stunden war *sie* lustig und vital, und *ich* fühlte mich erschöpft und krank. Sie sprudelte über vor Plänen, die allerdings vor allem aus Aufräumen, Sortieren und kleinen Alltagsfreuden bestanden. Sie sprang auf und holte eine Mappe aus ihrem Schlafzimmer, auf der »Memento mori« stand.

»Gedenke des Todes – ist doch ein gutes Motto, oder? Hier drin sind alle Unterlagen, die ihr nach meinem Tod braucht. Handyverträge, Zeitungs-Abos, sämtliche Mitgliedschaften, Versicherungen, Bankkonten, Facebook-Profil, Kundenkarten für Supermärkte und so weiter. Das muss ja alles gekündigt werden, und ohne Liste und ohne Passwörter haben die Hinterbliebenen es nur unnötig schwer.«

Sie hatte alles bestens vorausgeplant. Es gab auch schon einen Text für die Todesanzeige, Informationen zum Friedhof und zur Grabstelle, einen Ablauf für die Trauerfeier und wo wir essen gehen sollten. Sogar die Einladungsliste war fertig. Mein Name stand fast ganz oben, gleich hinter Pike. In der Memento-mori-Mappe gab es außerdem ein Dokument zum Thema »Haustiere« – dabei besaß Hellu gar keins; ihr Hund war vor über zwanzig Jahren gestorben. Aber Hellu wollte ihr System der Öffentlichkeit zugänglich machen und es ins Internet stellen, um anderen Leuten die organisatorische Vorbereitung des eigenen Todes zu erleichtern. Wenn man ein Haustier hatte, gab es drei Alternativen: 1. Töten. Hier waren der Tierarzt und der Begräbnisort zu nennen. 2. An eine festgelegte Person verschenken. In diesem Fall musste man die Kontaktdaten nennen und den schon abgeschlossenen Übernahmevertrag zufügen. 3. Im Tierheim abgeben. Hier hatte man die Telefonnummer und Adresse des Tierheims zu nennen.

Ich starrte Hellu verwirrt an. Sie schien das nicht zu bemerken und ging munter weiter die Mappe durch. Vielleicht war das eine Verdrängungsmethode? Hielt Hellu sich mit ihrer Strukturiertheit die Angst vom Leib? Obwohl mir leicht schwindelig war, machte ich brav weiter mit.

Ein Dokument hieß »Falls ich das Bewusstsein verliere und mein Leben künstlich verlängert wird«. Das kannte ich ja schon alles bestens durch meine Kinder. Sofern in Hellus Fall klar wäre, dass ihr Zustand sich nicht mehr verbessern würde, wollte sie auf künstliche Beatmung und künstliche Ernährung verzichten. Allerdings sollten die Geräte nicht in der zweiten Monatshälfte abgeschaltet werden, sondern immer nach dem jeweils dritten Tag eines Monats bis maximal zum fünfzehnten. Ab dem Sechzehnten hatte man also noch mal bis nach dem Dritten des Folgemonats zu warten. Damit stellte Hellu sicher, dass sie die maximale Rente erhielt, die immer am Dritten eines Monats überwiesen wurde.

»Schlau, oder?«, fragte sie mit einem Augenzwinkern.

Hellu war kinderlos. Ich überlegte, wer ihrer Meinung nach von der maximalen Rente profitieren sollte. Ihr Bruder Valtonen? Pike? Oder ich?

»Die Namen für die Vormundschaft findest du übrigens ganz hinten, Ullchen«, sagte Hellu. Und siehe da, mein Name stand in Fettschrift neben dem von Pike. Wir würden also im Notfall die Wächterinnen über die Krankenhausschläuche sein.

Ich war sprachlos. Hellu ging einfach zum nächsten Thema über: »Und hier drin sind alle meine alten Fotos. Die gehe ich noch einzeln durch und schreibe hinten drauf, wer abgebildet ist. Unangenehme Personen schneide ich raus. Und auch solche, die besser privat bleiben sollten.« Sie lächelte, als lägen jede Menge Nacktfotos in dem Karton.

Hellu ging ihren Tod an wie einen besonders gründlichen Frühjahrsputz. Ängste und Schmerzattacken kamen nicht vor, und auf meine Tränen reagierte sie nicht mit eigenen Tränen, sondern mit sachlichen, beruhigenden Worten. Sie hatte sich Shakespeares *Der Sturm* vorgenommen, in Übersetzung und im Original, und wollte beides nebeneinander lesen. Erst vor Kurzem hatten wir uns im Kino die direkte Übertragung des Stückes aus dem Londoner Shakespeare Theatre angesehen – und uns alle in den gelassenen, weißbärtigen Prospero verliebt. An ihm wollte Hellu sich jetzt ein Beispiel nehmen?

»Ullchen, der Kinobesuch war nicht vor Kurzem – der ist schon über ein Jahr her«, sagte Hellu und lachte. »Aber je älter man wird, umso schneller vergeht die Zeit. Kaum war Montag, ist auch schon wieder Freitag. Und das war's dann auch.«

22

Irgendwann musste ich es ja tun: meine gierigen Nachfahren in mein neues Zuhause einladen. Den relativ späten Zeitpunkt begründete ich damit, dass ich erst jetzt fertig geworden sei mit der Einrichtung.

»Das macht doch nichts«, sagte Susanna beruhigend, »in deinem Alter dauern die Dinge eben länger.«

Prima, damit würde ich mich jetzt immer herausreden, wenn ich mit etwas in Verzug war. Ha, meine Tochter stellte sich wohl vor, dass ich einen Gegenstand pro Tag ins Regal geräumt hatte. Und ihn am nächsten Tag noch mal umgeräumt hatte. Und damit schon stolz war auf mein Tagwerk.

Susanna kam ohne ihren Hund, und Marko ohne seine Frau, nur mit den Zwillingen. Doch was hieß »nur«? Pinie und Quell tobten durch die kleine Wohnung und lachten verwundert.

»Das war's dann schon!«, riefen sie, und es hörte sich fast so schrecklich an wie vor wenigen Tagen bei Hellu.

»Oma, hast du wirklich nur diese zwei kleinen Zimmer und die Kochecke?«

Sie rannten im Kreis und staunten. Noch nie waren sie in einer so kleinen Wohnung gewesen.

Susanna versuchte, positive Kommentare anzubringen, doch ihre Stimme klang bemüht:

»Wie schön die uralten Dielen knarren. Und wie viel Tageslicht reinkommt, wenn man einfach mal keine Vorhänge anbringt ... und was für eine Aussicht!«

Draußen sah man ein Stück Parkplatz, Mülltonnen, das unbestreitbar hübsche Haus gegenüber und ein paar Bäume. Typisch Töölö, und offenbar hatte meine Tochter beschlossen, das jetzt romantisch zu finden. Marko dagegen versuchte es nicht einmal. Er saß auf dem einzigen Stuhl, den er aus der Elfenstraße wiedererkannt hatte – den Lehnstuhl seines Vaters –, und wippte unruhig mit einem Bein. Wie ein unberechenbarer Teenager.

»Was hast du mit Papas Sessel gemacht?«, brach es aus ihm heraus.

»Mein lieber Marko, das nennt man Beziehen. Anstatt ein gutes altes Möbelstück im Sperrmüll zu entsorgen, kann man den abgewetzten Bezug beim Polsterer erneuern lassen und so seine Lebensdauer verlängern. Wärmstens zu empfehlen.«

Mein Sohn sah mich skeptisch an. Er hatte mal wieder Angst, auf den Arm genommen zu werden, bis heute verstand er meinen ironischen Humor nicht. Vielleicht hätte ich ihn als Kind zum Neurologen oder Psychiater bringen sollen. Ich war mir relativ sicher, dass Marko unter einer leichten Form von Autismus litt, schließlich hatte er keine nennenswerte Sozialkompetenz und absolut kein Gespür für kommunikative Feinheiten. Andererseits, was hätte uns diese Diagnose genützt? Es waren die 70er-Jahre; man hätte Marko als komischen Einzelgänger abgestempelt und ihn auf die Sonderschule geschickt, und wenn man erst mal dort war, brauchte es damals bloß ein paar Besäufnisse, und schon blieb als Karriereweg nur noch der Straßengraben. Jetzt war er immerhin ein gut verdienender Familienvater, wenn auch leider ohne jede Einsicht in die eigenen Grenzen. Genau wie schon sein Vater.

Eigentlich hatte ich meinen Kindern gesagt, ich würde nicht groß was zu essen anbieten, und auf die Enge meiner Küchenecke verwiesen. Aber so ganz ohne ging es dann ja doch nicht. In Töölö wurde man außerdem an jeder Ecke zu teuren kulinarischen Einkäufen verführt, und bei dem großen Karton Sushi hatte ich nicht widerstehen können. Als Nachtisch gab es eine dreifarbige Wackelpuddingtorte, die auf meine Enkelkinder einen starken Reiz ausübte.

»Schwabbelkuchen!«, rief Quell (oder war es Pinie?) und versetzte die Torte mit dreckigen Fingern in Schwingung. Sie wackelte irrsinnig lustig hin und her. Ich machte sofort mit und stupste das Wunderwerk von der anderen Seite an. Als meine Enkel und ich die Torte ein paar Mal kräftig zum Wackeln gebracht hatten, stand Marko ruckartig auf.

»Jetzt ist aber Schluss mit dem Unsinn!«, brüllte er.

Verdattert sahen wir ihn an. Normalerweise griff er herzlich wenig in die Erziehung seiner Kinder ein. Seine Empörung musste mit mir zu tun haben, wahrscheinlich ertrug er es nicht, dass seine Mutter Quatsch machte.

»Mit Essen spielt man nicht! Wisst ihr das etwa nicht? Das war übrigens auch schon früher so!«

Er war ganz rot im Gesicht, die Zwillinge mussten kichern. Leider sprang das sofort auf mich über, und irgendwann platzten wir laut heraus und hielten uns den Bauch vor Lachen. Susanna stellte sich neben ihren Bruder und sah mich irritiert an.

»Mama, also ehrlich, so ein Benehmen hätte ich von dir nicht erwartet.«

Quell, Pinie und ich ließen uns davon nicht bremsen. Sollten die Leute in der Lebensmitte ruhig griesgrämig sein, wir Jungen und Alten hatten Spaß. War es nicht vollkommen richtig, sich an der Gegenwart zu erfreuen und über das dankbar zu sein, was sich einem bot?

»Mama, auch Großeltern haben einen erzieherischen Auftrag«, sagte Susanna. Ich scherte mich nicht um ihren Kommentar und servierte das Sushi.

»Quell und Pinie, wisst ihr, was das ist?«, fragte ich.

»Na klar, Sushi«, krähten meine kulinarisch bewanderten Enkel und schnappten sich sofort jeder ein Röllchen. Das sie sich leider in die Nase stopften.

»Guck mal, Oma, diese ganz kleinen passen sogar ins Nasenloch! Und das hält sogar!«

»Na klar. Denn in euren Nasen ist Rotz, und Rotz ist ja fast dasselbe wie Klebstoff«, sagte ich.

Sofort wandten sich die Kinder vom Sushi ab, zerrissen alte Zeitungen und klebten die Fetzen mit ihrem Nasenschleim an den Türrahmen. Das fand Marko anscheinend ganz normal – solange *ich* bei dem Unfug nicht mitmischte, gab es keinen Grund, die Kleinen zu stoppen.

»Es ist wirklich eng hier, Mama«, sagte er. »Ich bin ernsthaft besorgt. Wir werden die Kinder nicht mehr bei dir übernachten lassen können.«

Ah, da also drückte der Schuh. Susanna stimmte gleich mit ein.

»Auch für Jerkku ist es hier zu klein. Ein Hund gehört nicht in ein enges Miethaus, noch dazu in den dritten Stock.«

Marko hatte sogar schon den indischen Ingenieur angerufen und darum gebeten, den Kauf wieder rückgängig zu machen, doch ohne Erfolg. Dafür würde ich dem Inder einen Blumenstrauß zukommen lassen, als mein persönliches Dankeschön.

Die Zwillinge hatten sich inzwischen wieder dem Sushi zugewandt und auf dem Teppich schon jede Menge Reis verstreut, der erstaunlich klebstoffartig auf dem groben Webstoff festsaß. Während ich gelassen Reis vom Boden zupfte, lauschte ich meinem Sohn. Wieso ich eine so kleine Wohnung gekauft hätte, die aufgrund ihrer Lage trotzdem viel zu teuer für mich wäre? Woher ich das Geld hätte? – Ich würde ihm bestimmt nichts von meinen Ersparnissen erzählen und ließ ihn im Dunklen tappen. Wütend nahm er das nächste Thema in Angriff:

»Und wieso gehst du nicht endlich mit Susanna zum Arzt? Und lässt hier in der Wohnung ein Sicherheitssystem einbauen?«

»Das geht beides ganz fix«, unterstützte Susanna ihren Bruder.

Mit dem Sicherheitssystem meinten sie eine Rund-um-die-Uhr-Videoüberwachung, in jedem Raum. Auch im Bad, wenn ich duschte und aufs Klo ging.

»Damit wissen wir zu jedem Zeitpunkt, dass es dir gut geht. Das Ganze kostet nur fünfzig Euro monatlich, plus geringfügige Installationskosten.« Marko klang wie ein Produktvertreter.

Ich lachte aus ganzem Herzen. Da hatten meine Kinder also schon wieder gegoogelt und eine Maßnahme gegen die großen Gefahren des Alters gefunden! Wollten sie mir ernsthaft beim Zähneputzen und bei der Morgengymnastik zuschauen?

»Natürlich würden nicht *wir* dein Leben beobachten, das interessiert uns ja gar nicht«, sagte Susanna, und ich glaubte ihr sofort. Nein, das Ausspähen würde die Firma übernehmen, die meinen Kindern über die kleinste Unregelmäßigkeit berichten würde. Hui, das waren ja beinahe DDR-Methoden! Ich schlug vor, auch bei Marko und Susanna so ein Set zu installieren, das jedoch ich selbst auswerten würde. »Dann habe ich euch rund um die Uhr vor Augen, und ihr könnt eure Pflichtbesuche bei mir einstellen. Und ich brauche keinen Fernseher mehr, denn ich habe dann ja meine private Reality-Show. So nennt man diese Fernsehformate doch, oder?«

Meine Kinder fanden das nicht lustig und blieben auf ihrem Kurs.

»Mama, du könntest einen Schlaganfall kriegen …«

»Das eigene Zuhause ist statistisch gesehen der gefährlichste Ort für alte Leute …«

»Die Mutter meiner Kollegin hat tagelang tot in ihrer Küche gelegen …«

»Die neuen Technologien erhöhen die Sicherheit im Alter enorm …«

»Alternativ käme wie gesagt auch ein Pflegeheim infrage, da gibt es wunderschöne …«

»Wir müssen das angehen, und zwar asap. As soon as possible.«

Ungerührt goss ich meinen Enkeln Saft ein, mit dem sie allerdings sofort Quatsch machten. Erst spritzten sie sich gegenseitig nass und dabei natürlich auch mein frisches Tischtuch, dann besprenkelten sie das am Türrahmen klebende Sushistück, bis es zu Boden fiel. Einer der Zwillinge steckte es sich prompt in den Mund.

»Bäh, ist das eklig.«

Wahrscheinlich schmeckte der Kinderrotz, der am Röllchen klebte, noch würziger als die Wasabi-Paste. Schon spuckte mein Enkel das Essen wieder aus. Der Kuchen schien den Zwillingen dann besser zu munden, sie aßen regelrecht um die Wette.

»Oh ja, nehmt nur kräftig«, sagte ich freundlich.

Als ich selbst fast ein ganzes Stück gegessen hatte, fiel mir das übellaunige Schweigen meiner Kinder auf. Vielsagende Blicke wanderten zwischen ihnen hin und her.

»Ach, Mama«, seufzte Susanna. Sie musterte mich lauernd. Erwartete sie ernsthaft, dass ich von einem Moment auf den nächsten taub wurde oder meinen IQ verlor?

»Und, schmeckt der Kuchen denn auch meinen erwachsenen Gästen?«, fragte ich lächelnd.

Die Zwillinge ließen die beiden nicht zu Wort kommen: »Oma, wo sind eigentlich deine Freunde?«

»Ja, wo sind die zwei Quickies?«

Auch ich fand, dass Pike und Valtonen die lustigere Gesellschaft wären. Meine Kinder konnten einfach nicht verdauen, dass ich Nägel mit Köpfen gemacht hatte und zu einem Immobilienmakler gegangen war, der sich jetzt täglich an meinem Geschirr erfreute. Und dass die indische Familie nun auf meinem alten Klavier spielte. Dabei hatte Marko den Musikunterricht gehasst und ihn jahrelang heimlich geschwänzt, der kleine Heuchler. Aber über diese Dinge konnte ich mit meinen Kindern leider nicht reden.

Quell und Pinie schnappten sich jetzt mein Tablet und machten damit Selfies. Dabei entdeckten sie mein digitales Fotoalbum und blätterten sich rasend schnell durch die Bilder, bis sie Valtonen und Pike fanden.

»Die zwei alten Quickies, juhuu!«

Marko und Susanna beugten sich fragend über das Tablet.

Dummerweise erschien jetzt ein Bild, auf dem Valtonen ein Sektglas in der Hand hielt und mich küsste.

»Mama, verdammt noch mal, das darf echt nicht wahr sein!«, wetterte Marko.

»Du scheinst ja eine Menge vor uns geheim zu halten«, rief Susanna empört.

Wie bitte? Muss ich meinen Kindern etwa auf Schritt und Tritt Auskunft über mich geben, ihnen mein Allerprivatestes berichten? Ich war noch nie eine, die ihr Herz auf der Zunge trägt, und das wird auch so bleiben! Dass heutzutage alle immerzu über alles reden müssen, verstehe ich überhaupt nicht. Furchtbar, diese Frauen, die jedes intime Detail ausbreiten. Manche erzählen so anschaulich von ihrem Eheleben, dass man wegrennen möchte. Und Pikes Lageberichte über ihre trockene Vaginalschleimhaut sind sowieso das Letzte. Aber am allerschlimmsten finde ich die Leute, die bei einer Weihnachtsfeier ihren Partner betrügen und ihm das im Namen der Ehrlichkeit auch noch beichten! Dabei kotzen sie nur ihr schlechtes Gewissen aus, und danach sind die schlechten Gefühle dann beim betrogenen Partner. Und dann wird behauptet, wie gut es ist, über alles zu reden, alles miteinander zu teilen! Sharing, so heißt ja das große Modewort.

Ha, Finnland wäre heute bestimmt keine unabhängige Demokratie, wenn wir nicht an den richtigen Stellen gegenüber Schweden und Russland die Klappe gehalten hätten. Und auch auf der persönlichen Ebene ist diplomatisches Schweigen bestimmt nicht das Schlechteste. Nur mal als Beispiel: Ich hätte Olli meinen

Kindern gegenüber ja auch schlecht machen und ihnen die Augen öffnen können. Oder meinen Patienten Vorwürfe zu ihrer Zahnhygiene machen können. Aber ich habe klug den Mund gehalten. Und auch wenn ich jetzt im Alter vielleicht noch mal etwas lockerer werden sollte oder spontaner oder sonst was, so werde ich garantiert nicht anfangen, meine Nachfahren in mein Privatleben einzuweihen.

»Für heute bin ich raus. Wann geht's weiter?«, fragte Marko.

Ich verstand nicht sofort, worauf er hinauswollte, und sah nur die stressgeschwollene Stirnader. Marko warf einen Blick auf seine Superuhr. Vielleicht las er dort gar nicht die Uhrzeit, sondern seinen Blutdruck ab? Vernünftig wäre es.

Susanna holte ihren Kalender, einen echten aus Papier, und blätterte demonstrativ darin herum. Sie wollte unbedingt viel beschäftigt wirken: die Karrierefrau, die nur mit Mühe eine freie Stunde fand, um die Angelegenheiten ihrer alten Mutter zu regeln. Armes Kind!

Marko wischte in seinem digitalen Kalender herum und musste selbstverständlich *noch* zeitknapper sein als seine Schwester. Er wischte und wischte, bis er sagte:

»Da. Ein kleines Zeitfenster am Mittwochnachmittag.«

Das passte Susanna. Ich wurde nicht gefragt. Als vermeintliche Wohltäter konnten meine Kinder ihrer Ansicht nach frei über mich, das Objekt ihres guten Willens, verfügen. Und wie mühsam es doch mit mir war! Doch was taten sie nicht alles für ihre allerliebste Mama.

»Gut, das hätten wir also. Na, dann Tschüssikowski«, sagte Marko und stand auf, um seine Kinder einzusammeln. Quell und Pinie werkelten konzentriert in der Küchenecke – wahrscheinlich bauten sie schlicht und einfach Mist. Doch in diesem Moment fand ich das erfrischend, und ich schlug zu meiner eigenen Überraschung vor, dass die beiden doch bei mir übernachten könnten, Enge hin oder her. Auch wenn ich mir für meine neue Wohnung etwas anderes vorgenommen hatte – ich brauchte jetzt dringend fröhliche Gesellschaft. Die Aufmüpfigkeit meiner Enkel würde mir guttun und mich davon abhalten, mich noch stundenlang über meine blöden erwachsenen Kinder zu grämen.

»Klar, wieso nicht! Dann bis morgen allerseits«, tönte Marko und verließ verdächtig gut gelaunt und ohne seine Kinder zu knuddeln meine Wohnung. Wahrscheinlich würde er sie sofort vergessen. Ich wette, auch die ach so entsetzlichen Sorgen um mich ließ er in Wahrheit immer ab seinem dummen »Tschüssikowski« hinter sich.

Auch Susanna war bald verschwunden, wenn auch weniger gut gelaunt. Wirklich schade, dass ihr riesiger Hund nicht in meine kleine Wohnung passte.

23

Der Besuch meiner Enkel war ein einziges Tohuwabohu. Die Energie der beiden ging sofort auf mich über, ich fühlte mich fast wie bei einer Frischzellenkur. Fort war die müde alte Frau, die nach Ansicht vieler Jüngerer schon mit einem Bein im Grab stand. Wir malten mit meinem Lippenstift, machten Pfannkuchen, tanzten Hip-Hop und bauten aus Kissen, Decken und Stühlen eine große Höhle – mit einem erstklassigen Tunnel am Eingang. Wir stellten eine kleine Lampe hinein und machten es uns mit dem letzten Pfannkuchen und den Resten vom Kuchen und vom Sushi gemütlich. Natürlich war das alles ein riesiges Durcheinander, aber das war mir erstaunlicherweise egal. Als die Kleinen sich rundum vollgekrümelt und bekleckert hatten und es in der Höhle immer wärmer wurde, beschlossen sie, ihre Kleider auszuziehen. Und siehe da, ein Kind war ein Junge, das andere ein Mädchen.

»Wer von euch ist eigentlich Quell und wer Pinie?«, fragte ich.

Statt zu antworten kicherten meine Enkel und boxten sich gegenseitig. Dann fingen sie an, einen komischen Ringeltanz zu veranstalten, bei dem sie irgendwann versehentlich die Höhle zerstörten. Wir wurden unter Polstern, Decken und Kissen begraben und lagen lachend und japsend am Boden. »Wer von euch ist denn nun wer?«, fragte ich und griff nach einem nackten Fuß.

»Ich bin Quell!«, rief der Mund zu diesem Fuß.

»Nein, Oma, *ich* bin Quell!«, rief der andere Mund.

»Will denn keiner von euch Pinie sein?«, fragte ich.

»Wir sind beide Quinie!«, riefen die beiden und johlten.

Wir krabbelten zwischen den Kissen und Decken hervor, räumten sie aber nur ein Stück zur Seite, nicht zurück an ihren Platz – wer weiß, vielleicht bekamen wir schon in einer Stunde wieder Lust auf eine Höhle.

Als Nächstes fingen die beiden an, über Püpse und Kacke zu reden und lachten sich dabei kringelig. Erst kürzlich hatte Valtonen uns in unserem Stammcafé einen Zeitungsartikel vorgelesen, der von einer breit angelegten Untersuchung berichtete: Am lustigsten fanden Drei- bis Sechsjährige Fürze, dicht gefolgt von Kot, und auf Platz drei standen unkontrollierte Körperbewegungen wie Umfallen. Ich ließ mich nicht lumpen, erhob mich aus Ollis altem Lehnstuhl und kippte albern zur Seite. Der Aufprall war ungeschickt und tat weh, aber das Lachen meiner Enkel ließ mich die Schmerzen ignorieren.

»Oma, machst du für uns eigentlich auch Zimmerservice? So wie im Hotel?«

»Ja, Oma! Wir hätten gern was zu trinken! Wir wollen einen Schwips!«

Woher sie das nur schon wieder hatten?

Aber kein Problem, ich holte mir ein Gläschen Wein, schenkte den kleinen Nackedeis roten Saft ein und servierte ihnen die Gläser stilvoll auf einem Tablett. Dabei humpelte ich wohl leicht, meine Hüfte hatte den Sturz anscheinend nicht gut verkraftet.

»Liebe Frau Zimmerservice, warum gehst du so komisch?«, fragte eines der Kinder.

»Weil ich ein Holzbein habe und eine ehemalige Piratin bin!«, rief ich.

Die beiden amüsierten sich köstlich.

Dann klingelte das Telefon. Es war Pike. Die Kinder lachten wiehernd über meinen altmodischen Klingelton, erst konnte ich Pike gar nicht verstehen.

»... Ullchen, jetzt hör doch mal zu! Wieso ist es bei dir so laut? Du musst schnell kommen!«

Meine Enkel lenkten mich ab, indem sie mir ihre blanken Popos hinstreckten. Aus einem entwich sogar ein fröhlich knallender Furz.

»Ullchen, bitte, es ist Ernst. Seppo stirbt!«

Seppo? Ich brauchte einen Moment, bis ich kapierte, dass sie von Valtonen sprach. Aber wieso sollte der im Sterben liegen? Das konnte doch nur ein übler Scherz sein.

»Sehr lustig, Pike, aber ich kann jetzt nicht telefonieren, ich hüte meine Enkelkinder.«

»Nee«, krakeelten die zwei, »wir sind bei dir im Hotel!«

»Ullchen, du kommst jetzt sofort ins Krankenhaus.« Pikes Stimme klang weinerlich. Stimmte es etwa doch?

»Kinder, das ist ein wichtiges Telefonat, ich bin gleich

wieder da.« Ich ging ins Schlafzimmer und zog die Tür hinter mir zu.

»Pike, hast du getrunken?«

»Ich bin stocknüchtern, verdammt!«

Sie war mit Valtonen im Kino gewesen, bei einem Musical, das im Moment alle lobten. Ich hatte von diesem Film noch gar nichts mitbekommen, was Pike wunderte.

»Ich fand das furchtbar kitschig, aber Seppo hat es gut gefallen, er hat sogar mehrmals sein Taschentuch rausgeholt und sich die Augen trocken getupft.«

»Und das willst du mir jetzt erzählen?«, fragte ich irritiert.

»Um Gottes willen, nein! Ullchen, du musst ins Krankenhaus Meilahti kommen, allein halte ich das hier nicht aus.«

»Dann bist *du* also im Krankenhaus und nicht Valtonen?«

»Nein, wir sind beide hier, aber er ist der Patient! Ullchen, er hatte einen Herzinfarkt, einen echten Herzinfarkt, und jetzt komm bitte schleunigst her.«

Ich ließ mich aufs Bett plumpsen. Pike und ich hatten noch gar nicht über Hellus Situation geredet – und schon sollte plötzlich Valtonen von uns gehen? Was war das für eine entsetzliche Dezimierung? Ich zwang mich zur Ruhe und stellte Pike kurze, einfache Fragen, so wie man es in solchen Fällen zu tun hatte, und erfuhr, was passiert war.

Pike und Valtonen waren nach dem Film, den sie im Tennispalast gesehen hatten, zu Pike gegangen, wo sie sich offenbar in den allermeisten Fällen trafen. »Du weißt ja, Ullchen, ich bin ein Stadtmädchen, und das wird auch niemand mehr ändern. Was soll ich in Kerava?«, sagte Pike. Kaum waren sie bei ihr in der Wohnung angekommen, hatte Valtonen die Farbe eines Bettlakens angenommen und sich die Hand auf die Rippen gepresst. »Er war stumm vor Schreck. Deshalb wusste ich auch sofort, dass es ernst ist. Bei Kindern ist es dasselbe, wenn sie brüllen, ist alles gut, aber wenn Totenstille herrscht, ist es schlimm.«

Da fiel mir auf, dass ich keinen Mucks mehr aus dem Wohnzimmer hörte. Ich öffnete die Tür einen Spaltbreit und sah, dass Frieden herrschte: Die Zwillinge klebten sich gegenseitig Pflaster auf und spielten Krankenhaus.

Pike hatte sofort einen Krankenwagen gerufen, musste allerdings die Frau am Telefon erst davon überzeugen, dass es dringend war. »Die hat erst ganz dumm versucht, mich zu beruhigen, nach dem Motto, warten Sie doch noch ab, ob es wieder besser wird, und wenn nicht, dann nehmen Sie schnell ein Taxi – du lieber Himmel, der habe ich aber einen Einlauf verpasst und ihr schon mal die volle Schuld an Valtonens Tod gegeben, und siehe da, schon kam der Krankenwagen auf den Hof gekurvt, mit lautem Tatütata!«

»Und du durftest sicher mitfahren, was?«

Die Tour mit den Sanitätern war für Pike Glück im Unglück gewesen.

»Unglaublich toll aussehende, junge, muskulöse Kerle, und die haben mich sogar angelächelt, als ich ihnen Komplimente gemacht habe! Und sie haben Seppo, der schon grau im Gesicht wurde, großartig versorgt! Klatsch, Sauerstoffmaske drauf und Schläuche mit irgendeiner Infusion in den Arm. Dann mit lauten Sirenen und überall mit Hupe durch, auch in die Gegenrichtung! Ach, Ullchen, das war so was von aufregend! Sogar die Straßenbahn hat für uns angehalten.«

Ich hörte meine Freundin an ihrer Zigarette saugen und den Rauch wieder auspusten, und ich dachte: Oh Gott, was werde ich Pikes Stimme vermissen, wenn sie einmal nicht mehr da ist. Merkwürdig, dass ich davon ausging, sie würde vor mir sterben. Dabei könnte genauso gut ich die Nächste sein, das wusste man ja nie. Und was war eigentlich schrecklicher – ohne Vorwarnung abtreten oder ohne Freunde noch eine Weile allein umherirren?

»Es wird gut gehen, Pike. Valtonen hat Glück gehabt, dass der Krankenwagen so schnell kam«, sagte ich und hörte mich beinahe an wie Hellu, die in allem etwas Positives sah.

Und tatsächlich gab es eine Menge Positives. Valtonen war nicht allein in Kerava gewesen, als der Infarkt kam; Pike konnte sofort reagieren – und war sogar nüchtern und tat das Richtige. Wenn man schnell handelte, kriegte man Herzprobleme heute gut wieder in den Griff. Aber sie erinnerten einen natürlich daran, dass die Reise endlich war. Trotzdem, Tausende Siebzigjährige wurden abends als Infarktpatienten eingeliefert und marschierten am nächsten Tag putzmunter wieder aus dem Krankenhaus. Infusionen und Stents, eine andere Pille, vielleicht ein neues Ersatzteil, schon ging die Reise weiter. Anders bei Hellu. Sie musste dem Tod jetzt täglich ins Gesicht blicken – ihr Bruder dagegen würde wohl mit einem Schrecken davonkommen.

»Ich habe ja schon lange einen Herzschrittmacher«, sagte Pike und zog hörbar an ihrer Zigarette. »Ohne den wäre bei mir dauernd Party im Flur.«

»Party im Flur?«

»Kammerchaos. Vorhofflimmern.« Pike kicherte rau.

»Ach, Pike! Dein ganzes Leben ist doch ein einziges Geflimmer. Pass auf, ich schnapp mir jetzt die Kinder, und dann sind wir gleich da, in Ordnung?«

»Ullchen, du bist die Beste.«

24

Ich wusste, dass es nicht einfach werden würde mit den Zwillingen im Krankenhaus, doch wo sollte ich sie lassen? Wir nahmen den nächsten Bus, der so doll ruckelte, dass uns beim Aussteigen leicht übel war, beziehungsweise *mir*, die Kinder waren vor allem aufgedreht.

Wir sahen Pike schon von Weitem, sie redete mit drei Patienten in der Raucherecke vor dem Eingang. Einer saß im Rollstuhl, die anderen beiden standen neben ihren Tropf-Gestellen oder, besser ausgedrückt, Infusionsständern; alle drei trugen den krankenhausfarbenen Kittel. Pike stach mit ihrer grellen Mähne, dem Flickenponcho und dem Filzhut mit den antennenartigen Zipfeln deutlich heraus. Wobei man den bunten Poncho und den wilden Hut auch einer Vogelscheuche hätte überziehen können.

»Ganz wackere Patienten sind das«, lobte Pike die drei Raucher, während wir mit den Kindern Richtung Kardiologie gingen. Quell und Pinie wollten unbedingt mit dem Fahrstuhl nach ganz oben fahren, also machten wir einen Abstecher in die höchste Etage und schauten auf die Stadt herab. Die Kinder wunderten sich, wie klein die Häuser von oben aussahen und wie viel Wald die Stadt umgab. Pike erzählte derweil von den Krankheiten ihrer neuen Raucherbekanntschaften und betonte, dass keiner von den dreien Lungenkrebs oder eine Stenose hätte, weshalb sie unbesorgt weiterrauchen könne.

»Ich habe Zimtschnecken für Valtonen mitgebracht«, sagte ich und versuchte, meine Unsicherheit zu übertönen. Woher sollte ich wissen, ob mein alter Freund nach dem Infarkt noch ungesund essen wollte – oder durfte? »Zimtschnecken werden ihn bestimmt aufmuntern«, meinte Pike, »du weißt doch, wie Krankenhausessen schmeckt.«

»Oh ja. Vermutlich hat sich das seit meiner Brust-OP nicht geändert.«

»Brust-OP?«, wollten die Zwillinge wissen, »was heißt das?«

»Das heißt in meinem Fall, dass ich eine Brust weniger habe. Genauer gesagt, eine ist echt und eine ist unecht, die wurde nämlich neu drangemacht.«

Das fanden die beiden hochspannend, neugierig pieksten sie mir ins Dekolleté. »Das ist die unechte«, rieten sie nach einigem Gestocher; leider falsch. Jetzt ließ Pike die beiden pieksen und raten, und dieses Mal wussten sie schon besser Bescheid:

»Die echte fühlt sich an wie Pudding!«

»Und sie ist irgendwie platter!«

Pike und ich sahen uns an und lachten.

In relativ heiterer Stimmung öffneten wir die Tür zu Zimmer Nummer vier, einem Zweibettzimmer voller

Krankenhaustechnik. Sogar auf dem Flur standen Monitore, sodass man den Status der Patienten auch im Vorübergehen ablesen konnte. Mich erinnerten die blinkenden Anzeigen an Sportberichte beim Pferderennen. Nur standen statt der Pferdenamen die Namen von Valtonen und seinem Zimmergenossen auf den Monitoren. So wenig Privatsphäre, und das in der heutigen Zeit? Ich wunderte mich. Olli war schon halb hinüber gewesen, und ständig hatten die Institutionen seine Privatsphäre geschützt. Kaum etwas durfte ich wissen, und erst recht nichts für ihn entscheiden!

Valtonen blickte von seinem Bett auf und lächelte.

»Da kommen ja meine Frauen!«

Er breitete seine Arme zu einer angedeuteten Umarmung aus. Der Gute wirkte elend und blass, obendrein war er unrasiert und hatte fettige Haare. Seine grauen Bartstoppeln machten ihn um Jahre älter.

»Und wir sind auch da!«, riefen die Zwillinge, »Überraschung, du Quickie!«

»Hach, die kleinen Damen!« Valtonen schien sich unglaublich über meine frechen Enkelkinder zu freuen.

»Wir sind keine kleinen Damen! Und du bist fast tot, oder?«, fragte Quell oder Pinie.

»Aber nur fast!«, antwortete Valtonen.

Es erwies sich nun als günstig, dass ich die Zwillinge dabeihatte: Wir drei Erwachsenen hätten leise über verstopfte Arterien im Speziellen und den Tod im Allgemeinen gesprochen und uns davor gedrückt, wirklich

Tacheles zu reden. Das erledigten jetzt meine Enkelkinder. Vierjährige quatschten nicht um den heißen Brei herum, und so fragten die Zwillinge alles, was sie wissen wollten.

»Quickie, hast du geweint, als du dachtest, du stirbst?«

»Woran hast du gemerkt, dass dein Herz stehen bleibt?«

»Ach Kinder, der Schmerz ist so riesig, da weiß man sofort, dass es schlimm ist. Und ich habe sofort gespürt, dass es vom Herzen kommt. Ich dachte wirklich, ich muss sterben. Was als Nächstes passiert ist, weiß ich gar nicht mehr genau. Ob ich angefangen habe zu weinen oder so, das müsst ihr Pike fragen. Sie war da und hat mir das Leben gerettet.«

Er bedachte Pike mit einem warmen Blick. Die zupfte verlegen an ihren Filzhut-Zipfeln. Bis Valtonen ihre Hand nahm und fest in seine schloss.

»Du liebe Güte, kaum kriegt der Herr einen Infarkt, wird er gefühlsduselig«, wehrte Pike ab. »Ich würde ja eher sagen, dass die Sanitäter dir das Leben gerettet haben.«

Pike erzählte den Kindern von der Fahrt mit dem Krankenwagen. »Bevor die Medizin und der Sauerstoff gewirkt haben, ist Valtonen ganz lila gewesen. So lila wie diese Blume hier auf meinem Schal!«

Die Kinder waren fasziniert und versuchten, durch Luftanhalten genauso lila zu werden, was jedoch nicht klappte.

»Wie, wir sind nur leicht rosa?! Aber dafür sind wir nicht halb tot!«, sagte Quell oder Pinie.

»Aber Quickie ist vielleicht auch nicht mehr halb tot. Er

hat ja jetzt diese ganzen Schläuche mit der Medizin drin«, sagte der andere Zwilling.

Valtonen kicherte vergnügt. »Ich würde sagen, ich bin schon fast wieder quicklebendig. Hier, auf dieser Anzeige könnt ihr meinen Herzschlag verfolgen. Sehr stabil, oder?« Die Zwillinge tippten auf den Monitor, der zu ihrer Enttäuschung kein Touchscreen war.

»Du, Quickie, wieso haben denn nicht alle so eine Anzeige? Dann wüsste man immer, ob man gesund ist oder gleich stirbt.«

»Vielleicht ist das sogar eines Tages so, dass man sich ständig überwachen kann.«

Dann wurde Valtonen ernst. Er sah zwar noch die Kinder an, doch ich wusste, dass er eigentlich mich und Pike meinte. »Ich habe zusätzliche Zeit geschenkt bekommen. Es war ein Riesenglück, dass ich nicht allein zu Hause war, als es passierte. Meine Katze hätte nicht helfen können. Und viele alte Menschen sterben unbemerkt allein zu Hause.« Er schluckte und wischte sich eine Träne aus dem Auge. »Ab jetzt werde ich noch viel mehr Zeit mit Pirkko verbringen.«

»Deine Katze heißt Pirkko?«

»Wo ist sie denn?«, wollten die Zwillinge wissen und robbten sofort unter das Krankenhausbett, wo sie statt einer Katze jede Menge Wollmäuse fanden.

»Pirkko bin ich!«, sagte Pike, »und die Katze heißt Fjodor. Aber Moment mal, wer kümmert sich jetzt eigentlich um Fjodor, wer füttert ihn? Nicht, dass er uns auch noch stirbt!«

»›Auch noch‹? Pirkko, nicht mehr lange, und ich bin wieder genauso munter wie du«, sagte Valtonen und wirkte ein wenig beleidigt, war er doch gerade tapfer in seine Nachspielzeit gestartet.

»Aber immerzu und überall diese Todesattacken, das kann einem wirklich die Laune verderben«, sagte Pike und schmollte. Als würden die Leute das mit Absicht machen! Da fiel mir Hellu ein, und ich spürte einen dicken Kloß im Hals. Jetzt war vermutlich nicht der richtige Moment, um den anderen von ihrer Krankheit zu erzählen.

»Es kümmert sich niemand um die Katze? Das können *wir* doch machen!«, schlug einer der Zwillinge vor.

»Ja, *wir* nehmen die Katze!«, brüllte der andere.

Die beiden holten sich eine Ladung Staub unter dem Krankenhausbett hervor und formten daraus eine Art Katze.

»Ist das euer Ernst? Dann müsstet ihr das Tier in Kerava abholen! Ich hätte sogar den Schlüssel dabei.«

Pike kramte Valtonens Haustürschlüssel aus ihrer Handtasche. Soso, die beiden waren also schon auf der Ebene des Schlüsseltausches angelangt. Da hatte ich wohl einiges nicht mitbekommen. Valtonen erklärte den Kindern, was Fjodor zu welcher Uhrzeit zu essen bekam, und Pike erklärte den Weg vom Bahnhof Kerava zu Valtonens Wohnung, sogar eine Skizze zeichnete sie. Es fiel ihr eindeutig leichter, sich um Praktisches zu kümmern als um Valtonens Herzinfarkt und wie es mit ihm weiterging. Ich verstand das nur zu gut. Auch ich fragte mich allerhand, wagte es aber nicht auszusprechen: Wie lange musste er noch im Krankenhaus bleiben? Wie lange würde er Infusionen brauchen? Er sah nicht so aus, als könnte er in den nächsten Tagen entlassen werden. Vielleicht war es auch viel ernster, als ich zunächst gedacht hatte, und Valtonen bräuchte eine Bypass-Operation? Dafür würde man den Brustkorb öffnen müssen, ein großer Eingriff, von dem manche sich monatelang erholen mussten. Leider fragten auch die furchtlosen Zwillinge nicht mehr weiter nach Valtonen, für sie ging es jetzt nur noch um die Katze.

»Fjodor wird es sicher gut bei euch haben«, sagte Valtonen und lächelte, »ihr seid anständige Jungs.«

»Jungs? Welche Jungs?« Die Zwillinge kicherten.

Ich fühlte mich miserabel. Die Kinder freuten sich auf Fjodor, Pike plapperte vor sich hin, und Valtonen strahlte, als wäre er neugeboren. Immer wieder galt sein Blick Pike, die innerhalb weniger Wochen und erst recht seit gestern von der Affäre zur Schutzheiligen aufgestiegen war. Ab sofort würden die beiden bis ans Ende ihrer Tage aneinanderkleben, dem Herzinfarkt sei Dank. Vor lauter Gram hätte ich fast die Zimtschnecken vergessen.

Auf denen saß gerade einer der Zwillinge.

»Huch, da ist was zu essen unter meinem Popo«, sagte Quell oder Pinie, »da, ihr könnt alle mal probieren.«

Valtonen schmachtete die platte Zimtschnecke an, schüttelte aber den Kopf.

»Seppo, bist du bescheuert? Du wirst doch jetzt, wo du

noch mal Extrazeit gekriegt hast, nicht zum Gesundheitsapostel werden?«, krähte Pike.

Valtonen gehorchte und biss in das frische Hefegebäck, sah aber aus, als fürchtete er, bei einer Missetat ertappt zu werden.

»Jetzt werd doch mal locker«, sagte Pike. »Hier, ich habe auch Kaffee für dich. Und zwar mit extra viel Sahne.«

Zufrieden schlürfte Valtonen die fettige Plörre, sein Widerstand war gebrochen. Erst recht, als Pike einen Flachmann aus ihrer Handtasche kramte und einen Schuss Wodka in einen Dosierbecher goss. »Trink, das hilft dir auf die Beine.« Pike setzte Valtonen den Becher an die Lippen.

»Wir wollen auch auf die Beine!«, riefen die Zwillinge.

Pike goss ihnen Wasser in zwei Plastikbecher, und da auch der Wodka durchsichtig gewesen war, gab es keinen Protest. Valtonen bekam immer mehr Farbe. Er holte seine Urinflasche unter dem Bett hervor und präsentierte sie den Zwillingen als Plastikschwan.

»In den pinkelt man, wenn man nicht zur Toilette gehen kann. Der ist extra für Männer gemacht.«

Die Zwillinge lachten und sagten, dass sie zu Hause auch so einen Schwan hätten, aus Glas, aber eher in der Form einer Giraffe. Nach einer Weile wurde klar, dass es sich um eine Design-Karaffe handeln musste.

»Mensch, ich könnte meinen Plastikschwan doch auch als Giraffe benutzen und mit nach Hause schmuggeln!«, sagte Valtonen. »Aber erst muss ich ihn gut auswaschen.«

Jetzt meldete sich der Patient hinter der Trennwand zu Wort, und zwar mit einem vielsagenden Räuspern. Die Zwillinge schauten kurz um die Ecke und kommentierten: »Der sieht aber auch ziemlich tot aus«, woraufhin das Räuspern noch lauter wurde. Wir begannen sofort zu flüstern, was die Zwillinge furchtbar komisch fanden. Ich dagegen fand, dass es langsam Zeit wurde, unseren Besuch zu beenden – wir waren schon lange da, der Patient hatte erst gestern einen Herzinfarkt gehabt; außerdem mussten die Zwillinge bestimmt bald aufs Klo.

»Wir sollten mal aufbrechen«, sagte ich entschieden. Aber das schien Pike und Valtonen nicht zu passen, sie drucksten herum und redeten schließlich – über Hellu.

»Ihr wisst von ihrem Krebs? Diesem Ewing-Sarkom?«, schaltete ich mich ein.

»Natürlich, sie ist ja meine Schwester«, sagte Valtonen und wandte sich wieder Pike zu. Die beiden sprachen in aufgeregtem Ton.

Ich war also gar nicht Hellus erste Gesprächspartnerin gewesen. Womöglich hatte ich es als Allerletzte erfahren! Gleichzeitig fand ich es kindisch und egoistisch, wegen so etwas verstimmt zu sein. Aber ich konnte es nicht beiseitewischen – ich war enttäuscht. Zu gerne hätte *ich* das Thema aufgebracht und den anderen von Hellus Situation erzählt.

Bei Valtonen setzte jetzt Galgenhumor ein.

»Wenn ich gestern gestorben wäre, hättet ihr mich auf Eis legen und abwarten können, bis es Hellu erwischt, und uns dann in einem Abwasch beerdigen können. Wäre auch deutlich billiger geworden.«

Bei Pike dominierte der zynische Blick:

»Ich finde das mal wieder typisch Hellu. Dass es eine so seltene Krankheit sein muss! Kein Wunder, wenn man ständig zum Arzt rennt und jeden Quadratmillimeter durchchecken lässt. Sogar das Arschloch und den Darm! Wenn ich mich so anstellen würde, würde man bei mir bestimmt auch was finden, vielleicht sogar Ewing, Müller und Schulz auf einmal! Ich glaube, Hellu braucht Aufmerksamkeit. Und ich wette, dass sie es Seppo übel nimmt, dass *er* jetzt im Mittelpunkt steht. Deshalb ist sie auch nicht hier.«

Das sah ich anders. Ich konnte mir beim besten Willen nicht vorstellen, dass Hellu mit ihrem Bruder in einem Wettstreit um unsere Aufmerksamkeit lag.

Zum Glück beendeten die Zwillinge die Situation.

»Quickie, ich brauche deinen Schwan! Ich muss mal!«

»Ich auch, ich auch!«, so krähten sie im Chor.

Gesegnete Enkelkinder! Ich hängte mir meine Handtasche um – toll, dass ich sie nicht vergaß –, nahm an jede Hand ein Kind und verabschiedete mich mit einem »gute Besserung!«, was vermutlich etwas lapidar klang.

Auf dem Gang ließen wir uns von einer Krankenschwester den Weg zur Toilette erklären.

Erst im Bus fiel den Kindern auf, dass wir das Wichtigste vergessen hatten:

»Und wann holen wir die Katze ab?«

25

Markos Riesenauto mit Vierradantrieb fuhr viel zu schnell, und das bei dichtem Stadtverkehr und Nieselregen. Mein Sohn gehörte zu der Sorte Mensch, die am Steuer ihre schlimmsten Seiten zeigten. Natürlich war es immer die Schuld der anderen, wenn es nicht voranging, die Ampel auf Rot sprang oder sein dickes Auto nicht auf die schmale Rechtsabbiegerspur passte.

Aber wenigstens half er mir mal, und sogar Susanna war mitgekommen. Wir wollten zu IKEA und ein neues Bett für mich kaufen, ich musste mich dringend von der alten Ehebett-Hälfte verabschieden.

»Wusstet ihr, dass in den USA viele Menschen nicht mehr in die normale Sarggröße passen?«, plauderte ich.

Ich saß neben Marko, Susanna nuckelte hinten an einer Wasserflasche. Ganz im Trend der heutigen Erwachsenenwelt, immerzu Flüssigkeit aufnehmen, edelstes Helsinkier Leitungswasser! Ich fand, das sah kindisch, fast babyhaft aus. »Die müssen jetzt wirklich das Sargmaß verbreitern«, redete ich weiter, in der Hoffnung, die Laune meiner Mitreisenden zu heben.

»Ich check echt nicht, was die will, die Alte«, murmelte

Marko. Er musste mich meinen! Aber vielleicht auch nicht, denn er fuhr gerade fast bei einer alten Dame auf, die ihren kleinen roten Pkw nur langsam voransteuerte und sich mit ihrem steifen Hals sicherlich nicht mehr gut nach hinten umdrehen konnte. So was fragten die Ärzte natürlich nicht ab, wenn es um die Fahrtüchtigkeit ging; da wurden nur alberne Reaktions- und Gedächtnistests gemacht.

»Bremsen, Marko!«, brüllte ich.

»Misch dich nicht ein, ich sitz am Steuer!«, herrschte er mich an.

Ich beschloss, das Thema zu wechseln beziehungsweise zum vorigen zurückzukehren.

»Übrigens müssen in den USA natürlich auch die Autos immer größer werden, weil so viele Leute übergewichtig sind. Die passen einfach nicht mehr auf die Sitze. Also macht man die Autos größer und die Fahrbahnen breiter und die Parkplätze auch. Statt dass alle zu Fuß gehen und vielleicht ein bisschen abnehmen!«

»Jesus, was du da vor dich hinquatschst …«

Interessant, wie er mit mir redete. Ich zog es nun vor zu schweigen. Susanna nuckelte weiter an ihrer Wasserflasche. Irgendwann kurvte Marko – mit viel zu hohem Tempo – auf einen Parkplatz. Der allerdings kein IKEA-Parkplatz war. Wir standen vor einem Elemente-Haus aus Beton – einem Altenheim! Das war ja die Höhe! Hierher also wollen meine Kinder mich abschieben? Das zeugte ja wirklich von ganz großer Elternliebe. Ich starrte die beiden fragend an.

Marko tat, als sei er mit der Handbremse beschäftigt. Susanna stammelte:

»Lass es uns doch einfach anschauen, Mama.«

Das Altenpflegeheim *Finale* war um die Jahrtausendwende gebaut worden, als die Bevölkerung zunehmend älter wurde und der Bedarf an letzten Wohnstätten förmlich in der Luft lag. Solche hässlichen Riesenschuhschachteln schossen seither wie die Pilze aus dem Boden, bevorzugt an den Stadträndern, wo sie mit dem Zusatz »in ruhiger, grüner Lage« beworben wurden. Hier hieß das konkret, dass rund um den gewaltigen Parkplatz ein paar mickrige halbwüchsige Bäume standen, einige von ihnen schon tot, und hinter dem Haus ein ungepflegter Grünstreifen wucherte, perfekter Treffpunkt für alkoholisierte Jugendliche und andere zwielichtige Gestalten. Am Ende der Straße gab es ein Bürogebäude mit irgendeinem Behörden-Ableger darin und einen klobigen Bau mit kleinen Mietwohnungen; die Architektur war genauso hässlich wie die des Altenheims. An der Wand des Bürogebäudes hing ein Briefkasten, gegenüber befand sich eine einsame Bushaltestelle, weshalb das Altenheim vermutlich stolz behauptete: beste Anbindungen und Dienstleistungen.

»Herrlich, wie ruhig es hier ist«, schwärmte Susanna verbissen und sah ungeduldig zu, wie ihr Bruder ein Parkticket zog und hinter die Windschutzscheibe legte.

»Hast du keine App, mit der du das Parken regeln kannst?«, fragte ich Marko, der mich geflissentlich ignorierte.

Wir standen nebeneinander vor dem *Finale* und blickten stumm die Fassade empor. Öder Beton, von etlichen Regenphasen und Mikroorganismen stellenweise bräunlich oder grünlich eingefärbt. Nirgends ein einziges Fenster, jedenfalls nicht auf dieser Seite. Meine Kinder wussten wohl nicht, was sie sagen sollten; anscheinend war diese Hausansicht nicht auf der Website aufgetaucht. Also musste ich die Situation in die Hand nehmen.

»Aha, in diesen Knast wollt ihr mich also sperren. Na, mal sehen, vielleicht gibt es ja auf den anderen Seiten Fenster«, witzelte ich und marschierte voran. Wenn ich nun schon hier war, wollte ich auch das Beste daraus machen.

Susanna lachte gezwungen, Marko überholte mich mit böser Miene. Vor uns öffnete sich eine vollautomatische Tür. Ein Heimbewohner im Rollstuhl saß auf der anderen Seite und fuhr immer wieder vor und zurück, um den Öffnungsmechanismus auszulösen. Bei jedem Auf und Zu ertönte ein lautes Bimmeln, worüber der alte Herr im Rollstuhl freudig kicherte.

Ich ließ mich gern von seiner Fröhlichkeit anstecken:

»Toll, diese Tür ist die reinste Disco!«

Marko hakte mich streng unter und zerrte mich weiter, sein Griff war autoritär, ohne jedes Gefühl. Ich fand das entmündigend. Susanna hetzte neben uns her. Wir gingen auf eine verdrossen dreinblickende Frau in blauem Kittel zu, auf deren Ansteckschild statt eines Namens nur *Leiterin Kundenservice* stand.

»Wir hätten hier eventuell eine neue Patientin«, stellte Marko mich vor.

»Kundin«, korrigierte die Frau ihn, »wir sprechen von Kunden. Und wenn sie hier einziehen, nennen wir sie Bewohner.«

Sie erklärte Marko und Susanna über meinen Kopf hinweg das *Finale*-Konzept: Vertrautheit durch genug Platz in den Zimmern für eigene Möbel und durch das Tragen eigener Kleidung, sogar noch in der höchsten Pflegestufe, und dazu eine bunte Palette gemeinschaftlichen Lebens. Was für ein Fest! In den Gängen allerdings herrschte Totenstille. Wo war der kichernde Bridge-Club, wo diskutierte der Lesezirkel? Weiter hinten auf einem Ecksofa saßen zwei schielende Damen, vermutlich meine Altersgenossinnen, und übten sich in Schweigen.

»Sie sind also Ulla-Riitta!«, sagte die *Leiterin Kundenservice* und packte mich aktivierend an beiden Schultern. Ihr Blick bohrte sich in meine Augen und bis in den Stirnlappen meines Hirns hinein – eine erste Einschätzung meiner geistigen Verfassung. Ich glotzte zurück und sagte keinen Ton, was mich natürlich als typische Demente dastehen ließ.

»In diesem Zustand befinden sich hier bei uns die meisten, sie würde ideal reinpassen«, sagte sie zu meinen Kindern, wodurch sie eine niederträchtige Allianz mit ihnen schloss und mich kaltherzig außen vorließ. Sie war garantiert eine geldgierige Geschäftsfrau, die allerhöchstens eine kurze Zusatzausbildung im Pflege-Sektor absolviert hatte. Für meine Kinder aber war sie genau die Richtige; endlich jemand, der ihnen im Umgang mit der problematischen Mutter tatkräftig unter die Arme griff.

»Sie macht verrückte Immobiliengeschäfte …«

»… hat oberflächliche Bettgeschichten und trinkt regelmäßig …«

»… beginnt mit komischen Hobbys wie Hot Yoga …«

»… ist manchmal aber auch depressiv …«

»… und weigert sich, zum Arzt zu gehen.«

Das genügte vollauf. Wir starteten die Kennenlernrunde und wurden durchs Gebäude geführt. Ich tat, als wäre alles in bester Ordnung, und sah mich aufmerksam um. Immerhin hatte ich einen solchen Ort noch nie von innen gesehen.

»Die ersten Tage kann sie in einem eigenen Zimmer wohnen, die Küche und das Wohnzimmer werden zu dritt geteilt. Wenn wir dann alle Einordnungstests durchhaben, werden wir den Pflegebedarf und die Wohnsituation endgültig festlegen.«

Wir fuhren mit dem Fahrstuhl – in dem die Stockwerke von einer lauten Computerstimme angesagt wurden – in die erste Etage und bestaunten das schmuddelige Türkis der Wände.

»Jeder Stock hat seine eigene Farbe«, erklärte die Frau. »So können die Bewohner sich besser orientieren.« Sie warf einen routinierten Seitenblick auf mich und versuchte dabei mild zu lächeln.

»Die Bewohner und auch *ich*?«, hakte ich nach.

»Wir alle, auch ich und meine Kollegen finden uns dann noch besser zurecht«, sagte sie und tätschelte mir das Haar, als wäre ich eine Zweijährige. Ich hätte ihr eine reinhauen können oder sogar die Schulter auskugeln. So ein Biest!

»Wenn Sie Probleme haben mit Farbtönen oder sogar Grauer Star vorliegt, organisieren wir Ihnen gern eine OP in Estland, ganz ohne lange Wartezeiten.«

Sie öffnete eine Tür und führte uns in einen kleinen Raum. Dabei tat sie, als würde sie uns das Grab des Pharaos persönlich zeigen.

»Das ist ja superschön!«, kiekste Susanna. »Und dieses Eckchen mit Blumen und Kerzen! Wie gemütlich. Ist das ein Meditationsraum?«

»So könnte man es auch ausdrücken, ja. Dies ist der Raum für Sterbebegleitung. Das *Finale* ist ein Ort, an dem auch gestorben werden darf, und das mit voller Palliativpflege. Wunderbar, nicht wahr? Das ist in Heimen ein seltener Servicebereich, und wir sind mit diesem Konzept äußerst erfolgreich.«

Das Konzept umfasste außerdem Massagen, »Musikberieselungsangebote«, verschiedene Zimmerbeleuchtungen, Hilfe bei der Testamentserstellung, die sogenannte Einhorn-Therapie, Darmspülungen, Spezialcremes, Schmerzmedikamente und letzte Salbungen. Meine Kinder lauschten andächtig, und ich dachte darüber nach, wie der ›Erfolg‹ des Servicebereichs Sterbebegleitung wohl gemessen wurde. Stand da eher ein schnelles oder ein langsames Sterben für Qualität? Wie wurde die Zufriedenheit der Betroffenen abgefragt? Aus Sicht des Heimes sorgten natürlich *die* Sterbenden für Erfolg, die viele Angebote in Anspruch nahmen, denn kaum eines gab es umsonst. Nur der Besuch eines evangelischen Pfarrers war unentgeltlich zu haben, die entsprechende Kirchenzugehörigkeit vorausgesetzt. Allerdings hatte man dann in der Regel jahrzehntelang Kirchensteuer gezahlt. Ich überschlug, wie viel mich die letzte Segnung und Vergebung meiner Sünden zum jetzigen Zeitpunkt gekostet haben würde. Gar nicht so leicht, diese Matheaufgabe. Während ich noch zu rechnen versuchte, entdeckte ich in der Ecke des Raumes ein schmales Bett, in dem bis vor Kurzem jemand gelegen haben musste – auf der Matratze war der Abdruck des Körpers noch deutlich zu erkennen.

»Ich werde mal ein bisschen probeliegen«, verkündete ich und warf mich auf das Sterbebett. »Ist es richtig so?«

Ich lag schnurgerade auf dem Rücken und kreuzte die Hände über der Brust. So sahen die Toten doch in Kinofilmen immer aus. Ich atmete einmal tief ein und aus und stellte mir vor, es wäre mein letzter Atemzug. Der Gedanke war gar nicht mal so schrecklich – aber schön natürlich auch nicht. Es wäre dann doch zu schade, ausgerechnet jetzt zu sterben, wo ich gerade wieder neue Lebensenergie verspürte und ein bisschen zu träumen wagte. Ein eigenes Zuhause hatte ich bereits, meine Freundschaften, jedenfalls die wichtigen, waren reaktiviert, und wer weiß, vielleicht fand sich auch für mich noch irgendwo ein netter alter Valtonen. Einer, der so gut küsste wie Kari Kirjosiipi vergangenen Sommer im *Immergrün*. Hach, das war viel zu lange her.

»Nach heutiger Auffassung steht jedem alten Menschen eine professionelle Sterbebegleitung zu«, riss die leiernde Stimme der Frau mich aus den Gedanken. Sie referierte über die medizinischen Gefahren in der Sterbephase und dass gegen Aufpreis auch modernste Klinikleistungen dazugebucht werden konnten. Zahlungsstarken Sterbenden winkten im großen Finale Morphiumpumpen, Diuretika, Katheter und Sauerstoffkanülen für die Nase. Das hörte sich vielleicht medizinisch überzeugend an, aber auch sehr ernst und gar nicht mehr nach dem Massagen-, Musik- und Wellnesspaket, von dem zuerst die Rede gewesen war.

»Gut, gehen wir weiter«, sagte die Frau zu meinen Kindern; mir tätschelte sie derb die Wange und zwitscherte: »Sooo, Zeit zum Aufstehen, Ulla-Maija!«

Auf dem Flur wandte sie sich wieder an Marko und Susanna: »Es tut mir leid, das sagen zu müssen, aber ihr Zustand ist wohl deutlich schlechter, als ich angenommen hatte.« Leider waren meine Ohren noch immer gut. Und auch Markos triumphierender Blick entging mir nicht, er sah aus wie früher, wenn er dreimal hintereinander beim Monopoly gewonnen hatte.

Als Nächstes lernten wir ein Standardzimmer kennen. Die alte Dame, in deren vier Wände die Kittelfrau uns unangekündigt hineinführte, schaute verwirrt und wich scheu in eine Ecke.

»Zwölf Quadratmeter, das eigene Bad ist ebenso geräumig, alles voll behindertengerecht samt Griffen und Hebeln, eigene Vorhangstoffe sind auf Anfrage erlaubt, Jalousien gibt es gegen Aufpreis, dasselbe gilt für die Kabelprogramme im Fernsehen. Kamera- und Sensorinstallation plus Laserüberwachung gibt es zum Monatstarif.

Bei der alten Dame lief der Fernseher, und beim Anblick alter heimischer Schauspielerlegenden, die sich zu schwelgerischen Streicherklängen im Heu näherkamen, hätte ich mich wohl nostalgisch fühlen müssen. Doch nichts dergleichen. Ich ging auf die Zimmerbewohnerin zu, stellte mich freundlich vor und fragte, ob sie sich hier zu Hause fühle.

»Zu Hause? Das hier ist kein Zuhause, das ist ein Verwahrungsort, ein Abstellgleis«, sagte die Frau in bitterem Ton.

So schnell ließ ich mich nicht entmutigen. »Aber gut versorgt wird man hier doch vermutlich?«

»Pah, gute Versorgung ist etwas anderes. Ich wünschte, ich würde endlich sterben, könnte mich endlich davonmachen!«

Da griff die *Leiterin Kundenservice* ein: »Die liebe Mirja hat wohl vergessen, ihre Medikamente einzunehmen, was?«

»Ich bin nicht Mirja. Ich heiße Aune!«

»Ist ja gut, ist ja gut. Ich schicke mal schnell eine Schwester, die kümmert sich darum.« Die *Leiterin Kundenservice* wandte sich Marko und Susanna zu. »Viele sind depressiv oder haben andere psychische Symptome. Das gehört nun mal leider zur Sache.«

»Zur Sache?«, hakte ich nach, »Sie meinen, zum Alter?«

Die Einzige, die meinen Kommentar amüsant fand, war Aune.

»Hier kümmern sich sicher besonders gut ausgebildete Schwestern um die Alten, nicht wahr?«, versuchte Susanna die Stimmung aufzulockern.

»Niemand kümmert sich hier um einen, niemand!«, meckerte Aune.

Die *Leiterin* schob Aune unsanft in einen Sessel und führte uns aus dem Zimmer.

Im Fahrstuhl sprach sie angeregt mit meinen Kindern über die Preisstaffelung, im Erdgeschoss lotste sie die beiden sofort in ihr Büro. Niemand merkte, dass ich einen Gruppenraum entdeckte und dorthin ausbüxte.

In dem großen Wohnzimmer mit Küchenzeile herrschte eine überraschend gemütliche Atmosphäre. Die Heimbewohner saßen zu zweit oder in kleinen Gruppen auf dem Sofa und an den Tischen. Im Küchenbereich befand sich niemand, doch irgendwer musste Kaffee aufgesetzt haben, die Maschine war gerade durchgelaufen. An der Wand hingen Notrufnummern und Informationen zur Bedienung eines Alarmknopfs (»die Polizei ist in fünfzehn Minuten da«), außerdem eine Bilderserie zu erlaubten Überwältigungsgriffen. Ich befand mich wohl in einem Aufenthaltsraum für Demente, deren Zurechnungsfähigkeit nicht mehr garantiert werden konnte.

»Schenkst du uns Kaffee ein?«, fragte eine Langhaarige, die sich in ein großes buntes Tuch gehüllt hatte.

»Ja, also ... warum nicht«, sagte ich lahm, schritt dann aber zur Tat. In den Küchenschränken standen Becher verschiedenster Farben und Größen, auch eine angebrochene Kekspackung trieb ich auf. Ich trug alles auf den großen Tisch, goss Kaffee ein und verteilte die Becher. Meine Altersgenossinnen und -genossen blickten mich neugierig an. Doch als ich mich vorstellte, blieb jede Reaktion aus.

»Ich bin freiwillig hier, nur zu Besuch«, erklärte ich weiter.

»Haha, das kann ja jeder sagen! Stimmt aber nicht. Niemand ist hier freiwillig«, sagte die Frau mit dem bunten Tuch.

»Kekse und Kaffee! Wer ist das Geburtstagskind?«, fragte eine Bucklige mit schlecht eingesetztem Gebiss.

»Ich, Lisa!«, brüllte eine Weißhaarige und behauptete, sie würde heute fünfundzwanzig.

Kurzerhand stimmte ich ein Geburtstagsständchen für Lisa an, in das alle mit einfielen. Singen schien ihnen Spaß zu machen. Eine Lockige im Lehnsessel sang besonders kräftig, und als wir fertig waren, machte sie als Solistin mit Volksliedern weiter.

»Furchtbar! Kannst du nicht wenigstens Kirchenlieder singen?«, protestierte die Frau mit dem Tuch.

Die Lockige trällerte ungeniert weiter, schraubte ihre Stimme sogar in noch schrillere Höhen.

Die Frau mit dem Tuch schüttelte den Kopf. »So war sie schon als Kind. Hoffnungsloser Fall.«

»Sie kennen sich?«, fragte ich, »sind Sie womöglich Schwestern?«

»Schwestern? Nein, das kleine Dummchen ist meine Tochter!« Das war garantiert ausgedacht. Und sie fabulierte gleich flüssig weiter und erzählte Anekdoten von dem ungezogenen blöden Gör. Die, die zuhörten, lachten amüsiert vor sich hin.

»He, Sie«, sagte das vermeintliche Geburtstagskind zu mir, »die Alte da drüben im Rollstuhl hatte was mit dem Komponisten Sibelius.«

»Und die schönsten Beine im Landkreis hatte ich auch«, seufzte die Rollstuhldame zufrieden.

Die Frau mit dem Tuch schaltete sich gereizt ein. »Also, *ich* hatte eine Romanze mit Sibelius, er hat mir sogar dieses Tuch geschenkt!«

»Sie kannten beide unseren großen Komponisten?«, hakte ich nach.

»Nein, nur ich!«, riefen beide gleichzeitig.

»Und ich kannte obendrein den Feldmarschall Mannerheim, und der war im Bett sogar noch deutlich besser als Sibelius!«, legte die Frau mit dem Tuch nach.

Alle lachten. So laut, dass die Frau im Lehnstuhl endlich das Singen aufgab.

Dann verkündete Lisa, dass sie in Wirklichkeit siebenunddreißig wurde, und ich stimmte erneut ein Geburtstagslied an. Die Lockige im Lehnstuhl sang schon wieder entsetzlich laut. Die mit dem Tuch ärgerte sich darüber fast schwarz und beschimpfte ihre vermeintliche Tochter in den wüstesten Tönen. Die im Rollstuhl lobte erneut ihre Beine und natürlich auch Sibelius, woraufhin die mit dem Tuch wieder bei Mannerheims Liebeskünsten landete, die ja um Längen besser wären. Und noch mal allgemeines Gelächter.

Als dieser Ablauf sich drei weitere Male wiederholt hatte, betrat endlich jemand Neues die Bühne: Pentti, ein Mann Mitte vierzig, den das Arbeitsamt im Zuge einer Aktivierungsmaßnahme schickte, wie er erklärte. Also wohl ein Langzeitarbeitsloser. Pentti ging in den Küchenbereich, holte tiefe Teller aus dem Schrank und klatschte in jeden eine Kelle grauen Haferbrei. Ich sprang ihm bei, indem ich die Kaffeebecher vom Tisch räumte und für Platz sorgte. Doch leider schien ihn meine Hilfsbereitschaft nervös zu machen.

»Setzen Sie sich bitte«, sagte er im Befehlston.

Ehe ich protestieren konnte, hatte er mich unsanft auf einen Stuhl gedrückt. Derweil hatten die anderen eine neue Runde im Sibelius-Mannerheim-Karussell gedreht, natürlich begleitet vom schrillen Gesang der Lockigen. Pentti stellte jedem eine Portion Brei vor die Nase, meine war besonders groß. Als ich dankend ablehnte, stopfte er mir grob einen Löffel voll in den Mund.

»Was zum Teufel machen Sie da?«, brüllte ich so laut, dass der Brei durch die Gegend spritzte, leider auch auf das schöne Tuch meiner Nachbarin.

»Das hat mir Sibelius geschenkt, und ich trage es nicht

umsonst jeden Tag!«, giftete sie mich an. »Wehe, der Brei geht bei der Wäsche nicht raus. Der Stoff ist aus edelstem Leinen! Sibelius hat selbst immer nur Leinen getragen, weiße Leinenanzüge.«

»Das ist doch kein Leinen, das sehe ich sofort«, widersprach ich.

»Sie müssen jetzt sofort anfangen zu essen«, schaltete Pentti sich ein und zerrte an meinem Arm, »wenn einer nicht isst, dann essen alle nicht.«

Es stimmte. Die mit dem schlecht sitzenden Gebiss und die laute Sängerin lehnten ihren Brei ebenfalls ab und wollten lieber tanzen. Nach einigem Suchen entdeckten sie im Regal das Radio und drehten es voll auf. Gerade lief das einmal wöchentlich gesendete Nachrichtenprogramm in lateinischer Sprache.

»Oh, meine Lieblingssendung! Die Börsenkurse aus Frankfurt!«, rief die Sängerin.

»Unsinn, da wird gerade aus der Bibel vorgelesen«, sagte das Dauergeburtstagskind Lisa. »Ha, ich bin mein ganzes Leben nicht religiös gewesen, und das wird sich auch jetzt nicht mehr ändern! Ich will tanzen, und zwar zu Ballmusik!«

»Schon wieder essen? Wir haben doch gerade eben erst …«, seufzte eine Dame mit riesiger Brille und schob ihren Breiteller weg.

Pentti starrte mich wütend an und ging in den Küchenbereich, wo er sich vor die Liste mit den Notfallnummern stellte.

»Bitte nicht, wir kriegen das alles hin! Hören Sie, ich bin keine Patientin, ich meine, Bewohnerin, ich bin nur zu Besuch da!«

»Das sagen sie alle«, brummte Pentti und holte sein Handy raus.

»Was machen Sie? Stopp, es ist alles gut, ich bin wirklich nur heute hier!«, sagte ich und versuchte, ihm das Handy aus der Hand zu reißen.

Zu spät.

Nach ein paar weiteren Runden des Sibelius-Spiels und ein paar ungelenken Polkatänzen zum Rhythmus der lateinischen Sprache stand plötzlich ein junger Mann vor mir, der sich als Polizist verkleidet hatte. Jedenfalls wirkte er auf mich zu jung, um ernsthaft einer zu sein.

»Diese hier ist es?«, fragte er und zeigte auf mich.

Pentti nickte. »Jep. Macht große Probleme.«

»Entschuldigung«, schaltete ich mich ein, »das ist alles ein dummes Missverständnis. Dürfte ich mal kurz meine Tochter anrufen? Die holt mich dann gleich ab. Wenn Sie mir nicht vertrauen, können Sie sie auch gern selber anrufen.« Zum Glück fiel mir sogar gerade ihre Nummer ein.

Wieso verließ ich mich plötzlich auf Susanna? Sie wollte doch nichts sehnlicher, als dass ihre Mutter im Demenzheim saß und da nie wieder rauskam. Deshalb war ich ja überhaupt erst hier gelandet. Der Polizist tippte die Nummer ein, lauschte kurz, steckte sein Handy dann zurück in die dafür vorgesehene Brusttasche und holte Handschellen hervor:

»Die Nummer ist leider nicht vergeben.«

Du liebe Güte! Hatte Susanna ihr Stundenlimit überschritten? Es wäre nicht das erste Mal.

»Moment, Sie können auch meinen Sohn anrufen, aber da müsste ich mal eben die Nummer in meinem Handyverzeichnis nachschauen.« Leider lag meine Handtasche irgendwo drüben in der neu gegründeten Tanzecke.

»Ich würde ihr nicht vertrauen«, warnte Pentti den Polizisten, »sie hat mich rabiat angegriffen, als ich sie füttern wollte.«

Jetzt erschien eine junge Frau mit Zöpfen, die Gesundheitssandalen und einen Kittel trug, den gleichen wie die *Leiterin Kundenservice*.

»Oho, was machst *du* denn hier, Jaska?«, begrüßte sie den Polizisten, den sie gut zu kennen schien. »Gibt es mal wieder Probleme?«

Und noch einmal wurde behauptet, ich sei gefährlich, würde die Nahrungsaufnahme verweigern und meine Mitmenschen attackieren. Ich stritt das lautstark ab:

»So ein Quatsch, hier war alles in bester Ordnung, bis dieser Pentti kam. Den hat das Arbeitsamt wohl ein bisschen zu sehr aktiviert, würde ich sagen! Ich bin hier nur zu Besuch, meine Kinder sitzen gerade im Büro und lassen sich beraten, und da dachte ich mir, ich könnte ja ein bisschen mit anpacken und habe Kaffee ausgeschenkt. Es lief alles friedlich, wir haben über Frauenbeine diskutiert und über Sibelius, und jetzt wird getanzt.«

Die junge Frau warf einen kurzen Blick Richtung

Tanzfläche, auf der es fröhlich zuging, dann musterte sie Pentti.

»Sie schaffen es also nicht, eine nette alte Frau zu füttern?«

Pentti ließ die Schultern eine Etage tiefer sacken.

»Immer dasselbe mit denen vom Arbeitsamt«, sagte sie jetzt zu dem Polizisten, »die bringen hier nur Chaos rein, anstatt uns zu entlasten.«

Ich versuchte zu beschwichtigen, doch niemand achtete auf mich. Die junge Frau schickte Pentti und den Polizisten nach Hause beziehungsweise auf die Wache und nickte mir wohlwollend zu. Als ich noch mal erklärte, wie ich hierher geraten war, herrschte sie mich jedoch rüde an: »Genug gesabbelt, jetzt geht's rüber an den Tisch zum Breiessen, aber zacki zacki!«

Ich musste eine Menge Zähigkeit und Geduld aufbringen, um mich aus der heiklen Lage herauszumanövrieren. Es brauchte einen kurzen Demenztest und einen Anruf im Büro, wo meine Kinder schon drauf und dran waren, mehrseitige Vereinbarungen zu unterzeichnen. Als die beiden und die *Leiterin Kundenservice* endlich kamen und mich abholten, sagte die junge Frau mit den Zöpfen entschuldigend:

»Tut mir leid, ich habe mein Passwort für das Bewohner-Register vergessen, sonst hätte ich ja nachschauen können, ob sie zu uns gehört.« Bei *mir* hat sie sich natürlich *nicht* entschuldigt. »Außerdem, wie soll ich ohne Test gesunde und demente Alte unterscheiden? Die Grenzen sind doch so fließend.«

Die *Leiterin* presste die Lippen zusammen, hakte mich unsanft unter und zerrte mich bis in ihr Büro. Dort machte ich mich los und ließ meinem Ärger freien Lauf. Ich schleuderte Susanna und Marko meine ganze Enttäuschung entgegen.

»Wie blind seid ihr eigentlich? Dieser Ort ist die Hölle auf Erden! Hier kriegen mich keine zehn Pferde hin, und wenn ihr mir eine Million Euro dafür gebt! Ungehobelte Aushilfen, die einem faden Brei in den Mund stopfen wollen! Ihr solltet euch wirklich schämen.«

»Aber Mamilein«, setzte Susanna an, doch ich ignorierte sie.

»Endlich habe ich ein eigenes kleines Zuhause im schönsten Stadtteil Helsinkis, und zum ersten Mal im Leben muss ich mich um niemanden kümmern, verdammt! Ich stehe auf eigenen Beinen, kann mich versorgen und brauche absolut keine Hilfe, jedenfalls *noch* nicht!«

»Das ist es ja gerade«, warf Marko altklug ein, »man weiß nie, wie lange noch. Wir möchten einfach nur vermeiden, dass es überhaupt zu einer unschönen Situation kommt.«

»Ihr Sohn sieht das ganz richtig.« Immerhin siezte die Frau mich jetzt. »Sie könnten bei uns in der entsprechenden Stufe einsteigen und noch relativ eigenständig leben. Allerdings habe ich Ihre lieben Angehörigen so verstanden, dass Sie wohl gar nicht mehr so selbstständig –«

»Meine lieben Angehörigen? Das sind geldgierige Erben, die sich vollkommen rücksichtslos in mein Leben einmischen! Spielen hier einfach die Bevollmächtigten! Wenn die sich so schlimme Sorgen um die Zukunft machen, dann sollen die doch selbst hier einziehen in diese beschissene Breianstalt! Das ist dann auf alle Fälle schön rechtzeitig! Wirklich, hier komme ich nur über meine Leiche her, und tot wollen Sie mich hier ja sicher *nicht* mehr haben.«

»Aber Sie sind genau in dem Alter, in dem –«

Das war erst recht ein rotes Tuch für mich.

»Himmel Herrgott, immer geht es nur um mein Alter! Ich bin eine vierundsiebzigjährige kerngesunde Frau, und zum ersten Mal im Leben habe ich die Chance, frei über mich zu bestimmen! Ich kann kommen und gehen, wann und wie ich will. Und das werde ich verdammt noch mal genießen! Wenn Sie jetzt bitte so gut wären und mir ein Taxi bestellen würden, und zwar auf der Stelle!«

Leicht überrumpelt griff sie nach dem Telefon und kam meiner Bitte nach. Dann wandte sie sich an Marko.

»Sie sollten die Unterlagen dennoch mitnehmen. Aufbrausende Persönlichkeiten wie Ihre Mutter überlegen es sich schnell anders, sobald die Wut verraucht ist. Das könnte sogar schon auf der Taxifahrt passieren. Ich kann vorsorglich gern einen Termin für die Einstufungstests reservieren.«

Sie begriff wirklich überhaupt nichts. Oder sie war einfach nur geschäftstüchtig und wollte mich auf Teufel komm raus in ihr Betonsilo lotsen. Während ich nach draußen ging, um auf das Taxi zu warten, überschlug ich, was das

Altenheim an mir verdienen würde. Angenommen, ich lebte noch zwanzig Jahre, was ja durchaus möglich wäre, und würde monatlich dreitausend Euro zahlen, dann … Moment mal, die würden tatsächlich 720.000 Euro an mir verdienen.

Mit dem Geld könnte ich eine Menge großartiger Dinge unternehmen, ha!

An der Tür spielte der Mann im Rollstuhl noch immer das Auf-und-zu-Spiel. Ich klopfte ihm freundschaftlich auf die Schulter und ging mit erhobenem Kopf auf das schwarze Taxi zu, das mich an diesem Tag unangenehm an einen Leichenwagen erinnerte.

26

Die Ärzte hatten Valtonen noch mal offiziell Nachspielzeit gewährt, und nach einer unaufwendigen Arterienerweiterung mit Ballondilatation – es war also kein Aufsägen des Brustkorbs nötig gewesen – durfte er nach Hause. Im Gepäck allerdings ein paar neue Regeln zur Lebensführung und die Verschreibung einer täglichen Medikamentendosis. Ein guter Nebeneffekt dieser Geschichte: Pike trieb es nicht mehr ganz so doll und reduzierte ihren Alkoholkonsum. Und immer öfter bekam ich Fotos von Pärchen-Spaziergängen in der grünen Umgebung von Kerava. Einen solchen Wandel hätte ich ihr gar nicht zugetraut.

Mein Leben wurde stiller. Susanna und Marko waren noch immer sauer wegen meines »Benehmens« im *Finale* und hatten die regelmäßigen Überprüfungsanrufe ausgesetzt. Zu meiner eigenen Überraschung vermisste ich ihre übertriebene Fürsorge und aufgesetzte Empathie. Offenbar hatte ich mich an die Pflichtanrufe gewöhnt, jedenfalls waren sie Bestandteil meiner Alltagsroutine gewesen. Den einzigen regelmäßigen Kontakt pflegte ich jetzt mit Hellu, die ich häufig anrief. Es fiel mir nicht immer leicht, ihr anstrengendes Auf und Ab zu begleiten, aber ich hatte verdammt noch mal stark zu bleiben. *Sie* musste ja gehen, nicht ich; mir blieb noch Zeit, wenn ich auch nicht wusste, wie viel.

»Guck mal, wie ich aussehe! Ist es sehr schlimm?«, fragte Hellu bei einem Handygespräch mit Livebild. Sie musste Cortisol einnehmen und war entsprechend rot und aufgedunsen. Ich wusste nicht, wie ich das hätte beschönigen sollen; ich neigte ja leider ohnehin zu ehrlichen Antworten.

»Ach, Hellu, lass uns einen Spaziergang machen«, wich ich aus und war froh über diese Idee.

Mit diesem Spaziergang begründeten wir eine neue kleine Tradition – in unserem Stammcafé saßen wir fast gar nicht mehr. Hellus Gang wurde jedoch beinahe von Mal zu Mal langsamer, ihre Haltung gebeugter. Oft mussten wir zum Durchatmen anhalten und warten, bis Hellu sich bereit fühlte für die nächsten Schritte. Eng nebeneinander und fest untergehakt schafften wir es einmal um den Block. Mehr war nicht realistisch, da konnte ihr Armdruck noch so kräftig wirken.

Auch wenn es guttat, Zeit mit ihr zu verbringen, machten diese Treffen mich natürlich auch traurig und nachdenklich. Das war es also gewesen mit der Aussicht auf einen schwungvollen Lebensherbst? War uns nur ein kurzer Altweibersommer vergönnt worden, dem ein strenger Winter folgte? Wie naiv von mir zu glauben, wir würden noch mal neu beginnen können! Meine grau nachwachsenden Haare sagten ein Übriges. Mit der kastanienbraunen Färbung hatte ich mich nur eingelullt, ja betrogen! Im Sommer würde ich fünfundsiebzig werden, ich war alt, ich war verwitwet und die Oma anstrengender Enkelkinder, und mich brauchte niemand außer der sterbenden Hellu – derzeit als Begleitung für kurze Spaziergänge. Ich selbst hatte abgenutzte Gelenke, steife Beine, tränende Augen, Altersflecken überall und immer mal wieder das eine oder andere Zipperlein.

Als ich eine Abendzeitung mit dem Aufmacher »Sex im Alter« kaufte, wurde ich wieder einmal enttäuscht: Man hatte Fünfzigjährige interviewt, die älteste Person war gerade mal sechzig! Alle hatten einmal pro Woche Sex und priesen ihr »Alter« als die beste Zeit für Sinnlichkeit überhaupt.

Mir blieb wohl nichts anderes übrig, als in Würde zu altern. Nur weniges war lächerlicher als ein alter Mensch, der sich demonstrativ jung gab. Das kam für mich wirklich nicht infrage. Aber welche Möglichkeiten hatte ich denn als Seniorin? Als Politikerin wäre ich gerade noch im besten Präsidentinnenalter, aber ich war keine Politikerin. Ich musste etwas anderes Sinnvolles finden, wenn ich nicht im Schaukelstuhl sitzen und Quadrate für Wolldecken häkeln wollte (was man von alten Frauen wohl am ehesten erwartete). Als Erstes fielen mir folgende Dinge ein: Socken stricken für Wohltätigkeitsbasare, Brote und Kuchen backen für Versammlungen, politischer Einsatz als Wahlhelferin, Kochkurse für Flüchtlinge, Chorsingen mit anderen Senioren, Märchenvorlesen in Bibliotheken. Alles nicht verkehrt, doch alles nichts für mich. Damit würde ich meine letzten Jahre nicht füllen wollen.

Irgendwann dachte ich an meinen randvollen Foto-Karton und meine Familiengeschichte. Ich könnte beides durchgehen, die Fotos und meinen Stammbaum; wer weiß, vielleicht hatte es ja im 17. Jahrhundert spannende Vorfahren gegeben, königliches Blut womöglich. Bestimmt würde ich neue Verwandte entdecken, mit denen ich ein großes Familienfest auf die Beine stellen könnte. Andererseits: So was war sehr viel Arbeit. Und ich besaß ja gleich mehrere Foto-Kartons, einer chaotischer als der andere. Vielleicht sollte ich eins nach dem anderen tun und erst einmal für Ordnung sorgen.

Für umfassende Memento-mori-Aktivitäten, wie Hellu sie angepackt hatte, fühlte ich mich noch nicht bereit, aber die Fotos zu sortieren, das würde ich schaffen. Und vielleicht käme dabei ja doch etwas Neues über meine Familiengeschichte heraus.

Hatten wir nicht neulich festgestellt, dass unser alter Klassenkamerad sich mit Ahnenforschung befasste? Wie hieß der noch mal?

»Hellu, wer war noch mal der Junge, der sich im Erdkundeunterricht beim Thema Uralgebirge in die Hose gepinkelt hat?«, schrieb ich auf meinem Handy.

Die Antwort kam prompt: »Pertti Korhonen.«

»Hast du seine Kontaktdaten?«

»Ullchen, er ist verheiratet! Und seine Frau lebt noch!«

Ich ließ nicht locker. »Ich will ihn doch nur was fragen. Es geht um Stammbäume.«

Hellu ließ sich erweichen und schickte mir Perttis Telefonnummer. Ich rief sofort an – woher sollte ich wissen, ob er WhatsApp-Nachrichten las – und fragte, ob ich stören würde. Als er begriff, wer ich war und dass ich ihm nichts aufschwatzen oder eine Umfrage machen wollte, klang er putzmunter.

»Ulla, natürlich erinnere ich mich an dich! Du hattest einen tollen roten Tretschlitten, den Seppo Valtonen dir weggenommen hat!«

»Genau, und inzwischen bin ich Witwe und überlege, ob Ahnenforschung etwas für mich sein könnte.«

Pertti war sofort Feuer und Flamme. Er führte mich in die kostenlosen Online-Angebote zur Stammbaumerstellung ein, erklärte mir, welche sich lohnten und welche nicht und in welchen Situationen ich höchstwahrscheinlich einen Abstecher in die Stadtarchive machen müsste. Mein spontaner Eindruck war: Ahnenforschung würde eher nicht mein neues Hobby werden, und ich verzichtete darauf, mir Stichpunkte zu machen. Doch Pertti redete immer weiter.

»Bist du im Zuge deiner Recherchen auf irgendetwas Spannendes gestoßen?«, unterbrach ich ihn.

»Aber gewiss! Momentan erforsche ich einen schottischen Familienzweig aus dem fünfzehnten Jahrhundert...«

Er redete jetzt noch begeisterter, doch die Inhalte wirkten auf mich zunehmend langweilig. Vielleicht konnten sich andere für Perttis Vorstoß in die gesamte Welt erwärmen, ich jedenfalls nicht. Irgendwann kam er in den USA und Südamerika an und erwähnte einen archäologisch bedeutsamen Fund auf einer karibischen Insel. Was der mit Ahnenforschung zu tun hatte, war mir schleierhaft.

»Du bist doch eine geborene Laitinen, nicht wahr?«

»Ja!«, rief ich aufrichtig erfreut, ich hätte nicht gedacht, dass er sich an meinen Mädchennamen erinnerte. Leider war dies der Auftakt zu einem weiteren Referat, aus dem hervorging, dass ich mit Pertti verwandt war. Doch im Grunde waren ja alle Finnen irgendwie miteinander verwandt oder verschwägert. Perttis lange Aufzählung, wer mit wem wo und wann zusammengekommen war und Kinder gezeugt hatte, stoppte ich kurzerhand mit einem spaßigen Vorschlag.

»Prima, mein lieber Cousin, dann können wir ja mal in die Karibik fliegen!«

»Ähm, also nein, das habe ich ja gerade erklärt, Cousin und Cousine sind wir nicht, sondern ...«

Er merkte nicht, dass mein Interesse sich vollkommen verflüchtigt hatte. Und ich wusste jetzt, dass ich Ahnenforschung staubtrocken fand und mir dabei nur die Augen verderben würde, weil ich hauptsächlich am PC säße. Einziger Höhepunkt wäre eine Fahrt ins Gemeindearchiv von Groß-Muukkola, wo ich die handschriftlichen Einträge in alten Kirchenurkunden ohnehin nicht würde entziffern können. Mein Interesse an meinem Stammbaum war wohl nie allzu groß gewesen.

Also begann ich erst einmal zu häkeln. Zuerst kriegte ich nur runde Flatschen zustande, doch dann hatte ich den Bogen raus und konnte sogar während der Netflix-Krimis ordentliche Quadrate häkeln. Hellu war sehr zufrieden mit mir.

»Handarbeit ist gut fürs Gehirn, ist quasi wie Yoga für den Kopf.«

»Wenn du meinst … Aber muss denn wirklich alles eine Maßnahme gegen das Älterwerden sein? Ich habe keine Lust auf dieses dumme zweckgebundene Dauertraining!«

Ich beschloss, kein einziges Quadrat mehr zu häkeln.

»Was ist mit deinen Fotos?«, fragte Hellu. »Hast du sie schon durchsortiert? Ehrlich gesagt, bei mir sind am Ende ziemlich viele Aufnahmen im Müll gelandet. Wer will sich schon nach meinem Tod mit all den anderen Toten beschäftigen.«

Hellu hatte inzwischen begonnen, sachlicher über den Tod zu sprechen, manchmal witzelte sie sogar ein wenig. Und wenn ich mal den Fehler beging, über mein Leben zu klagen, stellte sie ironisch fest: »Ach, du armes Kind, weißt nicht, wie du dein Leben genießen sollst. Wie gut, dass *ich* über meinen Tod Bescheid weiß.«

Als Nächstes probierte ich es mit Automatenspielen. Die einarmigen Banditen standen in fast allen Supermärkten, genauer gesagt in den Eingangshallen, besonders beliebt schien das Spiel mit den Obstmotiven, das auch mich am ehesten ansprach.

»Erst ab 18 Jahren« stand an der Wand hinter den Automaten. Genauso gut hätte da »erst ab 70 Jahren« stehen können, die Spielenden befanden sich sämtlich im fortgeschrittenen Seniorenalter.

Ich stellte mich an einen Automaten und steckte Münzen hinein. Schon drehten sich die Räder im Innern des Geräts, und ohne erkennbares System blitzten Melonen, Birnen und Äpfel auf. Ich hatte keine Ahnung, was zu tun war, und drückte, wann immer ich besonders viele Melonen sah.

»Sind Sie oft hier?«, fragte eine krächzende Stimme dicht hinter mir. Der Mann war in meinem Alter, hatte schlechte Zähne und stützte sich auf einen Rollator. Wir zählten beide zu den Zigtausenden, für die die Jungen die Rente erwirtschafteten.

»Nein«, sagte ich betont knapp und nahm an, dass das genügte.

Falsch.

»Sind Sie ganz allein hier unterwegs?«, fragte er mit einem Lächeln.

»Ja«, antwortete ich und ärgerte mich schwarz, dass ich nach all den Lebensjahrzehnten noch immer so schlecht lügen konnte.

»Das passt ja wunderbar, auch ich bin allein hier.« Der Mann schob seinen Rollator ein Stück näher.

In diesem Moment blinkte der Automat wild auf und

meldete »Gewonnen!«. Mit lautem Getöse ratterten Euromünzen in die Auffangschale, ich hatte anscheinend richtig Glück gehabt.

»Die Melonen waren es!«, sagte der Mann anerkennend und fügte dreist hinzu: »Vielleicht dürfte ich *Ihre* ja mal anfassen.«

Der Münzstrom wollte nicht abreißen und war so laut, dass sich sogar hektisch einkaufende Karrieremenschen Mitte vierzig zu uns umdrehten.

Zwei Teenager sagten: »Cool, die Alte weiß, wo der Hammer hängt.«

»Ihr könnt gern ein paar Euro kriegen, ich habe genug«, sagte ich und reichte ihnen eine Handvoll Münzen rüber.

Endlich hörte der Lärm auf. Der Alte mit den schlechten Zähnen war trotz Rollator fix am Gerät und sammelte sich mit seinen schwieligen Händen Euromünzen in die Tasche, um sie von dort wieder oben in den Automaten zu stecken.

»Dieses Mal tippen wir auf die Pflaumen! In unserem Alter brauchen wir die sowieso – für die Verdauung.«

»Stopp! Ich will nicht weitermachen!«, protestierte ich und bereute bereits meinen Abstecher ins Glücksspiel.

»Immer schön mit der Ruhe, wir kriegen bestimmt noch eine zweite Million!«, gackerte der Alte heiser und stellte mir dreist seinen Rollator in den Weg.

»Das ist mein Geld!«, zischte ich. Dieser Lump übertrieb es jetzt wirklich!

»Firlefanz, das ist das Geld der Steuerzahler, und ich

will meinen Anteil! Und freien Blick auf deine Melonen«, krähte er.

Das ging entschieden zu weit. Ich verpasste dem Widerling einen Schubs, der ihn sofort zu Boden gehen ließ; seinen Rollator riss er dabei mit um. Er war gebrechlicher, als ich gedacht hatte. Da lag er und zappelte und zeterte, aus der Tasche am Rollator waren eingeschweißte Würstchen, eine Schachtel Zigaretten, eine Tüte getrocknete Pflaumen, eine Packung Kondome und ein Roggenbrot gefallen. Der Automat fing erneut an zu leuchten und zu lärmen.

»Sooo, die Dame, Sie schalten jetzt mal einen Gang runter«, sagte ein Wachmann, der wie aus dem Nichts auftauchte und auch noch einen Kollegen mitbrachte. Der half dem alten Lüstling wieder aufzustehen, welcher lauthals weiter schimpfte.

»Wow, was für eine fucking Show!«, kommentierte ein junges Mädchen.

»Braucht einer von Ihnen einen Krankenwagen? Oder vielleicht eher die Polizei?«, fragte einer der Wachmänner. Der Rollator-Mann und ich schüttelten beide den Kopf. Beim Stichwort Polizei wechselte er schnell die Taktik und grinste mich schleimig an. »Das alte Mädel und ich sind ein eingespieltes Team! Sie ist ein wahrer Goldesel. Gewinnt grundsätzlich immer.« Das klang jetzt fast, als wären wir ein harmloses Ehepaar, das auf seine diamantene Hochzeit zusteuerte.

Ich schnappte mir zwei kleine Tüten von der Ablage

zum Verpacken der Einkäufe und fing an, meinen Gewinn einzusammeln. Es waren unfassbar viele Euros! Was sollte ich mit all dem Münzgeld? Hierzulande zahlte man alles mit Kreditkarte, selbst Banken wollten nichts mehr mit Bargeld zu tun haben, schon gar nicht in Münzen. Mein »Mann« schimpfte jetzt auf die Wachmänner, an denen er nichts gelten ließ: Weder ihr Alter noch die Hautfarbe noch ihre Uniform, ja überhaupt wie sie da schon standen! Ihm passte rein gar nichts. Ich versuchte, ihn zu ignorieren. Als ich eine Tüte voll hatte, stellte ich sie neben mich auf den Boden und befüllte eine zweite.

»Ist das Ihr Ehemann?«, fragte einer der Wächter. Der andere versuchte, den Alten zu beruhigen, doch der nahm sich einfach die volle Geldtüte vom Boden.

»Um Gottes willen, nein! Dieser Mann ist kein Ehemann, er ist ein Dieb!«, rief ich und zeigte auf meine Tüte.

»Voll der krasse Gangster, der Opi!«, raunte es aus der Gruppe junger Mädchen herüber.

»Wir müssen ihn festnehmen«, beschlossen die Wachmänner und schritten zur Tat. Der Alte wehrte sich mit Händen und Füßen, musste aber mit ihnen das Einkaufszentrum verlassen. Ich folgte den Dreien, schließlich gehörte das Geld im Plastikbeutel mir. Gut, ich hatte in der zweiten Tüte bestimmt ähnlich viel, und im Grunde wollte ich die Münzen ja sowieso loswerden. Kurz entschlossen drückte ich meine Tüte einem der Mädchen in die Hand, die mir staunend gefolgt waren. Die jungen Dinger konnten ihr Glück kaum fassen und umarmten mich stürmisch. Dann machten sie zwanzig Selfies mit mir. »Ich brauche das Geld nicht, ich habe eine gute Rente«, sagte ich schmunzelnd und registrierte aus dem Augenwinkel, dass ein Polizeiwagen angefahren kam.

»Können wir Sie nach Hause bringen oder so? Ihnen irgendwie helfen?« Die Mädchen wollten sich unbedingt revanchieren.

»Danke, danke, ich bin noch gut unterwegs und gehe gern allein.«

»Wohnen Sie in einem Altenheim? Sollen wir für Sie was Schönes einkaufen und es Ihnen dorthin tragen?«

Nein, nein und noch mal nein. Und ich wollte auch nicht, dass sie mir zu Hause die Zeitung vorlasen. Das alles machte mich in ihren Augen fast noch sonderbarer. Du liebe Güte, was würden diese Mädchen heute zu posten und zu chatten haben!

Ein Polizist verstaute den alten Mann samt Rollator in seinem Wagen und fuhr davon, die Wachmänner kamen noch mal zu mir. »Wir haben die Telefonnummer des Kollegen, dürfen wir ihm Ihre übermitteln? Der Alte hat leider noch immer Ihre Euromünzen. Dann kriegen Sie das Geld zurück. Wir kümmern uns darum.«

»Nein danke, kein Bedarf«, winkte ich ab. Ich hatte es satt, dass man sich ständig um mich kümmern wollte. »Nehmen *Sie* doch einfach das Geld. Oder lassen Sie es den dummen Alten behalten.«

Und dann musste ich noch mal alle Überzeugungskraft aufbieten, damit sie mir glaubten, dass ich auch wirklich allein nach Hause gehen konnte. Mit zackigen, extragroßen Schritten und hocherhobenem Kopf machte ich mich vom Acker. Sollten ruhig alle sehen, wie fit und aktiv ich noch war. Ein vollwertiges Mitglied der Gesellschaft! Hinter der nächsten Abbiegung verlangsamte ich mein Tempo, meine Atemlosigkeit hätte sich sonst zu einem Hustenanfall gesteigert. Und noch eine Abbiegung weiter fing ich an zu weinen.

27

Quell und Pinie bekamen die Katze doch nicht. Dafür wurde Fjodor bei uns Erwachsenen munter herumgereicht. Während der Zeit, in der Valtonen im Krankenhaus war, hatte Pike sich des Tieres angenommen, nach einer Woche jedoch schon die Schnauze voll gehabt, und Fjodor vermutlich auch. Er hatte in Pikes schönsten Hut gepinkelt. »Das Tier stinkt wie ein dreckiges Schwein«, so Pike.

Als Valtonen dann offiziell seine Nachspielzeit erhalten hatte, hielt sie ihm gleich die Pistole auf die Brust: »Entweder Fjodor oder ich. Wenn er bei dir bleibt, komme ich nicht mehr zu Besuch.«

Valtonen entschied sich tapfer für Pike und wertete seine außereheliche Beziehung damit noch mal ein Stück auf. Fjodor gab er an Hellu weiter, und wir nahmen an, dass das geradezu ideal sein müsste: Fjodor hatte ein Frauchen, das viel zu Hause war, und Hellu bekam Gesellschaft. Doch der Plan ging nicht ganz auf.

Während Valtonen von Woche zu Woche vitaler wurde, baute Hellu immer stärker ab. Das Cortison zeigte auch psychische Nebenwirkungen, es machte sie nervös und hibbelig. Sie wurde misstrauisch und konnte furchtbar bockig werden. Nach ein paar schlimmen Auseinandersetzungen wurde ihre Cortisontherapie eingestellt, und was blieb, war die Palliativpflege. Damit war die Zielgerade zum Tod endgültig erreicht.

»Ich fühle mich, als würde ich nun mit einem Großreinemachen fertig werden, ob ich will oder nicht«, sagte Hellu müde.

Ihr Zuhause verwandelte sich in ein kleines Krankenhaus, täglich kamen Schwestern und kümmerten sich um sie. Dummerweise las niemand Hellus Memento-mori-Unterlagen, in denen auch der Punkt »Haustiere« vorkam, und so vergaßen wir vor lauter Sorge um Hellu den kleinen Fjodor. Irgendwann wurde er dünner und dünner, maunzte kläglich und pinkelte in alle Ecken. Die Schwestern waren ausschließlich für Hellu da, Tierpflege gehörte nicht zu den Palliativmaßnahmen.

Nun kam also ich an die Reihe, und im Grunde passte eine Katze ja wunderbar in mein Seniorenleben. Meine Enkelkinder freuten sich riesig über Fjodor und besuchten mich nun umso lieber. Ich ernannte sie zu meinen beiden Chef-Tierpflegern, und sie übernahmen ihre Aufgabe mit ganzem Ernst. Noch nie hatte Fjodor so viel zu essen bekommen und so gute Spielgefährten gehabt.

Hellus letzte Wochen fühlten sich länger an, als sie waren. Und doch ging dann alles viel zu schnell. Eines Morgens wollte ich sie wie so oft besuchen und nahm, einer Eingebung folgend, Fjodor mit. Ich erklärte ihm, was mit seinem ehemaligen Frauchen los war, und hob ihn vorsichtig in eine Tasche. Dort saß er überraschend brav – bis wir in Hellus Wohnung waren, zu der ich inzwischen einen Schlüssel hatte, da Hellu nicht mehr aufstehen konnte. Sofort sprang Fjodor aus der Tasche und rannte ins Krankenzimmer. Er hüpfte auf Hellus Bett, rollte sich zu ihren Füßen zusammen und begann mit aufgerichteten Ohren zu schnurren.

Hellu war gekämmt und eingecremt, die Medikamentendosis für diesen Tag war bereits eingenommen; die Schwestern mussten schon da gewesen sein. Aber im Gegensatz zur Katze, die offenbar verstand, was vor sich ging, hatten die dafür Ausgebildeten eines nicht erkannt: dass Hellu im Sterben lag. Fjodor blinzelte Hellu an und schnurrte immer lauter. Er leistete perfekte Sterbebegleitung. Ohne ihn hätte ich nicht begriffen, was los war, und hätte angenommen, Hellu schliefe tief und fest. Doch jetzt würde es passieren – das, wovor wir uns die ganze Zeit gefürchtet hatten. Hellu war dabei, von uns zu gehen, hinter ihrer ruhig daliegenden Fassade passierte Gewaltiges. Ihr Atem ging mal schnell und regelmäßig, dann wieder langsamer und dünner. Auf meine vorsichtigen Fragen und Berührungen reagierte sie nicht. Dafür schien die Verbindung zwischen ihr und der Katze umso stärker. Je oberflächlicher Hellu atmete, desto lauter schnurrte sie. Ich zog meine Jacke aus, setzte mich ans Bett und sah Hellus letzten Minuten zu.

Ihre Gesichtszüge waren friedlich. Zweimal dachte ich

schon, es wäre vorbei, doch an Fjodors aufmerksamem Schnurren erkannte ich, dass Hellu es noch nicht ganz geschafft hatte. Aber dann war es vollbracht. Fjodor beendete sein Schnurren, tapste vorsichtig ans Kopfende, schnupperte an Hellus Stirn und sprang vom Bett. Die Arbeit war getan. Der ermattete Sterbebegleiter lief in die Küche und wartete auf Wasser. Als ich ihm eine volle Schale hinstellte, trank er sie in null Komma nichts aus. Dann legte er sich unter den Küchentisch und schlief ein. Ich ließ mich auf einen Stuhl fallen und seufzte. Ich war ergriffen und auch ein wenig erleichtert – ganz andere Gefühle als bei Ollis Tod. Hellus Tod hätte ich vor ein paar Monaten zwar niemals kommen sehen, doch ihr Ende und das aktive Beisein des Tieres waren schön.

Wir beerdigten Hellu genau nach ihren Anweisungen aus der Memento-mori-Mappe. Die Trauerfeier war kurz, aber tröstlich. Danach gingen Pike, Valtonen und ich zum Essen ins *Immergrün*, so wie Hellu es sich gewünscht hatte. Fröhlich und ausgelassen wurde es nicht, diesem Wunsch konnten wir nicht entsprechen, aber wir gedachten unserer Freundin voller Wärme und Liebe. Ansonsten waren wir eher still.

Insgeheim dachten wir alle auch an uns selbst: Im Sarg hätte ja genauso gut jeder andere von uns liegen können.

28

Sowohl Fjodor als auch mir ging es nicht gut. Seit Hellus Beerdigung waren schon einige Wochen ins Land gegangen, vielleicht sogar richtig viele, mein Zeitgefühl hatte mich verlassen. Wir aßen beide schlecht, und die Haare fielen uns langsam aus. Mir tat das Abnehmen vielleicht noch ganz gut, Fjodor jedoch nicht. Irgendwann sah das Tier so krank aus, dass ich mit ihm in eine Tierklinik fuhr. Dieser Ort erwies sich als bestens organisiert, was mich sehr überraschte. Ich kam pünktlich zum vereinbarten Termin dran, das quälende Warten, das man aus humanmedizinischen Praxen kannte, entfiel.

In der Mitte des Behandlungsraums stand ein großer, hell beleuchteter Tisch. Ich setzte Fjodor darauf und sagte: »Ich lasse gleich mal die Katze aus dem Sack.«

Der große, muskulöse Tierarzt, der aussah, als würde er täglich Kälber aus gebärenden Kühen ziehen, überging meinen Spruch, den er vermutlich mehrmals wöchentlich hörte, und wandte sich dem Tier zu. Dabei tat er, als wäre Fjodor der letzte Überlebende eines schweren Erdbebens.

»Armes kleines Kätzchen, du bist ja in einem beklagenswerten Zustand!«, jammerte der Mann und streichelte Fjodor beinahe zärtlich.

»Ja«, sagte ich knapp – was hätte ich sonst sagen sollen. Ich fühlte mich schuldig. Dabei lebte Fjodor noch gar nicht lange bei mir. Ich war mir sicher, dass ihn die Sterbebegleitung von Hellu viel Kraft gekostet hatte, außerdem hatte er kaum noch Kontakt zu seiner ersten Bezugsperson Valtonen, und davor hatte er sich ja schon von seinem ursprünglichen Frauchen trennen müssen, er hatte also jede Menge Verluste zu verkraften. Aber eine so unwissenschaftliche Erklärung wollte ich dem Tierarzt nicht unterbreiten. Der drehte und wendete Fjodor jetzt, als wäre er ein Stück Schweinefleisch beim Metzger, schien dabei aber weiterhin liebevoll zu sein, jedenfalls beschwerte Fjodor sich nicht. Die Hände des Tierarztes waren rot und riesig.

»Geschwüre«, konstatierte er, während er das Tier weiter abtastete, »jede Menge. Und Kachexie, krankhafte Abmagerung.«

Gut. Oder nicht gut. Für Tiere gab es nun mal keine Vorsorgetermine oder lebensverlängernde Therapien. Darmspiegelung bei Katzen? Fehlanzeige. Auf Tiere ratterte der Todeszug in ungebremstem Tempo zu.

Der Tierarzt zog eine Flüssigkeit in eine Spritze.

»Der Arme hat Schmerzen. Es gibt keine Alternative mehr.« Obwohl er die Spritze senkrecht hielt, quollen oben ein paar Tropfen raus. »Wollen Sie sich noch von Ihrem Liebling verabschieden?«

Meinem Liebling? War dieses untergewichtige, räudige

Bündel tatsächlich mein Liebling? Ich schaute mir Fjodor noch einmal genau an, und plötzlich liefen mir Tränen über die Wangen. Doch ich wusste, ich weinte um mich selbst. Da konnte ich das Tier noch so streicheln und drücken. Ich fühlte mich elend, weil ein fremder Mann einen wunden Punkt getroffen hatte: Mein Liebling war anscheinend eine olle kleine Katze. Wo waren all die vielen Menschen hin, die ich mal gekannt hatte? Die auf meinen Fotos abgebildet waren und in meinem alten Adressbuch standen? Wo waren die Leute, von denen ich neue Fotos machen würde, die meinen PC-Ordner füllten? Menschen, die mich an Tagen wie heute aufmunterten und mit denen ich alles teilen konnte? Gab es auf diesem Erdball wirklich niemanden, der mich leidenschaftlich begehrte? Die kranke Katze war es jedenfalls nicht – Fjodor wand sich fauchend unter meinen unruhigen Händen. Anscheinend wollte er keine Minute länger leiden.

Ich spürte die große Pranke des Tierarztes auf meiner Schulter. Das war zu viel für mich. Jetzt brachen alle Dämme, ich heulte laut auf. Meine primitiven Schluchzer waren mir entsetzlich peinlich, doch ich konnte sie nicht stoppen. Wie war das möglich? Fjodor hatte doch nur kurze Zeit bei mir gewohnt, und nun wurde er zum Auslöser eines Nervenzusammenbruchs? Aber so war es. Die Katze und der Tierarzt halfen mir, alles rauszulassen. Ich weinte über den Verlust von Hellu, über meine bescheuerten Kinder, die eine Heidenangst vor dem Tod hatten, und darüber, dass alle Welt annahm, man würde sich mit fortschreitendem Alter schon irgendwie an den Gedanken gewöhnen, dass man bald sterben musste.

»Sind Sie so weit?«, fragte der Arzt, als meine hysterische Atmung sich wieder beruhigt hatte. Erst jetzt fiel mir auf, dass ich unkontrolliert schwankte und der Tierarzt sorgsam darauf achtgab, dass mein Oberarm nicht zu nah an die Spritze kam. Er reichte mir ein Taschentuch; die Papierbox dafür stand auf seinem Schreibtisch bereit. Ich trompetete lange und lautstark und schnäuzte insgesamt drei Taschentücher voll, die mir der Arzt geduldig hinhielt. Mit dem vierten wischte ich mir die Augen und Wangen trocken. Der Mann sah mich besorgt an. Dann lächelte er plötzlich.

»Bevor Sie nachher rausgehen, sollten Sie vielleicht ihr Make-up ein wenig erneuern.«

Ich schaute in den Spiegel, der über dem Waschbecken hing, und lachte laut auf. Ich sah aus wie diese gruselig angemalten Kinder an Halloween. Auch Pike und Valtonen hatten diesen Tag immer für kleine Besäufnisse genutzt, überhaupt waren sie dem Alkohol ja immer sehr zugeneigt. In letzter Zeit allerdings nicht mehr, doch leider bekam ich die beiden kaum noch zu Gesicht. Unterstützt von Valtonens medizinisch wieder hergestellter Herzenskraft waren sie in einen Spätherbst der Liebe eingetaucht. War bei Valtonen eigentlich ein Stent oder ein Schrittmacher eingesetzt worden? Ich kam bei all den Krankheiten und OPs gar nicht mehr hinterher. Das Einzige, woran derzeit kein Zweifel bestand: Ich war irgendwie übrig geblieben. Stand allein am Rand. Doch war das nicht schon mein ganzes Leben lang so gewesen, Ehemann hin oder her?

»Ich gebe Ihrer Katze jetzt die Spritze. Sie wird schnell und schmerzlos einschlafen und braucht nie wieder zu leiden.«

Der Tierarzt hatte auf einmal die Stimme eines Pastors, sein Bass klang weich und sonor. Er befreite Fjodor von den irdischen Qualen, erlöste ihn von Krankheit und Schmerz. Fehlte nur noch der Segen, doch ich traute dem Mann durchaus zu, dass er ihn stumm sprach. Er ließ eine längere Pause entstehen, in der die Seele des Tieres sich aus dem Körper lösen und in den Tierhimmel wandern konnte. Moment, waren das wirklich meine Gedanken? Ich musste ziemlich durcheinander sein – eigentlich glaubte ich weder an Seelenwanderung noch an einen irgendwie göttlichen Himmel. Und doch fühlte ich mich da im Schein der grellen LED-Lampen, als würde ich etwas Großes und Ewiges erleben. Und ich verstand wohl erst in diesem Augenblick, dass meine Freundin Hellu für immer fort war.

Wir standen stumm nebeneinander, ich und der Tierarzt, ein mir fremder Mann. Er hatte seinen Beruf klüger gewählt als ich: statt Angst und Schmerzen verbreitete er Ruhe und Frieden. Bei ihm musste niemand zittern und bibbern, es gab kein Bohrerdröhnen und keinen Geruch von angesägtem Zahnmaterial.

Der Tierarzt legte seine Hand erneut auf meine Schulter – dieses Mal ohne Tränenausbruch meinerseits. Ich riss mich zusammen. Was nützte es, das Unabänderliche zu beweinen? Ich war Medizinerin, Naturwissenschaftlerin! Katzen starben, Vierundsiebzigjährige starben, und das war auch gut so. Was wäre eine Welt voll kranker Katzen und uralter Menschen?

»Wollen Sie Ihren Liebling mitnehmen?«

Ich betrachtete das tote Tier. Es sah genauso aus wie vor einer Stunde. Aber bald würde es steif und kalt sein. Was sollte ich mit ihm? Ich würde bestimmt keinen Volkshochschulkurs im Ausstopfen belegen und Fjodor als Blickfang in meine kleine Wohnung stellen.

»Manche Menschen möchten ihr Haustier bei sich im Garten begraben«, schob der Arzt hinterher.

Hm. Ich kümmerte mich ja nicht einmal um Ollis Grabstelle. Die Urne, das günstigste Modell, stand sogar noch bei mir zu Hause herum. Da ich sie wegen Platzmangels in der Küchennische verstaut hatte, musste ich aufpassen, die Asche nicht mit Mehl zu verwechseln oder sie als Kaffee zu benutzen.

Wieso mussten unbedingt alle ein Grab bekommen, sogar Katzen? Und wer wusste denn schon, ob unter jedem Grabstein auch wirklich die richtige Asche verbuddelt war? Oder ob sich überhaupt noch irgendetwas unter dem Stein befand? Müde und erschöpft sah ich den Tierarzt an. Dieser konnte nicht nur Seelen überführen, sondern auch Gedanken lesen.

»Gut, Sie wollen ihn nicht begraben. Dann lassen Sie das Tier einfach bei uns, wir kümmern uns darum.«

Ich warf einen letzten Blick auf Fjodor und stieß einen erstaunten Laut aus. Denn in dieser Sekunde wurde mir klar, dass mein Leben viel schöner gewesen wäre, wenn ich es mit einer Katze statt mit Olli verbracht hätte.

»Ich danke Ihnen! Ich muss doch sicher irgendetwas für das Ganze hier zahlen?«

Ich bekam eine Rechnung und schüttelte dem Tierarzt zum Abschied die Hand. Ein letztes Mal streichelte ich Fjodors zotteliges Fell, dann fuhr ich zurück nach Hause.

29

Ich erschlaffte und erlahmte, mein Leben kam fast zum Erliegen. Ich hatte keine Kraft mehr, fühlte mich depressiv und befürchtete, nun genau das Schreckensbild abzugeben, das meine Kinder seit Ollis Beerdigung ständig an die Wand malten. Hellu und Fjodor waren fort, Pike und Valtonen gluckten aufeinander, Markos und Susannas Altenheim-Intrige steckte mir noch in den Knochen, und Ahnenforschung, Häkeln und Automatenspiele hatten sich als unsinnig erwiesen. Blieb also noch ehrenamtliches Engagement.

Leider gab es auf diesem Sektor entschieden zu viele über siebzigjährige Frauen. Eigentlich wurde händeringend nach Männern gesucht, gerne noch unter siebzig, am liebsten ganz jung – als ginge es um eine allgemeine Mobilmachung. Männer als Freunde für schwer erziehbare Jungen, Patenonkel für Jungen ohne Vater, Kumpel für wilde Jugendliche auf der Schwelle zum Erwachsenwerden und Trainer für Fußballmannschaften mit Migranten. Die älteren ehrenamtlichen Männer wurden für die Vorstände von Männerchören und den Einsatz als Miet-Großväter gebraucht. Und so weiter und so fort.

Überall mangelte es an engagierten Männern, die andere Männer auf Kurs hielten und deren Gruppenaktivitäten – Reservisten-Bridge, Geschiedenen-Plausch, Witwer-Sauna, Holzschnitzen, virtuelles Golf – anleiteten. Es sollten immer Männer sein, die einführten, erklärten und das Gespräch moderierten, die die Finanzen verwalteten.

Und so begann ich, zu Hause meine Fotos zu sortieren und von Belästigungen der Außenwelt, in der man mich offenbar nicht brauchte, abzusehen. Doch das Sortieren und Beschriften war im Grunde sterbenslangweilig. Am liebsten hätte ich die vielen vergilbten Farb- und uralten Schwarz-Weiß-Fotos einfach weggeworfen, so wie Hellu es gemacht hatte, nur leider brachte ich das nicht fertig. Auf vielen der Bilder waren Susanna und Marko drauf, und womöglich würden meine Kinder sich irgendwann in ferner Zukunft ja mal für ihre Historie interessieren. Als ich schließlich mehrere fertige Fotoalben in mein Bücherregal quetschte, flatterte mir aus irgendeinem Buch ein Briefumschlag entgegen. Darauf stand mit Ollis Handschrift: *Grabsteinentwurf.*

Ich konnte mich nicht entsinnen, dass Olli in seinen aktiven Zeiten je über seinen Tod gesprochen hätte, und nach dem Schlaganfall war er dazu nicht mehr in der Lage gewesen. Neugierig öffnete ich den Umschlag. Olli hatte seinen Wunschstein sorgfältig skizziert; überraschenderweise war er eher klein und bescheiden, von seinem übergroßen Ego war nichts zu finden. Roter Granit, alter Fels, an den Seiten glatt und gerade, oben schön uneben, rau und unbearbeitet. Doch als Name stand nicht seiner, sondern meiner drauf! Offenbar hatte er angenommen, dass ich vor ihm sterben würde.

»Das ist ein Zeichen!«, krähte Pike, als ich ihr den Stein bei einem Videoanruf zeigte. »Du solltest dir diesen Stein unbedingt anfertigen lassen! Das ist dein neues Projekt, jetzt, wo die Katze tot ist.«

»Und wie funktioniert so was?«

»Da gibt's doch bestimmt haufenweise Steinmetze! Einfach ein bisschen googeln, und dann nimmst du eine Firma, die dir sympathisch ist.«

Meine Suche mit dem Begriff »Grabstein« förderte etliches zutage: »Der Stein auf dem Grab ist eine weit verbreitete und tief verwurzelte Begräbnistradition.« »Die Liebe für den Verstorbenen drückt sich nicht im Preis des Grabsteins aus« – so schrieb jemand, der besonders günstige Angebote machte, die Toten aber nicht herabwürdigen wollte. »Ein sorgfältig angefertigter Grabstein vermittelt die Kraft des zu Ende gegangenen, einzigartigen Lebens und bezeugt die Schönheit innigen Gedenkens.«

Inniges Gedenken hatte mich meines Wissens nie mit Olli verbunden, weder zu Lebzeiten noch nach seinem Tod. Hatte sich daran vielleicht etwas geändert? Waren die Niedergeschlagenheit und Antriebslosigkeit der letzten Wochen ein Zeichen dafür, dass er mir doch irgendwie fehlte? Pfui Teufel, hoffentlich nicht. Nein, vermutlich waren es schlicht und einfach Anpassungsschwierigkeiten.

Ich war relativ spontan umgezogen, hatte eine enge Freundin und ein Haustier verloren und musste eine neue Identität und einen neuen Lebensstil finden – und das in diesem Alter. Das ja die meisten Leute als letzte Etappe vor dem Tod betrachteten; ich wartete quasi schon aufgebahrt im Flur des Krematoriums, die Einäscherung war nicht mehr fern. Nun gut, da war es sicher nur vernünftig, mich um einen Grabstein zu kümmern.

»Mama, toll, ein eigener, zu dir passender Grabstein!«, jubelte Susanna ins Telefon. Eigentlich war das Hauptthema meines Anrufs die Fotosammlung gewesen, ich hatte ihr angeboten, die Alben zu sich nach Hause zu holen. Doch das schien nicht interessant genug zu sein, und sie wechselte das Thema sogar noch einmal. »Fjodors Tod ist wirklich schlimm … wie lief das mit der Einschläferung denn genau ab, Mamilein?« Hoffentlich drohte jetzt kein theatralischer Emotionsausbruch. Doch nein! Wie sich herausstellte, ging es nicht um Fjodor. »Mama, hör mal … glaubst du, das könnte auch für Jerkku eine Möglichkeit sein?«

Ich fiel aus allen Wolken. Das dumme Viech war also doch nicht Susannas Lebensmittelpunkt, ihr tapsiger, zotteliger Liebling? Nein! Meine Tochter gab zu, dass der Hund furchtbar viel Arbeit machte und ihr im Grunde eher eine Last als eine Freude war. »Und außerdem habe ich doch endlich den richtigen Mann getroffen. Und der ist allergisch gegen Tierhaare.«

»Das klingt ja sehr ernst. Woher kennst du ihn denn?«

»Aus dem Internet, das ist heute ganz normal.«
»Ich weiß, mein Kind.«
»Er ist wohlhabend, einiges älter, aber gut in Form, er interessiert sich sehr für Geschichte und weiß unfassbar viel über Kriege, was ich sehr spannend finde. Hat ein Boot und ein großes Haus im Osten der Stadt. Ich glaube, ich habe jetzt wirklich das große Los gezogen.«
»Aha … aber er ist allergisch gegen Jerkku, Susanna!«
»Na und? Mama, ich habe den Hund satt, ehrlich.«
Oh jemine! Ich sah *Aufs Vaterland* schon mit mir und meiner Tochter unterm Weihnachtsbaum sitzen. Würde er mir dann immer noch verwegen zuzwinkern?
»Lass dir doch noch etwas Zeit. Weißt du, ein Tier kann am Ende viel besser sein als ein Mann«, riet ich Susanna und legte all meine Lebenserfahrung in meine Stimme. Aber Susanna lachte nur fröhlich – wobei mir auffiel, dass ich das seit Jahren nicht mehr gehört hatte. Ich beschloss, mich für sie zu freuen, und legte einigermaßen gut gelaunt auf.
Espoos Steinmetz hielt, was der Name versprach: Das Unternehmen lag in Espoo, und dort arbeitete ein Steinmetz. Die Website des Mannes wirkte sachlich und sparte sich romantisches Gefasel über den Tod. Kurz entschlossen rief ich an.
»Guten Tag, hier ist Ulla-Riitta Rauskio«, sagte ich.
Die Männerstimme war angenehm voll, ein wacher Bariton, nicht mehr jung, aber auch noch nicht allzu alt, sehr vertrauenerweckend.

»Ich brauche einen Grabstein«, sagte ich und verspürte einen Anflug von Unsicherheit. Wie sollte ich mein Anliegen erklären? Musste ich nicht erst von einem Todesfall erzählen? Andererseits war die Firma ja dazu da, meine Wünsche zu realisieren, auch ohne jedes Hintergrundwissen. Und wenn ich erst mal alles erklären würde, bekäme der Mann vermutlich einen fragwürdigen Eindruck, vielleicht sogar einen deprimierten, und das wollte ich vermeiden. Ich wollte, dass meine Stimme ebenso frisch klang wie seine.

»Einen Grabstein, gern«, sagte er.

Und wartete ab.

Als ich nichts erwiderte, riet er: »Für Sie selber?«

Da musste ich auf einmal loslachen und konnte mindestens eine Minute lang nicht aufhören, so witzig fand ich das Ganze plötzlich. Gab es außer mir wirklich noch andere Menschen, die sich ihren eigenen Grabstein anfertigen ließen? So was Absurdes. Blitzschnell traf ich eine Entscheidung.

»Nein«, sagte ich, »ich habe noch lange nicht vor zu sterben. Wenn ich's mir recht überlege, bin ich ja gerade erst dabei, mein Leben zu beginnen!« Ich fand, ich klang erstaunlich locker, fast übermütig, jedenfalls nicht wie eine alte Oma.

»Ich fertige Ihnen gerne einen Grabstein an, jederzeit. Für wen soll er denn dann sein?«

»Für meinen Mann.«

»Mein Beileid.«

»Ach, da gibt es nichts zum Bemitleiden«, sagte ich, kicherte kurz und klang jetzt so munter wie eine Operettensängerin. »Außerdem ist er schon letzten Sommer gestorben, und ich war ziemlich erleichtert. Den Grabstein habe ich da völlig vergessen, die Urne steht seit der Einäscherung bei mir. Da muss ich mich also noch drum kümmern. Wer weiß, vielleicht liege ich ja eines Tages neben seiner Urne – vielleicht aber auch nicht. Jedenfalls habe ich jetzt seinen Entwurf für einen Grabstein gefunden, und anscheinend dachte mein Mann, dass ich zuerst einen brauche. Ist dann aber doch anders gekommen.«

Ich hatte keine Ahnung, wieso ich auf einmal so gesprächig war. Irgendetwas an der Baritonstimme ließ mich auftauen. Doch vielleicht benahm ich mich gerade furchtbar daneben? Seine Beileidsbekundung war sicher rein geschäftsmäßig gewesen – und ich breitete mich hier mit meiner Geschichte aus. Jetzt begann obendrein mein Herz zu klopfen, und auch ohne Spiegel wusste ich, dass meine Wangen rot leuchteten. Waren das Anzeichen eines Vorhofflimmerns?

»Gut! Dann kommen Sie doch am besten mit Ihrer Skizze vorbei«, sagte der Mann freundlich.

Mein Herz galoppierte noch schneller, hoffentlich hörte er es nicht durchs Telefon. Meine Stimme blieb zum Glück fest und fröhlich, und wir verabredeten uns für den nächsten Dienstag. Ich notierte den Termin mit zitternder Hand.

»Im Grunde arbeite ich nicht mehr jeden Tag und bin schon im Ruhestand, aber Dienstag passt ausgezeichnet. Finden Sie hierher?«

»Natürlich! Sagen Sie, und wie war noch mal Ihr Name?«

»Kari Kirjosiipi.«

30

Das Taxi bog gerade auf den Hof von *Espoos Steinmetz*, als Kari Kirjosiipi bereits aus der Tür eines schönen Gebäudes trat und auf mich zukam. Ein bärtiger, schlanker, ergrauter Hüne mit einem fröhlichen Lächeln. Mit zitternden Händen versuchte ich die Zahlung abzuwickeln, doch leider stimmte die Geheimzahl nicht, also drückte ich dem jungen Fahrer schnell einen Fünfzigeuroschein in die Hand und versuchte, möglichst elegant auszusteigen. Leider gelang auch das nicht, wahrscheinlich wirkte ich schrecklich plump und ungelenk. So was Doofes! Da beobachtete mich ein attraktiver Mann, und ich kam nicht von der Rückbank hoch! Wieso musste das Polster auch so weich sein.

Doch schon streckte sich mir eine starke Hand entgegen und half mir aus dem Wagen. Kari Kirjosiipi und ich standen uns gegenüber, ich hielt seine Hand weiter fest.

»Wir kennen uns von einem früheren Kuss«, sagte ich und erschrak, eigentlich hätte es heißen sollen: Wir kennen uns von früher. Aber das mit dem Kuss stimmte natürlich ebenfalls. Er war meine Blitzbekanntschaft aus dem *Immergrün*, er hatte sich am Konzertabend um meinen Mantel gekümmert und mir meinen Schal wiedergegeben. Und jetzt stand er vor mir und hielt mich mit seiner kräftigen Steinmetzhand fest.

Pike hatte recht gehabt. Das Grabstein-Projekt war ein Wink des Schicksals gewesen. Schon schienen am Himmel Dutzende Raketen zu explodieren.

»Ähm, bitte entschuldigen Sie«, sagte der junge Taxifahrer und hielt mir meine Kreditkarte hin, die ich in seinem Gerät vergessen hatte. Er wagte nicht, mich anzusehen, und starrte stattdessen verlegen auf seine Schuhspitzen – er hatte mich und Kari beim Kuss des Jahrtausends unterbrechen müssen. Hektisch stieg er wieder in seinen Wagen und fuhr so schnell vom Hof, dass der Schotter spritzte.

Ab da kriegte ich nichts mehr mit. Keine Ahnung, wohin ich die Kreditkarte gesteckt, wohin ich meine Handtasche gelegt habe. Wir küssten uns stundenlang. Zum ersten Mal im Leben ließ ich mich nur noch von meinem Bauchgefühl und meinen Instinkten leiten und ließ mich voll auf eine unbekannte Situation ein. Wieso hatte ich ein solches Vertrauen, eine derartige Leidenschaft noch nie erlebt? Bis dahin hatte ich gar nicht gewusst, was ich verpasste! Wie herrlich es war, den Verstand auszuschalten. Kein Abwägen, kein Zweifeln, kein Zögern mehr. Jede Berührung von Kari war richtig und ließ mich innerlich jubeln. Meine Handtasche fand ich erst am nächsten Morgen wieder, sie lag mitsamt der Kreditkarte auf dem Hof – dort, wo das Taxi gehalten hatte. Nur ein wenig nass war sie geworden, vom Nachttau, ansonsten hatte sie brav auf mich gewartet, den ganzen Abend, die lange Nacht und den hellen Morgen hindurch. Es war die längste Nacht meines Lebens, und zugleich schien die Sonne nur kurz verschwunden zu sein.

Dieser großartigen Nacht folgten – erstaunlich für den Frühling in Finnland – drei klare Tage, in denen die Sonne beharrlich am Himmel stand und alles erwärmte. Vom Licht beschienen schmolzen sämtliche Eisschichten, draußen wie drinnen, und die flüssig werdenden Eisschollen schoben sich in einem ruhigen Strom hinfort und rieben sich gegenseitig immer weicher. Aus dem Himmel ergoss sich ein wilder Sternenhagel, und aus den tiefsten Schichten der Erde quoll heiße Lava. Um ins Bild der Zahnmedizin zu wechseln: Der Zahnschmelz rieb sich ab, das darunterliegende Zahnbein bröckelte, das Zahnmark wich und gab Flüssigkeit aus dem Dentinkanal frei, was dem jahrzehntelangen Speichelmangel ein Ende machte. Als der Turbinenbohrer sich mit blinkender Diamantspitze und zunehmender Umdrehungszahl in die Materie senkte, wurde alles mit fortgespült, Plaque, Amalgamstücke, Sonden, Zangen, Küretten. Die Gesetze der Zahnmedizin lösten sich auf, der Zahnstein hatte sich mit einem Grabstein verbunden, und gemeinsam kristallisierten sie zu einem Spektrolithen, der in allen Farben leuchtete. Am Himmel erschien eine Supernova, heller als die Sonne, die sich schließlich sterbend in zarten Dunst auflöste.

Als Kari und ich irgendwann zu sprechen begannen, zeigte sich vor uns ein langer breiter Fluss mit klarem, warmem Wasser, von dem ich mich einfach forttragen ließ – ich, die ich kaum schwimmen konnte. War dieses leichte, anmutige Wesen wirklich Ulla?

31

»*Mama, wo hast du nur gesteckt?!*«, rief Susanna ins Telefon. Ihre zittrige Stimme hörte sich beinahe an wie meine eigene früher, als die Kinder noch klein waren. War sie wirklich so besorgt um mich?

»Hatten wir nicht abgemacht, dass du uns Bescheid sagst, wenn du irgendwohin gehst? Kapierst du nicht, wie schrecklich das für uns war? Wir haben uns Riesensorgen gemacht, Marko hat schon die Polizei verständigt!«

Mein Sohn war sogar mit der Polizei und unserem Hausmeister in meiner Wohnung gewesen und hatte befürchtet, mich tot auf dem Boden vorzufinden. Doch nein, Mama war nicht da, und nichts gab einen Hinweis auf ihren Aufenthaltsort. Woher sollten meine Kinder auch wissen, dass ich während eines Besuches in Espoo, bei dem ich eigentlich nur einen Grabstein in Auftrag hatte geben wollen, gänzlich aus meinem alten Leben ausgestiegen war? Zum ersten Mal in vierundsiebzig Jahren etwas Verrücktes getan und dabei jedes Zeitgefühl verloren hatte?

Wie sollte ich ihnen das erklären? Sie wollten vom neu erwachten Sexualleben einer alten Frau doch garantiert nichts hören, erst recht nicht, wenn diese Frau ihre eigene Mutter war.

»Ich war mit Freunden unterwegs … eine Kurzreise nach Tallinn. Sehr spontan, aber ganz toll.«

»Da kannst du doch wohl ans Handy gehen, Mama! Oder uns wenigstens eine Nachricht schicken. Du weißt doch, wie das geht!«

»Ähm, der Akku war leider alle«, sagte ich und hörte mich an wie ein einfallsloser Teenager.

»Konntest du dein Handy nicht aufladen?«

»Ich habe das Ladekabel zu Hause liegen lassen.« Meine Ausreden wurden immer schlechter. Fehlte noch, dass ich meinen Freunden die Schuld an allem gab.

»Das kannst du uns nicht antun. Du musst Bescheid sagen, was du machst! Marko hat auch schon alle Krankenhäuser durchtelefoniert.«

Meine Kinder hatten im Grunde richtig gehandelt. Obwohl es im Ernstfall vermutlich wenig geholfen hätte: Bei einem Herzinfarkt oder Schlaganfall nützte es nichts, wenn einen Tag später Polizisten vor einem standen. Doch meine Kinder hatten ihre Unruhe in Aktivität kanalisiert, sehr verständlich. Und nun stand ich quicklebendig vor ihnen, neu erblüht und voll im Saft.

»Ja, also, Kari hat ein anderes Telefon als ich, und sein Ladekabel passte nicht. Und mein Handy war ja schon aus, und ich weiß doch eure Nummern nicht auswendig. Also konnte ich auch von Karis Handy aus keine Nachricht schicken.« Und überhaupt, was hätte ich denn geschrieben? Alles bestens, ich habe himmlischen Sex, liebe Grüße von Mama?

»Kari? Welcher Kari? Ist das dieser Valtonen?«

Wie konnte ich so blöd sein? Wieso hatte ich Kari ins Spiel gebracht, anstatt von Pike zu sprechen? Na gut, dann konnte ich auch die beeindruckenden Künste, ja Heldentaten meines Steinmetzes auf den Tisch packen.

»Mama, verdammt noch mal, was ist eigentlich los?« Susanna brüllte so laut sie konnte. Sie war stinksauer.

»Ich war bei einem Steinmetz und habe den Grabstein in Auftrag gegeben. Du erinnerst dich doch.«

»Ein Steinmetz in Tallinn?!«

Ich machte meine Kurztrip-Ausrede wieder rückgängig und schwärmte stattdessen von meinem Grabstein – der in Espoo angefertigt wurde. Damit war ich der Wahrheit schon mal ein großes Stück näher. »Es wird der hübscheste Stein auf dem ganzen Friedhof, ach, im ganzen Land, und mein Steinmetz hat mit seiner Arbeit schon tüchtig angefangen. Ein toller Mann, und so geschickt.«

»Oh Gott, was redest du nur? Bist du jetzt völlig durcheinander?«

Das hatte ich befürchtet. Wie sollte Susanna mich auch verstehen? Sie stand ja auf derselben traurigen Stufe wie ich selbst noch vor drei Tagen. Sie wusste nicht, dass es Männer wie Kari Kirjosiipi gab, die zuhören, reden, sich einfühlen und begeistern konnten. Und dass die Beziehung zu einem Mann viel mehr sein konnte als nur das gesellschaftlich verlangte Anti-Einsamkeitsmodell, das mehr schlecht als recht funktionierte.

»Meine liebe Tochter. Kannst du dir vorstellen, wie das ist, wenn sich ein gewaltiger Schmelzstrom in Bewegung setzt und alle Steine, Bäume und Häuser mit sich reißt und das Alte ein für alle Mal unter sich begräbt?«

Vermutlich konnte sich ein Mensch weit unter siebzig das eben nicht vorstellen. Solch eine Naturgewalt musste vor dem Erreichen des Rentenalters bloße Utopie bleiben, denn wenn all die Menschen, besonders die in ihren produktiven Jahren, sich in diesen Strom warfen, würde ja die ganze Wirtschaft zusammenbrechen, und damit der ganze Staat! Nur wir Alten hatten – als freie Radikale sozusagen – den Raum für diesen Rausch und diese Freude.

»Kari ist übrigens erst neunundsechzig.«

Das brachte das Fass zum Überlaufen. Mein Abtauchen nach Espoo zwischen die Grabsteine, genauer gesagt in die Hände eines wackeren Steinmetzes hätte meine Tochter vielleicht noch verdauen können, aber die Tatsache, dass die längst todgeweihte Mutter sich leidenschaftlich in einen fünf Jahre jüngeren Mann verliebt hatte, war zu viel.

»Ich muss dringend mit Marko sprechen«, sagte sie mit brüchiger Stimme und legte auf.

Die armen Kinder! Vor einem Monat, ach, vor wenigen Tagen hätte ich mich wegen ihrer Sorgen noch gestresst. Denn je besorgter sie waren, umso dreister mischten sie sich ja in mein Leben ein. Überwachungskameras, Vormundschaft – all das waren verzweifelte Versuche der

Kontrolle. Und mein Ausweichen hatte nur dazu geführt, dass sie noch entschlossener vorgingen. Ruhe fänden sie erst, wenn ich im Pflegeheim *Finale* läge, im Sterbebegleitungszimmer, und zwar mit schon erkaltendem Körper, von fahlem Kerzenlicht beschienen. Und auf dem Weg dahin hatte ich gefälligst alles mitzumachen: Alzheimertest, die findigen Einordnungstests im *Finale* zur Feststellung des Pflegebedarfs, verhaltenstherapeutische Sitzungen mit allerhand Firlefanz und ärztliche Untersuchungen, in denen ich betastet, abgeklopft, verhört und durchleuchtet wurde, all das unter den Augen meiner besorgten Kinder, so lange, bis ich mich der ständigen Kontrolle ergab und endlich eingestand, ein hilfloser alter Mensch zu sein, wertlos, auf der allerletzten Etappe, bereit fürs Finale.

Tatsache war: Ich hatte mich noch nie im Leben besser gefühlt als jetzt, da ich kurz vor meinem fünfundsiebzigsten Geburtstag stand, den ich zusammen mit Kari als großes Fest der Liebe feiern wollte.

Ich dachte nicht länger an das Wohl der anderen, sondern an meins. Und an das von Kari. Und ich wusste, ich war das Beste, was ihm in seinem Leben passiert war. Unsere Seelen schmiegten sich eng aneinander und wurden eine, sofern es so was wie Seelen überhaupt gab. Wir waren zwei große Erdplatten, die sich aufeinanderlegten und vorsichtig weich schmirgelten.

Wir würden unsere Liebe nicht in einer Ehe ersticken, und wir würden nie in einem Haushalt leben. Wie sollten seine Steine auch alle in meine Wohnung passen? Das

Thema kam zum Glück erst gar nicht auf, und so würden wir nur das Gute miteinander teilen und uns nie über den Abwasch, den Müll und ungeputzte Fenster streiten. Meine Kinder, die sich in ihrer Lebensmitte befanden, konnten sich beim besten Willen nicht vorstellen, dass ich mit über siebzig nun endlich die Zeit des höchsten Genusses erlebte. Ja, für mich gab es nur noch lebenspralle Gegenwart, ich lebte voll und ganz im Präsens. Meine neue große Liebe währte zwar erst wenige Tage, doch das war egal, denn die Vergangenheit lag weit hinter mir, und um die Zukunft scherte ich mich nicht, denn das nützte sowieso nichts. Ich hatte meine Pflichten abgeleistet, nun durfte ich das Leben genießen. Ich lebte spontan und gab mein Geld großzügig aus. Wieso sollte ich sparen? Für ein Bankdepot? Für eine eventuelle Weltreise meiner Enkel? Nein, ich lebte jetzt ausschließlich für mich. Und außer Kari wollte ich nur ein paar wenige ausgewählte Menschen um mich haben. Ich hörte ihre Stimmen ganz nah bei mir:

»Herr Kirjosiipi, Herr Kirjosiipi! Wir haben schon vor drei Minuten Würstchen mit Eis bei Ihnen bestellt!«

»Ullchen, du Luder, mit deinem Steinmetz hast du wirklich das große Los gezogen! Was der für riesige männliche Hände hat!«

»Falls er die Morgensteife im Rücken hat und nicht dort, wo sie hingehört, kann er gern meine restlichen Viagrapillen haben. Ich brauche die jetzt nicht mehr.«

»Du hast doch diese atemberaubend schönen alten Design-Kerzenständer aus den 70er-Jahren. Falls du die vielleicht irgendwann nicht mehr haben willst ... ich würde dir als Dank wochenlang Kuchen backen.«

Nur meine Kinder konnten nicht akzeptieren, dass mein Leben eine Wendung genommen hatte und weiterging. Ihr Plan, mich geradewegs Richtung Grab zu geleiten, war nicht aufgegangen. Im Grunde hätte ich ihnen schon auf Ollis Beerdigung sagen müssen, dass ich einen Neustart wollte. Aber dazu war ich nicht resolut genug gewesen. Ich ließ sie immer wieder Grenzen überschreiten und redete mir ein, dass es schon irgendwann besser werden würde mit ihnen, dass sie nur etwas mehr Zeit bräuchten. Aber wer hatte schon wirklich Zeit? Gerade als älterer Mensch hatte man keine! Wir wurden schließlich alle Tag für Tag älter. Und irgendwann war die Zeit verronnen. Nur Glückliche wie Valtonen bekamen ein Extra, und da man nie wusste, wie viel noch vor einem lag, musste man jeden Moment auskosten.

Ich lebte mitten im schönen Helsinki in meinem eigenen kleinen Reich, ich konnte meine Freunde zu Fuß besuchen, sofern sie nicht auf dem Friedhof oder auf der Intensivstation lagen, und selbst an diese Orte konnte ich eigenständig gehen. Und besonders regelmäßig spazierte ich zur Bushaltestelle, um mich nach Espoo bringen zu lassen, an den Rand meines Universums, in Kari Kirjosiipis Werkstatt.

Wir zwei Verwitweten würden jeden einzelnen Tag so leben, als wäre es unser letzter – denn man wusste ja nie, wann es wirklich der letzte war.

Kiepenheuer & Witsch

Leseproben und mehr unter www.kiwi-verlag.de